NICOLE GOZDEK
Die Magie der Namen

NICOLE GOZDEK

Die Magie der Namen

Roman

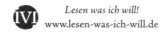

Lesen was ich will!
www.lesen-was-ich-will.de

»Die Magie der Namen«
ist Siegertitel des Schreibwettbewerbs
»#erzählesuns – Der Piper Award auf Wattpad«,
einer Kooperation zwischen der Piper Verlag GmbH
und Wattpad.

MIX
Papier aus ver-
antwortungsvollen
Quellen
FSC® C014496

ISBN 978-3-492-70387-1
2. Auflage 2016
© ivi, ein Imprint der Piper Verlag GmbH, München/Berlin 2016
Satz: Satz für Satz, Wangen im Allgäu
Karte: Timo Kümmel
Druck und Bindung: GGP Media GmbH, Pößneck
Printed in Germany

1 DIE NAMENSGEBUNG

Der Name ist der Schlüssel zur Seele.

Ich war an diesem Frühlingsmorgen in dem Wissen aufgewacht, dass es der bedeutendste Tag in meinem Leben sein würde. Heute würde ich offiziell für volljährig erklärt werden. Heute würde ich endlich meinen Namen bekommen und erfahren, wer ich war.

Aufgeregt stand ich im Festsaal meiner Schule und saugte die Eindrücke in mich auf. Der Raum war anlässlich des besonderen Ereignisses feierlich geschmückt mit den Wappen der größten Dynastien des Landes. Blumensträuße in allen Ecken ergänzten die festliche Dekoration und verströmten einen warmen Geruch, der für mich Hoffnung versprach.

Endlich würde alles anders werden.

Mein Herzschlag pochte so laut in meinen Ohren, dass er sogar das Geschnatter der anderen Schüler neben mir übertönte. Ich konnte mich nicht richtig auf ihre Gespräche konzentrieren, mir ihre Spekulationen, Hoffnungen und Träume oder manchmal sogar Ängste anhören. Dies war für alle Schüler der Frühlingsgruppe 1276 in Tummersberg ein wichtiger Tag. In Kürze würden wir nicht länger als bloße Nummern gelten, gleich würden wir endlich unsere Namen erfahren.

»Was passiert, wenn wir keinen Namen haben?«, fragte Nummer 7, ein schmächtiger Junge mit schwarzen Haaren und Pickeln, ängstlich.

Nummer 2, der wie immer vor Selbstbewusstsein strotzte, lachte auf. »Jeder hat einen Namen, du Dummkopf!« Er musterte Nummer 7 verächtlich. »Aber ich wette, in deinem Fall ist es ein unbedeutender. Stell dir vor, du bist ein Bedduar und musst ab morgen jeden Tag über die Felder laufen, um Getreide auszusäen oder zu ernten! Ich würde mich umbringen vor lauter Scham!«

Nummer 2 lachte laut und Nummer 9 schloss sich ihm an. Beim Klang ihres Lachens drehte ich mich unwillkürlich zu der Gruppe um und starrte die Kontrahenten an.

Das Gesicht von Nummer 7 war vor Scham knallrot angelaufen, während Nummer 2 die Aufmerksamkeit genoss, die ihm dank seines Spotts zuteilwurde. Hin und wieder blickte er zu Nummer 1 hinüber, einem schlaksigen, blonden Jungen, der mit einem abwesenden Gesichtsausdruck zu den Ehrengästen auf der anderen Seite des Festsaals starrte. Er schien auf jemanden zu warten und hatte nicht mitbekommen, wie sein bester Freund wieder einmal einen ihrer Klassenkameraden piesackte.

Ich mochte Nummer 2 nicht und hielt mich daher meistens von der Gruppe um ihn herum fern, zu der neben Nummer 1 auch die beiden Mädchen Nummer 9 und Nummer 5 gehörten.

Laut Gesetz war jedes Kind ohne Namen nur eine Nummer und jede Nummer war genauso viel wert wie die anderen. Ich hatte allerdings festgestellt, dass das in der Wirklichkeit ganz anders aussah. Es gab große Nummern, Mitläufer-Nummern und unwichtige Nummern, genauso wie dies für Namen in der Welt der Erwachsenen galt. Und wenn du eine wichtige Nummer warst, wurdest du von den Lehrern und Mitschülern anders behandelt als eine unwichtige Nummer. Und ratet mal, was ich war …

»Nummer 7 ist kein Bedduar«, sagte plötzlich jemand und ich erkannte verdrossen, dass es meine eigene Stimme war. So viel also zu meinem Vorsatz, mich nicht mehr einzumischen, wenn Nummer 2 sich wieder einmal aufspielen wollte. Leider ging mir der dunkelhaarige Junge mit seiner großen Klappe nur so sehr auf die Nerven, dass ich mich jedes Mal wieder von ihm ärgern ließ.

»Hast du etwas gesagt, Nummer 19?«, fragte er sofort mit einem hämischen Grinsen. »Unser Streber weiß mal wieder alles besser, wie? Hast wohl schon heimlich im Vorfeld mit der Ellusan gesprochen, um zu erfahren, wer du bist, was? Und? Aus wie vielen Teilen besteht dein Name? Fünf?«

»Nur nicht aufregen!«, schalt ich mich. Dennoch konnte ich nicht verhindern, dass ich mich bei der Beleidigung verkrampfte.

Wichtige Persönlichkeiten hatten einen Namen, der aus zwei Teilen bestand. Manchmal bekamen sie noch einen dritten Teil hinzu, wenn sie ein wichtiges Amt innehatten, so wie beispielsweise die Ratsmitglieder von Tummersberg, die alle den Namen unserer kleinen Heimatstadt an ihren eigenen Namen anhängen durften.

Jemand, der bereits von Beginn an drei Namensteile hatte, konnte kein wichtiges Amt übernehmen, war aber noch wichtig genug, dass er in der Stadt bekannt war. Mit vier Namensteilen gehörte man zur hart arbeitenden Bevölkerung, war Handwerker oder Bauer ohne großen Besitz. Personen mit fünf Namensteilen waren höchst selten, sie hatten keinerlei Eigentum und keinen Beruf und mussten sehen, wie sie klarkamen. In der Schule arbeitete ein Mann mit fünf Namensteilen. Ich sah ihn jeden Tag, er wischte die Böden, trug den Müll raus und reinigte die Toiletten. Er durfte dankbar sein, dass die Schule ihm eine Arbeit gegeben hatte, da er keine besonderen Fähigkeiten besaß.

»Nein, ich habe nicht mit der Ellusan gesprochen«, entgegnete ich steif.

Es war verboten, vor dem Tag der Namensgebung mit einem Namensfinder zu sprechen. Als Nummer konnte man nur wenige Verbrechen begehen, für die man hart bestraft wurde. Vorzeitig seinen eigenen Namen erfahren zu wollen, war dabei das schwerste und wurde mit vorgezogenem Namensverlust geahndet, sodass der Schuldige nie seinen Namen tragen durfte.

Allerdings war es auch gar nicht so einfach, einem Namensfinder überhaupt zu begegnen. Es gab nur wenige von ihnen im ganzen Land, kaum ein Dutzend, und sie reisten für die Namensgebungen durch die Region, für die sie jeweils zuständig waren. Die Zeremonie fand vierteljährlich einmal in jeder Stadt und in jedem Dorf statt und war ein eintägiges Fest. Ein Ellusan blieb nie länger als zwei oder drei Tage an einem Ort und reiste dann weiter zur nächsten Namensgebung.

Der Namensfinder, in dessen Gebiet Tummersberg lag, war eine Frau von Anfang vierzig und natürlich kannten wir alle ihren Namen. Gesprochen hatte sie allerdings mit keinem von uns. Es war ihr verboten, mit Kindern zu reden, da die Gefahr zu groß war, dass sie zu früh den Namen einer Nummer erkannte. Es waren schon Nummern an der Magie ihres Namens gestorben.

»Ich freue mich schon darauf, Nummer 19, wenn du mir morgen die Stiefel putzen, das Zimmer aufräumen oder das Essen kochen musst. Obwohl – dich den Stall ausmisten zu sehen, wäre bestimmt auch sehr befriedigend«, höhnte Nummer 2 grinsend und schwelgte genüsslich in der Vorstellung.

»Ich bin kein Arbeiter!«, empörte ich mich, da meine Wut nun endgültig die Oberhand gewann. »Und ganz gewiss werde ich niemals dein Diener sein!«

»Oh, Nummer 19 träumt wohl davon, ein bekannter Name zu sein!«, rief Nummer 9 aus.

Unwillkürlich starrte ich sie an. Sie war das hübscheste Mädchen der ganzen Klasse und jeder rechnete damit, dass sie einmal eine richtige Schönheit sein würde, sobald sie ihren Namen erfahren hatte. Manchen Nummern sah man einfach an, dass sie einmal einen wichtigen Namen tragen würden.

Ich seufzte. Nummer 1, Nummer 2 und Nummer 9 hatten es gut. Sie würden mit Sicherheit ab heute einen bedeutenden Namen innehaben. Ich hingegen? Ich konnte nur davon träumen. Bislang jedenfalls hatte es das Leben nicht gut mit mir gemeint. Ich war der Kleinste der ganzen Klasse, sogar die meisten Mädchen waren einen halben oder einen ganzen Kopf größer als ich. Doch ich war nicht nur schmächtig, ich war auch schwächlich. Die kleinste Anstrengung ließ mich keuchen und rot anlaufen. Im Unterricht lachten mich die anderen Kinder daher häufig aus. Wenn ich ein Name gewesen wäre, hätte ich schon längst einen demütigenden Spitznamen wie Tomate oder Hänfling bekommen.

Neben meiner unscheinbaren Statur waren aber auch all meine restlichen körperlichen Merkmale eher unauffällig. Meine Haare waren von einem gewöhnlichen Braunton. In meinen matschbraunen Augen wollte gewiss kein Mädchen versinken, zudem waren sie auch noch kurzsichtig. Mit meinem stets angestrengten Blick und den allgegenwärtigen Büchern sah ich wie ein richtiger Streber aus.

Zugegeben, ich *war* ein Streber. Am liebsten hielt ich mich nach dem Unterricht in der Bibliothek auf und las. Sport und körperliche Betätigung mochte ich nicht. Und wenn ich zu viel draußen war, dann tat mir die Sonne in den Augen weh und ich bekam sofort einen Sonnenbrand.

»Ab heute wird alles anders.«

Ich merkte erst, dass ich laut gesprochen hatte, als Nummer 2 und die anderen lachten.

»Du träumst wohl davon, dass du ein Krieger bist und einen halben Meter wächst, wenn du deinen Namen erfährst, was?«

Nummer 2 johlte und ich schluckte, doch die verhängnisvollen Worte ließen sich nicht mehr aufhalten. »Ja«, gestand ich meinem Gegner meinen größten Traum ein.

Meine Mitschüler explodierten vor Lachen und ich spürte, wie mein Gesicht knallrot anlief. Verdammt! Warum konnte ich nicht lügen, so wie alle anderen? Oder wenigstens einfach nur die Klappe halten, wenn Nummer 2 mit mir sprach? Ich hatte es so satt, eine Witzfigur in den Augen meiner Klassenkameraden zu sein!

»Sie ist da!«, erklärte plötzlich Nummer 1, der sich an der Schadenfreude der anderen nicht beteiligt hatte. Das Gelächter verstummte abrupt, als unsere Gruppe jetzt geschlossen hinüber zu den Ehrengästen starrte.

Sie war da!

Lorina Ellusan war keine Schönheit. Ihr mausbraunes Haar hielt sie kurz geschnitten und ihr Gesicht war wettergegerbt von der vielen Zeit an der frischen Luft. Aber wenn sie lächelte, dann musste man sie einfach anstarren. Ihre Präsenz war umwerfend. Die Magie ihres Namens umhüllte sie wie ein edler Mantel. Sie war eine der bekanntesten Namensfinderinnen der Welt und nun war sie hier, im kleinen Städtchen Tummersberg, und sollte mir und den anderen unsere Namen offenbaren.

Meine Hände schwitzten vor Aufregung. Wer war ich? Ein Krieger? Ein Polliander war am besten, sie galten als Elitekämpfer und arbeiteten in der Regel als Leibwächter für wichtige Namen aus den großen Dynastien. Ein Grekasol zu sein, war zwar nicht ganz so ruhmreich, aber es wäre definitiv schön, als Mitglied der Stadtwache endlich mal etwas Respekt zu erhalten.

Zu den großen Dynastien gehörten unter anderem auch die Deradas. Sie waren reisende Händler, die im Laufe der Jahrhunderte große Vermögen angehäuft hatten. Falls ich ein Derada war, konnte ich mir wahrscheinlich aussuchen, wo ich leben und ob ich arbeiten wollte.

Neben den Kämpfern und den Händlern gab es natürlich noch die verschiedenen Magier-Dynastien. Ich sah einen Zunu, einen Heiler, mit der Ellusan plaudern, während die Wellbann von Tummersberg, eine Wettermacherin, neben ihnen stand und lauschte. Sie hatte zur Feier des Tages für einen strahlend blauen Himmel und Sonnenschein gesorgt.

Doch die wirklich wichtigen Dynastien, das waren die fünf großen Herrscherdynastien. Sie herrschten über die fünf Länder des Kontinents – über jede große Stadt und jedes kleine Dorf. Sogar von ihnen war heute ein Vertreter erschienen, um Zeuge unserer Namensgebung zu sein.

Stille herrschte im Festsaal, als unser Schuldirektor vortrat, um die Gäste zu begrüßen. Ihre Namen rauschten nur so an mir vorbei. Ich hoffte, dass ich später noch einmal ordentlich vorgestellt werden würde. Ich wollte niemanden beleidigen, indem ich ihn nicht mit seinem Namen ansprach.

»Und nun begrüßen wir ganz herzlich die große Lorina Ellusan!«, sagte der Direktor schließlich. Applaus brandete auf und ich zuckte zusammen. Nun war es endlich so weit!

»Nummer 1, tritt vor!«, bat die Namensfinderin sanft. Ihre Stimme war leise, doch sie brannte sich in meine Ohren.

Nummer 2s bester Freund begab sich zu ihr in die Mitte des Saals. Die Ellusan stand neben einer langen Tafel, auf der die Wappen aller bekannten Dynastien der Welt lagen. Es waren hunderte unterschiedlicher Wappen, die von den Ratsmitgliedern von Tummersberg anlässlich des feierlichen Ereignisses aus der sicheren Verwahrung geholt und hierhergebracht worden waren. Manche der Wappen waren alt und ihre Dynastien so selten, dass ein Stadtbewohner sie nur bei der Namensgebungszeremonie zu Gesicht bekam.

Sobald die Namensfinderin Nummer 1 seinen Namen gesagt hatte, würde sie ihm sein Wappen überreichen. Von da an musste er es jeden Tag offen sichtbar um seinen Hals tragen und durfte sich Kleidung mit seinem Wappen anfertigen lassen.

Nummer 1 hielt inne, als er die Ellusan erreichte. Ich beneidete ihn um seine Gelassenheit. Meine Beine fühlten sich an, als würden sie gleich unter meinem schmächtigen Körper zusammenbrechen, doch der schlaksige Junge mit den blonden Haaren wirkte ruhig und selbstbewusst.

»Gib mir deine Hand und sieh mir in die Augen!«, sagte die Namensfinderin. Nummer 1 folgte ihrer Aufforderung, ohne zu zögern.

Magie lag in der Luft und bescherte mir eine Gänsehaut am ganzen Körper, als Lorina Ellusan nun die Hand von Nummer 1 hielt und ihm für einen langen Moment in die Augen starrte.

»Ich grüße dich, Rustan Polliander«, sagte sie schließlich sanft.

Der blonde Junge keuchte, als er seinen Namen hörte. Die Namensmagie schien ihn wie ein Blitzschlag zu treffen. Er wankte einen kurzen Moment und ging dann in die Knie. Und dann veränderte er sich.

War er zuvor schon groß gewesen, so legte er jetzt noch ein paar Zentimeter zu. Doch noch beeindruckender als seine zusätzlichen Zentimeter in der Höhe waren die in der Breite.

Ich glaubte, Knochen knirschen zu hören, als seine Schultern plötzlich auf die doppelte Breite anwuchsen. Seine Muskeln an Armen, Oberkörper und Beinen dehnten sich aus. Das blonde Haar, das er stets kurz getragen hatte, reichte ihm in der nächsten Sekunde über den halben Rücken.

Als die Magie abebbte, sah Rustan Polliander auf und erhob sich langsam. Wo vor wenigen Sekunden noch ein schlaksiger Junge gestanden hatte, stand nun ein imposanter Mann und Krieger und starrte uns gelassen an.

»Wir grüßen dich, Rustan Polliander«, sagte ich zusammen mit den restlichen Anwesenden. Der junge Elitekämpfer nickte uns dankbar zu. Lorina Ellusan hatte unterdessen zwei Schritte nach rechts gemacht und zielsicher nach der Kette mit dem Wappen des jungen Kriegers gegriffen. Er erhielt sein Wappen von der Namensfinderin, hängte es sich um den Hals und ging dann zu den Gästen auf der anderen Seite des Saals hinüber, wo ihm die Leute respektvoll die Hand schüttelten.

Kurz durchlief mich ein Stich der Eifersucht. Genau das wollte ich auch! Ein Polliander zu sein, war so was von grandios!

»Nummer 2, tritt vor!«, bat die Namensfinderin als Nächstes, nachdem das Gemurmel wieder etwas nachgelassen hatte.

Nummer 2 ließ sich nicht zweimal bitten und stolzierte zur Ellusan hinüber, während er herablassend zu allen Seiten hin nickte. Hoffentlich war er ein Bedduar!

»Ich grüße dich, Baro Derada.«

Erneut erfüllte der Geruch nach schwerer Sommergewitter-Magie die Luft, als sich die Augen von Nummer 2 weiteten und er einen tiefen Atemzug machte. Seine Kleidung knisterte, als sich seine braune Schuluniform in ein edles Gewand aus rotem und blauem Samt verwandelte. Wie Rustan legte er noch ein paar Zentimeter zu und wurde fülliger, doch wo der junge Krieger mit seiner körperlichen Präsenz beeindruckte, verströmte der junge Händler einen Hauch von Selbstbewusstsein, Reichtum und Arroganz.

»Wir grüßen dich, Baro Derada«, intonierte der ganze Saal, während ich den Mund öffnete und doch keinen Ton über die Lippen brachte.

Es war einfach ungerecht! Obwohl ich gewusst hatte, dass Nummer 2 einen bedeutenden Namen haben musste, so war es doch unfair, wie bedeutend. Es war Baro Derada gewesen, der die Händlerdynastie der Deradas vor knapp zweihundert Jahren zu ihrer heutigen Größe geführt hatte. Seine Feinde hatten mehrfach versucht, den skrupellosen, wenn auch brillanten reisenden Händler zu vergiften, zu erstechen und zu erschlagen. All ihre Versuche waren dank seines Leibwächters gescheitert. Und ratet mal, wer das gewesen ist? Richtig, Rustan Polliander. Die besten Freunde von einst waren wieder vereint.

Die Namensgebung von Nummer 3 und Nummer 4 rauschte an mir vorbei, ohne dass ich ihre Namen mitbekam. Anhand der Kleidung der ehemaligen Nummer 4 wusste ich, dass er ein Enbua sein musste. Denn nur Tischler trugen ihre Werkzeuggürtel stets um die Hüfte. Der junge Tischler wurde gleich nach seiner Namensgebung von einem älteren Kollegen in Beschlag genommen. Die beiden begannen ein angeregtes Gespräch, während Lorina Ellusan als Nächstes Nummer 5 aus der alten Clique von Rustan Polliander und Baro Derada nach vorne rief. Die beiden sahen aufmerksam zu, während die Namensfinderin dem jungen Mädchen tief in die Augen sah.

Ein kurzes Lächeln huschte über das Gesicht der Ellusan, bevor sie sagte: »Ich grüße dich, Nelia Wabloo.«

Dieses Mal war die Namensmagie nicht wie ein Sommergewitter, sie war eine Sturmflut, die den Saal überschwemmte. Die Wappen erhoben sich von der Tafel und tanzten durch die Luft. Die Blumen im Saal erstrahlten plötzlich in voller Blüte und vervielfältigten sich. Der ganze Saal verwandelte sich in eine Frühlingslandschaft, als die junge Magierin erwachte.

»Wir grüßen dich, Nelia Wabloo.«

Beim Klang unserer Stimmen verlor Nelia ihr Lächeln. Sie zuckte zusammen und die Wappen fielen wieder auf den Tisch zurück. Die Ellusan reichte der Magierin ihr Dynastie-Wappen, während sich Nelia wieder in eine unscheinbare junge Frau verwandelte. Hatte ich mir ihre strahlende Schönheit nur eingebildet? Waren das etwa nur Freude und das Aufblitzen ihrer Namensmagie gewesen, die sie hatten strahlen lassen?

Ich musterte Nelia noch einen kurzen Moment und meinte für eine Sekunde einen magischen Schleier über ihrer Gestalt zu sehen, doch im nächsten Moment blinzelte ich und er war verschwunden. Hatte ich mich getäuscht?

Nummer 6 wurde eine Fiento und freute sich sichtlich über ihren dreiteiligen Namen. Sie war eine der wohlhabenden Obstbäuerinnen.

Nummer 7, der vorhin noch Angst hatte, überhaupt keinen Namen zu haben, entpuppte sich als Ellutor und würde zukünftig in einem der Namensarchive unseres Landes arbeiten. Ich freute mich für ihn. Am liebsten wäre ich zwar ein Polliander oder ein anderer bedeutender Name, aber wenn mir dieses Glück nicht vergönnt sein sollte und ich nur einen dreiteiligen Namen bekam, dann wäre ich am liebsten ein Ellutor. Mein bester Freund war ein Ellutor und die Vorstellung, mit ihm zusammen im Namensarchiv arbeiten zu dürfen, ließe mich mit Sicherheit die Enttäuschung besser verkraften.

Nachdem wir mit Nummer 8 einen neuen Curill unter den Webern von Tummersberg begrüßen durften, war endlich Nummer 9 dran. Begierig verfolgte ich, wie sie mit einem leichten Lächeln vor die Namensfinderin trat.

Dieses Mal brauchte die Namensfinderin ungewöhnlich lange, bevor sie den Namen von Rustans, Baros und Nelias Freundin bekannt gab.

»Ich grüße dich, Allira Varianda.«

Allira Varianda! Ich ließ mir den Klang des Namens auf der Zunge zergehen, während seine Magie durch den Saal hallte wie ein Glockenschlag.

Die junge Sängerin lachte hell, während sich ihr strohblondes Haar in reines Gold verwandelte und ihr in langen Locken über den Rücken fiel. Anstatt ihrer Schuluniform trug sie nun ein schönes, grünes Kleid. Ihr Gesicht strahlte vor Freude und ich verlor die Fähigkeit zu atmen.

Sie war wunderschön!

Mein Herzschlag setzte kurz aus, als ich sie anstarrte. Ich verpasste, wie der Saal Allira begrüßte, und beobachtete dann, wie sie sich zu Rustan und ihren anderen Freunden gesellte. Eine Minute später schmiegte sie sich an die Brust des jungen Kriegers und mein Magen krampfte sich zusammen. Ich *musste* ein Polliander werden, wenn ich eine Chance bei ihr haben wollte!

Unsere Klasse offenbarte noch einen Kurier, zwei Einzelhändler, drei Bauern, einen Maler, einen Söldner und einen Fischer, bis ich, der Jüngste der Frühlingsgruppe, endlich dran war.

»Nummer 19, tritt vor!«, sagte die Namensfinderin und verfolgte mit einem leisen Lächeln, wie ich ihr langsam und mit wackligen Knien entgegen ging.

Nun endlich würde ich erfahren, wer ich war! Mein Herz raste in meiner Brust. Am liebsten hätte ich gelacht, geschrien oder getobt, um meiner Gefühle, die gerade über mich hereinbrachen, Herr zu werden.

»Bitte, lasst mich ein Polliander sein! Oder wenigstens einen anderen bedeutenden Namen haben!«, flehte ich stumm die großen Namen an.

Meine Hand schwitzte, als ich sie in die Hand der Ellusan legte. Obwohl die Namensfinderin nicht viel größer war als ich, schien meine Hand in ihrer unterzugehen.

Es fühlte sich wie eine Ewigkeit an, als ich meinen Kopf

hob und ihrem warmen Blick begegnete. Ihre braunen Augen schienen in mich hineinsehen und erkennen zu können, was ich fühlte und dachte. Ich war von ihrem Blick gefangen und einen Moment lang erlag ich der Illusion, ich würde in einen Spiegel sehen und in meine eigenen Augen fallen. Es lag Magie darin. Meine Hand kribbelte, als die Ellusan ihre magischen Fühler nach mir ausstreckte und mein gesamtes Wesen erfasste.

Kurz stockte ihr der Atem, dann lächelte sie mich an. Sie öffnete den Mund – Jetzt war es so weit! – und sagte: »Ich grüße dich, Tirasan P–«

Ja, ein Polliander!

»–assario!«

Nein! Ich hatte doch ein Polliander sein wollen!

Ich kämpfte gegen meine Enttäuschung, während ich auf das Erwachen meiner Namensmagie wartete. Mein Körper kribbelte, als würde eine Kolonie Feuerameisen über meine Haut laufen, und kurz schwankte ich, weil ich vor lauter Aufregung das Luftholen vergessen hatte.

Als ich nach Luft schnappte, legte mir Lorina Ellusan meine Wappenkette um den Hals. Ich wartete immer noch, dass etwas passierte.

Doch nichts geschah. Ich wuchs nicht. Meine Frisur änderte weder Form noch Farbe. Meine Augen konnten auch nicht plötzlich besser sehen. Ich wurde nicht auf einmal von einer Flut an Wissen erfüllt oder sah eine riesige Tabelle aus Zahlen vor meinen inneren Augen, die nun urplötzlich zum allerersten Mal einen Sinn ergab.

Ich war noch immer der kleine, schwächliche Wicht, der ich nach dem Aufstehen gewesen war, und bodenlose Enttäuschung machte sich in mir breit.

Ich hatte nun meinen Namen. Aber ich hatte immer noch keine Ahnung, wer ich war.

2 DER UNBEKANNTE NAME

»*Ich lebte in Finsternis und Nacht,*
kannte weder mich noch meine Macht.
Voller Furcht, Zweifel und Sorgen
hielt ich mich vor der Welt verborgen.
Doch dann flüsterte er
– Magie und Zauber! –
und ich sah das strahlende Licht,
das sich in seinen Augen bricht,
und wusste, das bin ich.
Denn nun kenne ich mich.
Mein Name ist Terbo Kurian.«

(Erinnerungen des großen Dichters Terbo Kurian
an seine Namensgebung)

Die Schule von Tummersberg war wie ein riesiger Bienenstock. Das große Gebäude mit den vielen Anbauten lag auf einem Hügel etwas außerhalb des Stadtrands und sah auf die anderen Gebäude hinab. Seine Lage unterstrich, was alle insgeheim wussten: Nummern waren anders als Namen.

Nummern durften nicht ohne Begleitung oder vorherige Ankündigung der Schule nach Tummersberg hinunter und der Direktor bewilligte für jeden Schüler nur einen Besuch pro Jahreszeit. Da der Ausflug als Privileg galt, war er eines der ersten Dinge, die einem ungehorsamen Schüler weggenommen wurden. Ich hatte seit meinem sechsten Lebensjahr nur ungefähr zehnmal die Stadt gesehen. Leider hatten meine Wortgefechte mit Nummer 2 immer nur mich in Schwierigkeiten gebracht.

Auf dem Weg zu meinem Zimmer hielt ich kurz auf dem Gang inne und sah durch das Fenster den Hügel hinab. Die Nachmittagssonne tauchte die Stadt in ein warmes Licht, das mich einlud, den Hügel hinabzugehen und durch die Straßen zu bummeln. Es war ein komisches Gefühl zu wissen, dass ich ab heute kommen und gehen konnte, wie und wann ich wollte. Ich war keine bloße Nummer mehr, auch wenn ich mich noch immer wie eine fühlte.

Ich sah an meiner braunen Schuluniform hinab. Nach der Namensgebung waren Rustan, Nelia und ich die Einzigen, die noch ihre alte Schulkleidung trugen. Bei allen anderen hatte die Namensmagie dafür gesorgt, dass sich die Kleider mit ihnen verwandelten.

Daher waren die beiden auf dem Gang ein paar Meter vor mir ebenfalls auf dem Weg zu ihren Zimmern, um sich umzuziehen. Allerdings bezweifelte ich, dass die alten Kleidungsstücke von Nummer 1 Rustans um einiges breiterer Statur passen würden. Ob der Krieger wohl wusste, dass ihm die Naht am Rücken gerissen war?

»Nicht mein Problem«, sagte ich mir.

Rustan und Nelia gingen an einer geschlossenen Tür am Ende des langen Ganges vorbei und näherten sich der Treppe, als sich die Tür wenige Meter vor mir öffnete und ein mit einem großen Messer bewaffneter Mann auf den Gang stürmte und sich mit wildem Blick umsah.

Ein Attentäter!

Der Gedanke lähmte mich für einen Herzschlag, während der Blick des Attentäters auf den jungen Krieger fiel, der die drohende Gefahr in seinem Rücken noch nicht bemerkt hatte.

»Rustan! Vorsicht, hinter dir!«, schrie ich.

Im selben Moment wirbelte Rustan auch schon herum, erkannte die Gefahr und stellte sich ihr. Er war unbewaffnet, aber das hielt den jungen Elitekämpfer nicht auf. Während ich noch erschrocken blinzelte, packte er den Waffenarm des Attentäters, wirbelte herum und verdrehte ihn. Es knackte, als ein Knochen brach. Mit einem Fluch und einem lauten Schmerzensschrei ließ der Attentäter das Messer fallen.

»Wer bist du? Wer hat dich geschickt?«, wollte Rustan wütend wissen. »Bist du immer so feige, einen Unbewaffneten von hinten anzugreifen?«

Das Letzte schien ihn am meisten zu ärgern. Die Polliander lebten nach einem Ehrenkodex. Sie kämpften niemals feige. Das Verhalten des Attentäters, der ihn nun anspuckte, brachte ihn daher ziemlich schnell an den Rand des Kontrollverlusts.

»Ruhig!«, sagte ich rasch zu ihm.

Rustan drehte den Kopf für einen kurzen Augenblick zu mir herum. Diesen Moment nutzte der Attentäter, um sich zu Boden fallen zu lassen. Rustan konnte sein Gewicht nicht aufrecht halten und ließ los, um nicht mit zu Boden gerissen zu werden. Im nächsten Moment hatte der Attentäter sein Messer in der gesunden Hand und zielte auf Rustans Brust.

Ich kreischte erschrocken. Meine Ablenkung würde Rustan das Leben kosten!

Doch ich hatte Nelia vergessen. Während Rustan und der Attentäter kämpften und ich untätig zusah, hatte die junge Zauberin nur auf ihren Moment gewartet. Magie knisterte in der Luft, als sie das Messer des Mörders mit ihren Fähigkeiten packte und herumwirbelte. Der Mann keuchte, als das Messer in seine eigene Brust eindrang. Er röchelte und ging in die Knie. Mit einem Krachen schlug er schließlich auf dem Boden auf.

»Ist er tot?«, fragte ich nach einem langen Moment der Stille, während Rustan und Nelia den Attentäter beobachteten, wie man eine gefährliche Schlange im Auge behielt.

»Ja«, sagte Nelia schließlich und wirkte sichtlich erleichtert. Sie atmete tief durch, um sich zu beruhigen. »Die Namensmagie hat seinen Körper verlassen.«

»Wer war er? Und warum wollte er mich töten?«, fragte sich Rustan ratlos. Er beugte sich zu der Leiche herab und musterte sie intensiv.

Beim Anblick des toten Angreifers überkam mich plötzlich ein starkes Zittern und mein Herz pochte im wilden Galopp. Direkt vor meinen Augen war jemand getötet worden! Nun gut, er war der Böse, aber es hätte auch Rustan erwischen können. Nur dank Nelia lebte der junge Krieger noch. Ich hatte immer ein Held sein wollen und in der ersten Gefahrensituation war ich absolut nutzlos gewesen.

»Vielleicht hast du in einem deiner früheren Leben gegen ihn gekämpft?«, vermutete Nelia, die den Vorfall weitaus besser zu verkraften schien als ich. »Ich kann mir vorstellen, dass du im Laufe deiner Leben viele Feinde gesammelt hast.«

»Oder aber er wollte verhindern, dass du wieder Baro beschützt, wie in deinem letzten Leben. Immerhin sind die Deradas nur wegen euch beiden so mächtig geworden«, warf ich ein. Das gemeinsame Spekulieren beruhigte mich allmählich. Nun bewegten wir uns wieder auf einem mir vertrauten Terrain. Unterhaltungen wie diese hatten wir im Unterricht häufig geführt.

Rustan schwieg und nahm das Wappen in die Hand, das um den Hals des Attentäters hing. Es zeigte rote Blutstropfen und ein Messer – das Wappen der Söldner aus der Kurbabu-Dynastie.

»Und was machen wir jetzt?«, wagte ich schließlich zu fragen, als keiner meiner alten Klassenkameraden sich rührte. »Wir können ihn doch nicht hier liegen lassen! Was passiert, wenn die Kinder hier entlang kommen?«

»Du hast Recht«, sagte Rustan. Er erhob sich, klopfte den Staub von seinen Knien und sah ungewöhnlich ernst aus. »Ihr wartet hier und ich werde den Direktor informieren. Aber vorher muss ich noch etwas tun.«

Er zog das Messer aus der Leiche des Attentäters und hielt es einen Moment in der Hand, bevor er es an seiner Handfläche ansetzte und sie aufschlitzte.

Nelia keuchte erschrocken, als der junge Krieger ihr seine blutige Handfläche entgegen hielt. Ich hingegen war nicht überrascht. Nach dem Kodex der Polliander musste Rustan dies tun.

»Ich verdanke dir mein Leben, Nelia Wabloo«, sagte Rustan ernst und packte ihre rechte Hand. »Von heute an stehe ich in deiner Schuld und ich werde nicht ruhen, bevor diese Schuld beglichen ist. Dies schwöre ich, Rustan Polliander, bei meinem Namen.«

Die Namensmagie umhüllte den jungen Krieger wie ein Gewitter an einem schwülen Sommerabend. Es roch nach verbrannter Luft und ich spürte das Gewicht seines magischen Schwurs.

Während Nelia noch ihre blutige Handfläche anstarrte und kaum glauben konnte, was passiert war, drehte sich Rustan zu mir um.

»Es tut mir echt leid, dass ich dich abgelenkt habe«, sagte ich rasch und schluckte mühsam. »Das habe ich nicht gewollt.«

Mit wenigen großen Schritten war Rustan bei mir und packte mich. Ungläubig starrte ich auf unsere verbundenen Hände, als Rustan nun seinen Schwur ein zweites Mal sprach: »Ich schulde dir mein Leben, Tirasan Passario. Ich werde nicht ruhen, bevor diese Schuld beglichen ist. Dies schwöre ich, Rustan Polliander, bei meinem Namen.«

»Aber, aber ...«, stammelte ich schließlich, als das Knistern der Namensmagie verstummt war. »Durch meine Schuld wärst du beinahe gestorben!«

Er lächelte erstmals. »Ohne dich wäre ich mit Sicherheit gestorben, Tirasan«, meinte er. »Denn ich hätte den Attentäter niemals rechtzeitig bemerkt. Ich war dumm. Ich habe so früh nicht mit einer Gefahr gerechnet. Die Namensgebung ist gerade mal eine Stunde her! Die Nachricht von meiner Rückkehr wird sich erst in den nächsten Tagen verbreiten. Dass meine Feinde bereits in der Schule sein könnten, daran habe ich nicht gedacht. Also danke.«

»Gern geschehen«, sagte ich verwirrt. Dennoch konnte ich das unwirkliche Gefühl nicht abschütteln, dass der beste Freund meines Erzfeindes nun so etwas wie ein neuer Freund und Verbündeter sein wollte.

Mir schwirrte immer noch der Kopf, als Rustan mit einem aufgebrachten Direktor und ein paar Soldaten der Stadtwache zurückkam. Die Grekasols warfen uns einen misstrauischen Blick zu und begannen dann mit der Untersuchung des Tatortes. Nach einer kurzen Befragung durch den Direktor, der Nachmittag war inzwischen schon fast vorbei, durften wir endlich gehen.

Fünf Minuten später stand ich in meinem Zimmer und zitterte erneut. Erst langsam sickerten die Ereignisse der letzten beiden Stunden so richtig in mein Bewusstsein. Neben der Angst kam nun auch die Enttäuschung mit rasenden Schritten wieder zurück.

»Wer – bei den großen Namen – ist Tirasan Passario?«, fragte ich laut und starrte in den kleinen Wandspiegel über dem Waschtisch. Anscheinend war er ein gerade mal ein Meter fünfzig großer Typ, der von nichts eine Ahnung hatte.

Eigentlich war ich davon überzeugt gewesen, dass ich die meisten der zweiteiligen Namen und alle gängigen Dynastien kannte. Doch dies entpuppte sich nun als Irrtum. Weder hatte ich etwas über mich gelesen, noch hatte ich jemals von meiner Dynastie gehört. Wie konnte das sein? Wie konnte ein zweiteiliger Name so unbedeutend sein, dass er niemandem etwas sagte?

Ich verstand es nicht. Meine Finger spielten mit dem Wappen um meinem Hals. Die Kette war etwas zu lang für mich, sodass das Wappen auf meinem Bauch lag und nicht auf meiner Brust. Ich nahm die Kette ab. Konnte ich sie irgendwie kürzen?

Ich musterte das Symbol auf meinem Wappen. Wappenkunde war eines der wichtigsten Fächer auf unserer Schule. Jeder Schüler musste imstande sein, die wichtigsten Wappen mit einem Blick zu erkennen, ohne dass sich die Person vorgestellt hatte. Das Symbol eines Pollianders war ein goldenes Schwert. Andere Dynastien wie die Deradas hatten kompliziertere Wappen. Baros Wappen zeigte eine Kombination aus Lagerhaus, Pferd, beladenem Wagen und Münzen, die wichtigsten Attribute eines reisenden Händlers.

Ich hatte Wappenkunde immer leicht gefunden, denn eigentlich erklärte jedes Wappen, welchen Beruf sein Träger ausübte. Das Wappen der Nivians zeigte eine Hand mit einer Schriftrolle, die typische Nachricht, die ein Kurier überbrachte. Die Musiker-Dynastien hatten Noten und Musikinstrumente auf ihren Wappen, ein Bauer die Früchte oder das Getreide, das er erntete.

Doch was bedeutete ein Kreis?

Ratlos sah ich auf mein eigenes Wappen hinab. War ich ein Radmacher? Aber hätten in dem Kreis dann nicht Striche sein müssen? Oder stand der Kreis für einen Brunnen? Beides erschien mir unwahrscheinlich. Wer war ich?

Als ich Stimmen auf dem Gang hörte, schrak ich zusammen. Die jüngeren Schüler, die auf meiner Etage wohnten, polterten an meinem Zimmer vorbei. Der Nachmittagsunterricht musste zu Ende sein, was bedeutete, dass sich die Feier der Namensgebung ebenfalls dem Ende näherte, und ich stand nur dumm grübelnd in meinem Zimmer herum und verpasste sie.

Rasch riss ich meinen Schrank auf und starrte hinein. Braune Hemden, braune Hosen, braune Socken, braune Stiefel und braune Jacken – langweiliger ging es nicht. Dies war unsere Schuluniform. Nur ein dunkelblaues Hemd und eine hellgraue Hose, die einzige Freizeitkleidung, die ich besaß, stachen aus dem Berg von Erdtönen heraus. Ich seufzte und nahm sie in die Hand.

Schnell hatte ich mich umgezogen und eilte zurück in

den Festsaal. Mein Wappen schlug mir beim Laufen gegen den Bauch und die Nummern starrten und zeigten spöttisch mit dem Finger auf mich, als ich in ungewohnter Eile an ihnen vorbeihastete. Es hatte sich nichts geändert.

Vor dem Festsaal musste ich innehalten und erst einmal eine Minute verschnaufen. Zum Glück gab es hier keine Spiegel. Ich musste jedoch mein verschwitztes und hochrotes Gesicht nicht sehen, um zu wissen, dass ich keinen guten Eindruck machen würde, wenn ich jetzt den Saal betrat.

Ich zog die Tür auf und ging trotzdem hinein. Die Feier war noch immer in vollem Gange, auch wenn die Tafel inzwischen recht kahl wirkte und von den Speisen kaum noch etwas da war. Aber ich war nicht zum Essen hergekommen. Obwohl mir heute Abend wahrscheinlich der Magen knurren würde, weil ich den ganzen Tag vor lauter Aufregung nichts gegessen hatte.

Aufmerksam sah ich mich um. Noch hatte niemand meine Rückkehr bemerkt. Ich entdeckte Rustan, der irgendwo neue Kleidung in seiner Größe aufgetrieben hatte und nun sehr vornehm aussah. Allira stand neben ihm, mit einer Hand auf seinem Arm, und sah zu ihm auf. So schnell ich konnte wandte ich den Blick ab und zuckte zusammen, weil Nelia plötzlich neben mir stand.

»Geht es dir gut, Tirasan?«, fragte sie besorgt. »Du bist ganz rot im Gesicht und deine Augen glänzen.«

Verlegenheit würde jedenfalls nicht dafür sorgen, dass sich an diesem Zustand in absehbarer Zeit etwas änderte.

Hatte sie etwa erkannt, dass ich kurz davor war loszuheulen? Ich hoffte nicht.

»Danke, es geht mir gut«, antwortete ich schließlich und versuchte mich an einem Lächeln. Ich glaubte nicht, dass es mir besonders gut gelang. »Ich habe die Zeit vergessen und bin daher gerannt, um die Feier nicht ganz zu verpassen.«

Sie lächelte mich an. »Keine Angst, die Feier geht noch eine Stunde. Es ist also noch genug Zeit«, meinte sie.

Nelias Blick fiel auf mein Wappen und sie griff danach. Ich versteifte mich. Es war unhöflich, so etwas zu tun. Ich öffnete den Mund, um mich zu beschweren, und klappte ihn im nächsten Moment wieder zu. Nelias Augen glühten golden, als sie durch mich hindurch sah. Meine Wappenkette wurde warm um meinen Hals, als Nelia ihre Magie wirkte. Im nächsten Moment hing mir das Wappen nicht länger auf dem Bauch, sondern ordentlich auf der Brust.

»So! Besser«, sagte die junge Magierin zufrieden.

»Danke.«

Ich war es nicht gewohnt, dass jemand etwas Nettes für mich tat, und fühlte mich nun unangenehm berührt. Doch bevor die Situation noch peinlicher werden konnte, nickte mir Nelia einmal kurz zu und ging zu Rustan und Allira hinüber.

Ich sah ihr hinterher und wunderte mich kurz, wo Baro, der Vierte der Runde, abgeblieben war.

»Sieh an, Nummer 19 hat eine Freundin!«

Wenn man von den Namenlosen spricht. Ich wirbelte herum und blitzte den jungen Händler wütend an. »Ich heiße nicht Nummer 19!«, zischte ich.

»Ja, ja«, sagte Baro gelangweilt und wedelte mit der Hand. »Ich weiß. Tirasan Passario und all der Quatsch! Meinst du, den Mist glaubt dir jemand? Was hast du der Ellusan bezahlt, damit sie dir einen falschen Namen gibt?«

»Einen falschen Namen?«, echote ich. Fassungslos starrte ich ihn an.

Baro schnaubte. »Jemand wie du hat nie und nimmer einen zweiteiligen Namen!«, behauptete er verächtlich. »Und Passario? Was soll das sein? Ich habe die anderen im Saal gefragt. Von dieser Dynastie hat noch nie jemand etwas gehört. Ziemlich praktisch, findest du nicht, wenn man sich den Namen selbst ausgedacht hat! Also, was hast du der Ellusan bezahlt, damit sie bei dieser Scharade mitmacht?«

Ich hatte mir ja schon einiges von Nummer 2 anhören müssen, aber das hier war der Gipfel der Unverschämtheit. »Ich habe mir meinen Namen nicht erkauft!«, explodierte ich. Inzwischen starrten alle zu uns herüber, aber das war mir egal. »Wage es ja nicht noch einmal, so etwas zu behaupten! Und denkst du wirklich, das wäre der Name, den ich mir ausgesucht hätte?!«

Plötzlich waren Rustan, Nelia, Allira und der Direktor da. Rustan trat zwischen uns. Im Ernst?! Glaubte der Typ wirklich, ich würde Baro angreifen?!

»Was ist hier los?«, wollte der Direktor wissen. »Was

sind das hier für Anschuldigungen? Habt Ihr etwa einen Grund zur Annahme, dass unsere Ellusan bestechlich ist, Baro?«

Mein Erzfeind erkannte, dass er zu weit gegangen war. »Nein, das wollte ich damit nicht sagen«, versicherte er dem Direktor schnell. »Dennoch finde ich es sehr merkwürdig, dass Nummer 19 nun angeblich einen zweiteiligen Namen hat, ohne dass er auch nur irgendeine Namensmagie gezeigt hätte! Vielleicht hatte die Ellusan ja Mitleid mit ihm und hat ihm einfach irgendeinen Namen gegeben? Anders kann ich es mir nicht erklären.«

Baros Worte erschütterten mich. Er hatte ja Recht! Wie konnte es sein, dass bei meiner Namensgebung nichts passiert war? So überhaupt nichts? Selbst diejenigen, die heute einen vierteiligen Namen bekommen hatten, hatten sich verändert. Und ich mit meinem zweiteiligen Namen? Bei mir passierte gar nichts?

»Er heißt Tirasan Passario!«, sagte eine kühle Stimme nun in die folgende Stille hinein. »Das solltest du nicht vergessen, *junger Mann*.«

Aus den sonst so warmen Augen der Namensfinderin blitzte eisiger Zorn. Sie hätte Baro genauso gut auch als Nummer 2 bezeichnen können, so viel Geringschätzung lag in ihren Worten. Was auch nicht weiter verwunderlich war, wenn man bedachte, dass Baro sie gerade der Korruption verdächtigt hatte.

»Hochverehrte Lorina Ellusan, niemand hier glaubt, dass Ihr dem jungen Mann absichtlich einen falschen Namen gegeben habt«, beeilte sich der Direktor zu sagen. »Allerdings kann ich nicht leugnen, dass Baros Worte nicht aus der Luft gegriffen sind.« Er zögerte einen winzigen Moment. »Kann es möglicherweise sein, dass es zu einem Fehler, einer Verwechslung oder Ähnlichem gekommen ist?«

Ich wich einen Schritt vom Direktor zurück. Merkte er denn nicht, dass die Aura aus Magie, die die Ellusan umgab, inzwischen tobte, als wäre ein Herbststurm über den Festsaal hereingebrochen? Und seine Worte machten die Situation nicht besser, im Gegenteil.

»ICH MACHE KEINE FEHLER!«

Lorina Ellusans Magie donnerte durch den Saal und jeder, wirklich ausnahmslos jeder, kauerte sich vor ihr zusammen. Ich hatte noch nie gehört, dass ein Ellusan die Kontrolle verloren hätte, aber Lorina war kurz davor.

»Ihr verbohrten Narren! Ihr glaubt zu wissen, was Namensmagie ist? Was einen Namen ausmacht? Schall, Rauch und Knalleffekte? Je größer der Name, desto mehr blitzt und knallt es? Ihr irrt euch! Namensmagie ist Erkenntnis, Wissen, Vertrauen. Die Seele, die sich entfaltet! Alles andere ist unwichtig! Ja, Tirasan hat sich körperlich nicht verändert, doch das bedeutet nicht, dass er nicht Tirasan Passario ist!«

»Aber wer ist Tirasan Passario?«

Ich zuckte zusammen, als meine Stimme laut und wie eine Herausforderung durch den Saal hallte. Die Frage beschäftigte mich schon den ganzen Nachmittag und sie war letztlich der Grund, warum ich zurück zum Fest gegangen war. Ich hatte die Ellusan fragen wollen. Aber doch nicht so! Warum konnte ich nicht einmal meine verdammte Klappe halten?!

Doch Lorina Ellusan wurde nicht wütend. Im Gegenteil. Ihr magischer Orkan ließ nach, als sie mich nachdenklich musterte.

»Ich weiß es nicht«, sagte sie. »Ich weiß nur, dass dies dein Name ist. Der Name deiner Seele. Ich sah ihn ganz deutlich, als ich in deine Seele sah, zusammen mit deinem Wappen. Doch was er bedeutet, wer du bist, das kannst du nur in den Namensarchiven erfahren.«

Ich nickte enttäuscht. Ich hatte mir mehr erhofft.

Die Ellusan rauschte davon, ohne sich zu verabschieden. Kurz darauf verließen auch die Ehrengäste nach und nach vorzeitig den Saal. Die ausgelassene Feierlaune war verschwunden. Der Direktor atmete tief durch und ging dann zu den Ratsmitgliedern von Tummersberg hinüber, die finster zu uns herüber starrten. Besonders mich streiften kühle Blicke. Sie schienen immer noch zu glauben, dass ich bei der Namensgebung irgendwie betrogen hatte, auch wenn sich keiner erklären konnte wie.

Keine fünf Minuten nach Lorina Ellusans Aufbruch stand ich alleine in meiner Ecke des Saals, während mich meine früheren Klassenkameraden mieden, als wäre ich ein Namenloser.

Ja, meine Namensgebung war wirklich ein denkwürdiges Ereignis geworden.

Scheiße.

3 DAS NAMENSARCHIV

*In der Kenntnis des eigenen Namens
liegt der Schlüssel zur Identität.*

Die Sonne schien mir ins Gesicht. Ich kniff die Augen zusammen und vergrub meinen Kopf im Kissen. Im ersten Moment nach dem Aufwachen hatte ich nicht gewusst, warum ich mich so elend fühlte, doch nun kamen die Erinnerungen an die gestrige Namensgebung mit aller Kraft zurück und verhöhnten mich. Wie hatte ich auch glauben können, dass sich durch meine Namensgebung irgendetwas zum Besseren wenden würde?

Tief in meinem Inneren wusste ich zwar, dass mir Selbstmitleid nichts brachte, aber ich konnte nichts dagegen tun. Seit meinem sechsten Lebensjahr, seit ich begriffen hatte, was ein Name war, war es mein Traum gewesen, ein großer Name zu sein. Nur das hatte mir die Kraft gegeben, es als unwichtig abzutun, wenn mich meine Klassenkameraden oder die anderen Nummern wieder einmal gedemütigt hatten. Doch jetzt hatte sich dieser Traum in Luft aufgelöst und verhöhnte mich. Ich hatte einen zweiteiligen Namen, doch dieser war noch schlimmer als ein drei- oder vierteiliger Name, denn niemand hier kannte ihn.

Ich setzte mich auf, als mir plötzlich ein Gedanke kam. Niemand *im Saal* hatte ihn gekannt, aber das hieß nicht, dass niemand *in Tummersberg* meinen Namen kannte!

Ich beeilte mich mit dem Anziehen, als ich in eine meiner Schuluniformen schlüpfte. Ich hätte auch wieder meine Freizeitkleidung tragen können, aber die wollte ich mir lieber für meine Reise aufsparen.

Die Gänge waren ungewöhnlich verlassen für diese Tageszeit, als ich durch die Schule eilte. Meine ehemaligen Klassenkameraden nutzten, wie die Nummern, die heute schulfrei hatten, den Tag zum Ausschlafen. Wo sonst hunderte Schüler lachten, schrien und polterten, herrschte an diesem Morgen eine fast schon gespenstische Stille.

Zehn Minuten später kam ich schnaufend am Gebäude der Schulbibliothek an. Das Eingangstor war geschlossen – es war schließlich schulfrei –, aber ich wusste, wie ich dennoch hineinkommen konnte. Ich ging um die Ecke zu einem kleinen Nebeneingang und zog an der Glocke. Das metallische Geräusch erschien mir ohrenbetäubend in der morgendlichen Stille. Dennoch musste ich noch ein zweites Mal läuten, bevor ich drinnen Schritte hörte. Dann wurde die Tür einen Spalt aufgerissen und ein wütendes Gesicht starrte mich an. Gerunder Falios Ellutor war sechsundzwanzig

Jahre alt – und damit zehn Jahre älter als ich – und bekanntermaßen kein Frühaufsteher. Aber ich wusste, dass hinter seiner brummigen Fassade ein netter Kerl steckte.

»Darf ich reinkommen, Gerunder?«, fragte ich.

»Nummer 19?«, sagte er überrascht. »Was machst du hier? War gestern nicht deine Namensgebung? Warst du denn nicht feiern, wie die anderen?«

Es überraschte mich nicht, dass Gerunder noch nichts vom Eklat bei der Feier oder dem Attentat gestern Nachmittag gehört hatte. Er war nicht bei der Zeremonie gewesen, und da er die meiste Zeit in der Bibliothek verbrachte und eher ein Einzelgänger war, hatte er den Abend vermutlich wieder mit einem guten Buch vor dem Kamin verbracht, anstatt nach der Arbeit noch mit den anderen Angestellten der Schule zu plaudern.

Ich schnaubte unwirsch. Erstens hatte ich nun wahrlich nichts zu feiern gehabt und zweitens konnte nicht einmal eine Namensgebung dafür sorgen, dass meine Klassenkameraden zusammen mit mir feiern wollten. Ich war mit Sicherheit der Einzige gewesen, der nicht mit den anderen abends in die Stadt gegangen war, um sich zum ersten Mal ordentlich zu betrinken und die Tatsache zu feiern, dass es ab sofort keine Schule, keine Regeln und keine Nummern mehr gab. Ab sofort durften wir tun und lassen, was wir wollten, und uns verlieben, in wen wir wollten. Nicht dass das jeden von uns glücklich gemacht hätte.

»Mein Name ist Tirasan Passario – und das ist mein Problem«, erklärte ich ihm und seufzte.

»Komm rein!« Gerunder öffnete die Tür einen Spalt weiter und trat beiseite, damit ich hineinschlüpfen konnte. Danach schloss er sofort die Tür und zog seinen Morgenmantel enger um sich. Anscheinend hatte ich ihn geweckt. »Kannst du Frühstück machen, während ich mich anziehe?«, fragte mein Freund und gähnte. »Ich brauche dringend etwas Warmes zu trinken, wenn ich wach werden soll.«

»Klar, mach ich«, sagte ich und marschierte in die Küche, während Gerunder die Treppe hinauf ging und in seinem Schlafzimmer verschwand. Ich hatte Gerunder schon so oft besucht, dass ich mich in seiner Küche genauso gut auskannte wie in meinem eigenen Zimmer. Ich nahm zwei Becher aus dem Schrank, holte den Wasserkessel, befüllte ihn mit Wasser und setzte ihn dann auf die Feuerstelle und entfachte ein Feuer. Während das Wasser heiß wurde, öffnete ich die Schublade, holte zwei Löffel heraus und wählte die Kräuter für den Tee aus. Der Honig stand schon auf dem Tisch, sodass ich mich nun ans Tischdecken machte und Brot und Käse aus der Speisekammer holte.

Ich goss gerade den Tee auf, als Gerunder die Küche betrat. Er hielt in der Tür inne und starrte mich an.

»Warum hast du dich eigentlich nicht verändert?«, fragte er verdutzt.

Ich seufzte. »Das ist das große Rätsel.«

Niedergeschlagen setzte ich mich auf meinen Lieblingsstuhl, während Gerunder auf mich zukam und mich begutachtete, als hätte er mich noch nie gesehen.

»Entschuldige, ich war gerade noch nicht ganz wach. Wie, sagtest du, war noch mal dein Name?«

»Tirasan Passario.«

»Tirasan ... Tirasan Passario? Hm, sagt mir nichts.«

Ich fühlte erneut eine Woge an Enttäuschung in mir aufsteigen. Wenn selbst Gerunder, der ein Ellutor war und im großen Namensarchiv von Himmelstor studiert hatte, meinen Namen nicht kannte, dann kannte ihn niemand.

»Ich glaube, über einen Tirasan habe ich schon mal etwas gelesen«, fuhr Gerunder grübelnd fort. »Aber ich glaube nicht, dass er ein Passario war.«

»Weißt du denn wenigstens, was ein Passario ist?«

Gerunder pustete nachdenklich in seinen Becher Tee, gab einen Löffel Honig hinzu und rührte um.

»Ich habe das Gefühl, die Dynastie sollte mir etwas sagen«, meinte er. »Ich glaube, ich habe in einem ganz alten Buch mal etwas über alte Namen aus der Zeit vor den Dynastien gelesen und dort kam der Name vor. Aber in welchem Zusammenhang weiß ich nicht mehr.«

»Aus der Zeit vor den Dynastien?«, fragte ich verblüfft. Ich hatte immer gedacht, dass die Namen von damals längst in Vergessenheit geraten waren. Niemand benutzte mehr die Namen aus der Zeit vor der großen Wende. »Aber wie kann das sein? Bist du dir wirklich sicher?«

»Nein, sicher bin ich mir nicht«, gestand Gerunder und seufzte. »Meine Ausbildung ist neun, zehn Jahre her und du ahnst nicht, wie viele Bücher ich während dieser Zeit lesen musste. Aber der Name kommt mir vertraut vor. Wenn du ins Namensarchiv von Himmelstor kommst, dann findest du sicher mehr heraus oder meine dortigen Kollegen können dir helfen.«

Ich spürte neue Hoffnung und gleichzeitig auch Enttäuschung, weil die Antwort immer noch Wochen entfernt war.

»Guck nicht so traurig!«, meinte Gerunder. »Es ist ja nicht so, als könntest du nicht heute schon etwas mehr über dich herausfinden!«

Mein Herz klopfte aufgeregt und ich konnte nicht länger ruhig auf meinem Stuhl sitzen. »Wie meinst du das?«

»Na, hast du denn die Tests vergessen?«

Die Tests! Natürlich!

Heutzutage werden sie kaum noch absolviert und sind in Vergessenheit geraten, aber in den letzten Jahrhunderten waren die sogenannten Tests gängige Praxis. Nach der Namensgebung kann ein Name seine neuen Fähigkeiten erkennen, indem er mehrere Prüfungen absolviert. Die Tests helfen ihm festzustellen, wo er sich nach der Namensgebung verbessert hat. Es gibt körperliche Tests, Fähigkeits-Tests, Wissen-Tests und mentale Tests.

Zehn Minuten nach unserem kurzen Frühstück standen Gerunder und ich auf dem Übungsgelände, während ich skeptisch auf die Waffen vor mir starrte. Ich hatte mir so sehr gewünscht, ein Polliander zu sein. Doch als Krieger hätten mir Waffen so vertraut sein müssen wie meine eigenen Hände, und von diesem Gefühl war ich weit entfernt.

»Bist du bereit, Tir?«, fragte Gerunder und mich durchströmte ein warmes Gefühl bei seiner Frage. Gerunder hatte noch nicht einmal bemerkt, dass er mich mit meinem allerersten Spitznamen bedacht hatte. *Tir*. Nur ein echter Freund würde mich so nennen.

»Bereit«, entgegnete ich und packte das Schwert am Griff. Vielleicht war es nicht meine beste Entscheidung, mit den Waffentests anzufangen. Ich ächzte, als ich versuchte, die schwere Waffe zu heben und Gerunders Angriff zu parieren.

Im nächsten Moment heulte ich auf. Der Schlag traf mein Schwert in einem so ungünstigen Winkel, dass mein ganzer Arm vibrierte. Vor Schreck und Schmerz ließ ich die Waffe los und sie fiel auf meinen rechten Fuß. Ich jaulte ein zweites Mal auf.

»Entschuldige, ich bin echt nicht gut mit Waffen«, sagte der Namensarchivar verlegen.

Nun, man konnte wohl sagen, dass mir der Schwertkampf ebenfalls nicht lag. Mutlos wandte ich mich der nächsten Waffe zu. Der Kampf mit Messern lief nicht besser. Ich traf Gerunder so ungünstig in die Hand, dass wir die Tests unterbrechen und meinen Freund erst mal verarzten mussten. Ach ja, Heilmagie hatte ich übrigens auch nicht. *Das* hatte ich als Erstes versucht.

Beim folgenden Messerwerfen traf ich bei zehn Versuchen nicht einmal die Scheibe, obwohl die nur zehn Meter von mir entfernt stand. Ich war nur froh, dass meine Klassenkameraden alle noch schliefen und meine peinlichen Versuche nicht sahen.

»Du musst mehr aus dem Handgelenk werfen, sonst ist dein Zielbereich zu groß«, sagte jemand hinter mir. Und es war nicht Gerunder.

Ich lief rot an, als ich mich umdrehte und Rustan hinter uns stehen sah.

»Was machst du hier? Und dazu noch um diese frühe Uhrzeit?«, fragte ich fassungslos.

»Ich wollte üben«, antwortete der junge Krieger. »Was macht ihr hier?«

»Waffentests«, erklärte Gerunder. »Wir wollen herausfinden, welche Fähigkeiten Tir hat.«

»Warst du nicht gestern mit den anderen in der Stadt? Warum bist du dann schon so früh wieder wach?«, wollte ich wissen. Es war immerhin gerade mal acht Uhr morgens. Ich hatte erwartet, dass er seinen Abend mit Allira und Baro verbringen würde.

Rustan brummte. »Nach dem, was gestern passiert ist, hielt ich es für keine gute Idee, mich zu betrinken. Ich war nur etwa eine Stunde weg, dann bin ich abgehauen, als es mir zu laut und unruhig wurde.«

»Was ist denn gestern passiert?«, warf Gerunder ein und Rustan erzählte ihm von dem Attentäter. Ich stand unbehaglich daneben, als der junge Krieger meinem besten Freund erklärte, dass er mir sein Leben verdankte. Im Gegensatz zu Nelia hatte ich ja nun wirklich nichts gemacht.

»Soll ich dir zeigen, wie du beim Messerwerfen besser zielen kannst?«, fragte Rustan schließlich und schenkte mir ein schüchternes Lächeln.

Ich verstand nicht, warum Rustan so nett zu mir war. Selbst wenn er glaubte, in meiner Schuld zu stehen, verpflichtete ihn nichts dazu, seine Zeit mit mir zu verbringen oder mir zu helfen.

Rustan zeigte mir, wie er das Messer hielt. Dann zielte er und traf prompt die Mitte der Scheibe. Nachdem er mir das Ganze dreimal vorgeführt hatte, fühlte ich mich wie eine dumme kleine Nummer. Wie hatte ich je denken können, dass ich ein Polliander sein könnte?

»Nun guck nicht so! Du brauchst nur ein bisschen Übung, versprochen! Probiere es doch einfach!«, versuchte Rustan mich aufzumuntern.

Skeptisch nahm ich die Übungswaffe in die Hand und trat vor den Zehn-Meter-Strich. Ich atmete tief ein und aus, doch meine Hand zitterte und auch dieser Wurf ging daneben.

»Noch mal!« Rustan holte das Messer zurück und drückte es mir mit einem Lächeln in die Hand. »Du kannst das! Das weiß ich, Tir!«

Mir klappte der Mund auf, als Rustan nun Gerunders Spitznamen für mich verwendete, als wären wir Freunde. Wir *waren* keine Freunde! War dies etwa ein neuer hinterhältiger Trick von Baro, der Rustan überredet hatte, sich einen Spaß auf meine Kosten zu erlauben?

Wütend starrte ich ihn an. Ich packte das Messer und schleuderte es auf die Scheibe. »Ich habe keine Lust mehr auf diesen Scheiß!«, fauchte ich.

Rustan lächelte nur. War der Kerl doof?

»Du hast die Scheibe getroffen, Tir!«, jubelte Gerunder. Im ersten Moment konnte ich nicht glauben, was er gesagt hatte. Ich drehte mich ungläubig um und starrte auf das Messer, das zwar nicht im Zentrum der Scheibe, aber immerhin in der Scheibe steckte. Ich hatte getroffen!

»In Ordnung, nächste Übung!«, erklärte Rustan.

Ich musste den Schwertkampf und den Messerkampf mit ihm wiederholen. Es lief noch katastrophaler als beim Übungskampf gegen Gerunder. Nur Rustans überragendem Können war es zu verdanken, dass keiner von uns verletzt wurde. Es war auf jeden Fall unumstößlich: Ich war einfach kein Kämpfer und würde nie einer sein!

Inzwischen machte mich Rustans gute Laune wahnsinnig. Nach den schweren Waffen zeigte er mir das Bogenschießen – jepp, ich war eine Niete, wie erwartet –, ließ es mich mit der Schleuder versuchen – mal ehrlich, wie peinlich war das denn? – und drückte mir am Ende sogar noch eine Armbrust in die Hand. Ich verfehlte das Ziel, selbst als er mich auf fünf Meter aufrücken ließ.

»In Ordnung, dann werden wir dir ein paar Wurfmesser besorgen«, erklärte Rustan gut gelaunt. »Was steht als Nächstes auf dem Programm? Reiten?«

»Willst du nicht frühstücken? Hast du keinen Hunger?«, fragte ich entnervt. Es konnte doch nicht sein, dass Rustan bei all meinen Tests dabei sein wollte? Hilfesuchend blickte ich zu Gerunder, aber den schien Rustans eigenartiges Verhalten überhaupt nicht zu stören.

»Danke, hab schon«, erklärte der junge Krieger und schleppte uns dann zum Stall.

Die gute Nachricht: Ich fiel nicht vom Pferd. Pferde mochten mich anscheinend. Ich wusste zwar nicht, ob ich genügend Geld hatte, um mir ein Reittier leisten zu können, aber mir gefiel die Idee. Und laut Rustan stellte ich mich im Sattel auch recht passabel an. Nur in den Sattel zu kommen und anschließend wieder runter war demütigend. Ich war immer noch zu klein, sodass mich Rustan kurzerhand packte und auf das Pferd setzte.

»Messerwerfen, Reiten – das sind schon mal zwei Fähigkeiten«, sagte Gerunder mit schiefem Lächeln.

Als wir das Pferd zurückgebracht hatten und den Stall verließen, bemerkten wir die Nummern, die sich grüppchenweise um den Eingang versammelt hatten. Sie tuschelten aufgeregt, als sie uns sahen. Nun ja, als sie Rustan sahen, wäre wohl passender.

»Da ist er!«, rief ein blondes Mädchen laut. Sie errötete, als wir sie anstarrten, und ihre Freundinnen quietschten aufgeregt. Sie schienen ein Jahr jünger als Rustan und ich zu sein.

Doch nicht nur Mädchen hatten sich um den Stall versammelt, auch etliche Jungen – von klein bis groß – warteten darauf, einen Blick auf ihren großen Helden zu erhaschen. Die Neuigkeit, dass der große Name und berühmte Krieger Rustan Polliander auf unsere Schule ging und bereits einen Attentatsversuch überstanden hatte, musste sich gestern Abend in Windeseile verbreitet haben.

Ich hörte, wie ein Junge zu seinen Freunden sagte: »Ich habe gehört, dass Rustan Polliander einmal *ein Dutzend* Kurbabus auf einmal bekämpft und besiegt hat. Und dafür hat er nicht einmal *eine Minute* gebraucht!«

»Ich habe gehört, es seien sogar *zwei Dutzend* gewesen.«

Das Getuschel der Nummern und die gelegentlichen Begeisterungsschreie der Mädchen, wenn Rustans Blick auf sie fiel, waren verstörend und mich durchzuckte ein Stich der Eifersucht. Ich hätte genauso gut unsichtbar sein können, so wenig wie die Nummern mich beachteten. Ein Mädchen trat mir sogar auf den Fuß und drückte mir ihren Ellenbogen so fest in die Seite, dass ich mir auf die Lippe biss, um einen Schmerzensschrei zu unterdrücken, als sie sich an mir vorbei drängelte, um zu Rustan zu gelangen.

Sie blieb vor ihm stehen und errötete, als der junge Krieger sie fragend ansah. »Wir haben uns gefragt, ob Ihr vielleicht bereit wärt, uns Eure Schwertkampfkünste vorzuführen? Es wäre so lehrreich, einem großen Namen wie Euch beim Kämpfen zusehen zu dürfen!«, hauchte sie aufgeregt.

»Ähm«, machte Rustan unsicher und sah dann zu mir und Gerunder herüber. Er bemerkte mein schmerzverzerrtes Gesicht und Gerunders belustigte Miene und zögerte.

»Oh, bitte!«, stimmten nun ihre Freunde und die anderen Nummern mit ein.

Ihr Held wirkte verunsichert angesichts all der Bewunderung, die ihm entgegenschlug. Doch schließlich nickte er und erntete dafür ohrenbetäubenden Jubel.

»Entschuldigt bitte die Unterbrechung«, sagte er zu Gerunder und mir. »Das dauert hoffentlich nur fünf Minuten.«

Die Horde drängte uns zurück zum Übungsplatz, wo Rustan eins der Übungsschwerter aufnahm und seinen begeisterten Anhängern geduldig ein paar Übungen zeigte und seine Bewegungen erklärte. Er machte es gut und um einiges besser als der Ungabas letztes Jahr, der uns anhand von Lehrbüchern ein paar einfache Schritte und Armbewegungen hatte nachmachen lassen, ohne sie zu erklären oder vorzuführen. Auch damals war mir das Übungsschwert mehr als einmal aus der Hand gefallen.

Nach etwa zehn Minuten wollte Rustan aufhören. »Bitte entschuldigt mich, Leute«, sagte er. »Meine Freunde warten auf mich, ich habe leider keine Zeit mehr.«

Ein enttäuschtes Murmeln machte sich breit.

»Ach bitte, nur noch ein paar Minuten?«, bettelte eine der Nummern.

»Ich würde so gerne einen Übungskampf gegen Euch machen!«, sagte ein älterer Junge. Er trat einen Schritt vor und schnappte sich ein Übungsschwert vom Waffenständer. »Es dauert auch garantiert nicht lange. Und die können warten!«, meinte er dann mit einem geringschätzigen Blick auf mich und Gerunder.

Auch wenn es mir nicht passte, dass uns Rustan als seine Freunde bezeichnet hatte, so ging mir die Dreistigkeit und Unhöflichkeit der Nummern langsam auf die Nerven. Ich war kurz davor, etwas Bissiges zu sagen, als Rustan meinte:

»Tut mir leid, aber ich habe wirklich keine Zeit mehr. Vielleicht morgen.«

Er stellte sein Übungsschwert wieder in den Waffenständer und wandte sich vom Übungsplatz ab, während die Nummern murrten. Der Junge, der seinen Übungskampf nicht bekommen hatte, schenkte mir und Gerunder sogar einen wütenden Blick.

»Was will er denn mit den beiden Versagern?«, fragte er laut. »Die beiden Bücherwürmer können garantiert nicht ordentlich kämpfen!«

Ich konnte gar nicht schnell genug schauen, wie Rustan herumwirbelte und den gehässigen Jungen am Kragen gepackt hatte. Die Nummer quietschte vor Schreck. Das hätte ich auch beinahe getan angesichts Rustans wütender Grimasse.

»Ernsthaft?«, fragte der junge Elitekämpfer zornig. »Du beleidigst meine Freunde und denkst, dann würde ich dir einen Gefallen tun? Vergiss es! Mit dir liefere ich mir garantiert keinen Übungskampf! Und nun geh mir aus den Augen!«

Er ließ ihn los. Der Junge zitterte so stark, dass er sich auf den Hosenboden setzte, sobald Rustan ihn nicht mehr aufrecht hielt. Die bis jetzt aufgeregt wispernden Nummern um uns herum waren verstummt. Niemand traute sich angesichts von Rustans Wutanfall etwas zu sagen.

»He, Rus!«, rief plötzlich jemand in die unangenehme Stille hinein und ich erkannte resigniert, dass die Stimme zu Baro gehörte, der nun selbstbewusst auf uns zu geschlendert kam. »Ich will in die Stadt, mich ein bisschen umsehen und schon mal etwas einkaufen für unsere Reise. Kommst du mit?«

Er ging an mir vorbei, als wäre ich Luft. Ich wusste nicht, ob ich mich darüber ärgern oder mich freuen sollte, aber offenbar hatte mein Erzfeind keine Lust, einen neuen Streit mit mir zu beginnen, nun da er ein wichtiger und bedeutender Name war.

Rustan seufzte und ein Teil seiner Wut und Anspannung verschwand aus seiner Haltung. »Tut mir leid, Baro«, sagte er. »Ich kann leider nicht. Ich mache die Tests mit Tirasan und Gerunder und weiß nicht, wann wir fertig sein werden. Vielleicht morgen?«

»Die Tests?« Baro wirkte aufrichtig verwirrt. »Wozu das denn?«, fragte er. »Du bist einer der besten Kämpfer der Welt! Das weiß bereits jede Nummer! Um das herauszufinden, benötigst du doch keine Tests! Komm schon, Rus! Lass uns die Stadt unsicher machen! Davon haben wir doch schon seit Wochen gesprochen!«

»Morgen, Baro«, wiederholte Rustan und dieses Mal klang es endgültig. »Dies ist mir wichtig, verstehst du? Die Tests helfen mir, mich und meine Fähigkeiten zu erkennen. Und angesichts der Tatsache, dass ich es bereits gestern mit einem Attentäter zu tun bekommen habe, kann ich nicht bis zum großen Namensarchiv in Himmelstor warten, um mehr über mich und meine früheren Leben zu erfahren.«

Die Nummern um uns herum begannen angesichts der

aufregenden Neuigkeiten wieder zu tuscheln. Ich war irgendwie enttäuscht, wenn auch nicht überrascht, dass Rustans Beweggründe, an den Tests teilzunehmen, rein egoistischer Natur waren. Er hatte sich nicht meinetwegen verpflichtet gefühlt, sondern wollte sich auf seine nächsten Kämpfe möglichst gut und umfassend vorbereiten.

»Also schön«, gab Baro sich geschlagen. Er sah verwirrt und unzufrieden aus. Ich wartete auf eine gehässige Bemerkung auf meine Kosten, die jedoch nicht kam. Stattdessen ging er zurück zum Schulgebäude und sprach kurz mit einem Mädchen, bevor sie beide im Gebäude verschwanden.

Es war Allira! Am liebsten hätte ich die Tests augenblicklich abgebrochen und wäre ihr hinterher gerannt. Stattdessen würde sie jetzt mit Baro ihre Zeit verbringen, ausgerechnet mit Baro, und zusammen mit ihm Tummersberg erkunden, mit ihm lachen, ihn anlächeln …

»Hast du Schmerzen?«, riss mich Rustan aus meinen eifersüchtigen Grübeleien. Anscheinend hatte ich ohne es zu bemerken angefangen, mit den Zähnen zu knirschen.

»Wie? Nein!«, sagte ich rasch und wurde rot. Ich hoffte, man sah mir nicht an, was wirklich durch meinen Kopf ging.

Als wir zum Hindernisrennen weitergingen, ignorierten wir die Nummern, die uns folgten. Ich versuchte, nicht hinzuhören, als sie Rustan beim Laufen und Springen über kleine Mauern, Wasserlöcher und andere Hindernisse anfeuerten und laut jubelten, als er seinen Lauf in absoluter

Schulbestzeit beendete. Natürlich fiel ich bei meinem Versuch prompt in eins der niedrigen Wasserlöcher und blieb an einer der Mauern hängen. Nass und zerkratzt beendete ich den Hindernislauf unter dem Gelächter der Nummern, das rasch verstummte, als Rustan sie finster anstarrte.

Der Rest des Vormittags verging wie im Flug. Wie erwartet war ich beim Ausdauerlauf und beim Klettern eine Niete. Den Tanztest verweigerte ich. Ich hatte wirklich keine Lust, mitten auf dem Schulgelände mit Rustan oder Gerunder zu tanzen, während die Nummern sich schlapplachten.

Kurz vor dem Mittag verlegten wir die übrigen Tests in Gerunders Wohnung und endlich wurden wir auch unsere nervigen Zuschauer los. Im Kochen war ich – im Gegensatz zu Rustan – ganz passabel. Mein Mittagessen konnte man wenigstens essen, während wir das angebrannte Klumpenzeug aus Rustans Topf stillschweigend entsorgten.

Rustan seufzte, während er sich eine zweite Kelle Eintopf auftat. »Wenn du auf der Reise kochst, wäre ich dir dankbar. Meinetwegen mache ich dann den Abwasch«, sagte er.

Ich starrte ihn an. *Wie bitte?*

»Ich reise nicht mit euch nach Himmelstor!«, erklärte ich entschieden. Entsetzt schüttelte ich den Kopf. Ich konnte mir ehrlich gesagt keine schlimmere Folter vorstellen, als mir wochenlang ansehen zu müssen, wie Allira Rustan oder gar Baro anhimmelte, während mich Baro von früh bis spät piesackte.

Rustan hörte auf zu essen und starrte mich an. »Natürlich reisen wir zusammen«, beschied er, als wäre das sonnenklar und als hätten wir wochenlang gemeinsame Reisepläne geschmiedet.

»Nein«, meinte ich unbeirrbar. »Hör zu, ich bin dir dankbar für deine Hilfe. Aber ich reise allein.«

»Das kommt gar nicht in Frage!«, rief Rustan wütend und schlug mit der Faust so kräftig auf den Tisch, dass unsere Teller in die Luft hüpften. Gerunder starrte uns entsetzt an. Aber ich würde nicht klein beigeben.

»Ich habe Nein gesagt und ich bleibe dabei. Ich reise allein. Und das ist mein letztes Wort zu diesem Thema!«

Wir funkelten uns über den Tisch hinweg an. Der Rest des Mittagessens verlief in eisigem Schweigen.

Bei den nächsten Tests – Nähen, Holzarbeiten und Weben – sagte Rustan kein Wort. Ich glaubte ihn hin und wieder leise fluchen zu hören und es bereitete mir einen Hauch von Genugtuung, dass Rustan bei diesen Tests noch schlechter abschnitt als ich. Am späten Nachmittag wussten wir, dass wir beide keine Handwerker waren, auch wenn sich Rustan in der Schmiede nicht ungeschickt angestellt hatte.

Bei den Wissenstests – Wappenkunde, Namenskunde, Sprachen und Geschichte und vieles mehr – schlug ich Rustan um Längen. Doch dieses Mal freute ich mich nicht. Ich war nicht besser als früher. All das, was wir gefragt wurden, hätte ich auch schon als Nummer beantworten können.

»Nun«, meinte Gerunder grinsend, »beruhigend, dass dein Name nicht deine Intelligenz gestohlen hat.«

»Ha, ha!«, machte ich.

Die mentalen Tests waren anstrengend. Wir mussten komplizierte Rätsel unter Zeitdruck lösen, Aufgaben bewältigen, die meiner Meinung nach nicht zu schaffen waren, uns anschreien lassen, während wir mit geschlossenen Augen durch das Zimmer hüpften und gegen Möbel prallten oder über Hindernisse auf dem Boden stolperten. Wie das eine Probe unseres räumlichen Gedächtnisses sein sollte, wusste ich nicht. Die Übungen waren albern.

Als wir zu den magischen Tests kamen, war ich dementsprechend müde und gereizt. Ich konnte keinen Regen beschwören, Nebel herbeizaubern oder Rustan mit einem Windstoß umschubsen. Beim Levitationstest machte ich ein derart verkniffenes Gesicht, dass Gerunder mich fragte, ob ich Bauchschmerzen hatte. Ich bekam keine Vision der Zukunft. Und dass ich kein Ellusan war, das hatten wir ja schon vorher gewusst.

»Reizend. Wenigstens werde ich nicht verhungern, während Soldaten über meine Messerwurf- und Reitkünste lachen und mich einen Streber nennen«, fasste ich die Ergebnisse des Tages zusammen.

»Bist du eigentlich immer so griesgrämig?«, fragte mich Rustan. »Du hast viele Tests richtig gut gemacht. Was kümmert es dich, dass du kein Experte auf nur einem Gebiet bist? Ich hätte mich gefreut, wenn ich so gut abgeschnitten hätte wie du!«

Es war später Abend und der Krieger war immer noch da. Inzwischen hatte ich mich ins Namensarchiv der Bibliothek zurückgezogen und versuchte, im Lexikon der Dynastien etwas über meine herauszufinden. Ohne Erfolg. Und leider konnte ich mich noch nicht einmal in Ruhe in Selbstmitleid suhlen, da Rustan immer noch da war.

»Es ist leicht für dich, das zu sagen!«, fauchte ich ihn an. »*Du* weißt wenigstens, wer du bist! *Alle* wissen, wer du bist, und respektieren dich! Wenn du einmal Hilfe brauchst, dann hast du eine ganze Dynastie und Freunde, die hinter dir stehen! Aber ich, ich habe nichts! Begreifst du das nicht? Wie sollen mir die Tests weiterhelfen?«

Ich schlug wütend das Lexikon zusammen, legte es auf den Tisch und stürmte davon. Gerunder winkte mir kurz zum Abschied zu, als ich durch den Mitarbeitereingang von der Bibliothek in seine Wohnung stürmte und dann hinaus. Ich war sowas von wütend und frustriert, dass ich mich nicht mit ihm unterhalten konnte, ohne etwas zu sagen, das unsere Freundschaft wahrscheinlich ruiniert hätte.

Meine einzige Hoffnung war jetzt das große Namensarchiv in der Hauptstadt Himmelstor. Ich hatte sowieso vorgehabt, es aufzusuchen – jeder suchte es nach seiner Namensgebung auf, um etwas über seine früheren Leben zu erfahren. Aber zu wissen, dass ein paar alte, verstaubte Bücher meine einzige Hoffnung waren, jemals zu erfahren, wer ich war, das war bitter.

Früher hatte ich mir ausgemalt, ich würde auf der Reise nach Himmelstor viele neue Leute kennen lernen und jeder, dem ich mich vorstellte, würde auf Anhieb wissen, wer ich war. Kindische Träume und vergebliche Hoffnungen – nichts weiter war mir noch geblieben.

»Warte, Tirasan!«

Ich ignorierte Rustan, während ich zurück zu unserem Wohngebäude stapfte. Es war spät, die Nummern waren längst drinnen und die Kleinen aus der Krippe und dem Kindergarten vermutlich schon lange eingeschlafen. Es war dunkel und still. Bis auf Rustan und mich war kein Mensch mehr draußen. Ich fühlte mich allein. In ein paar Tagen würde ich mich auf meine Reise nach Himmelstor begeben und den einzigen Ort verlassen, den ich je mein Zuhause genannt hatte. Ich würde meinen besten Freund zurücklassen. Ich hatte keine Ahnung, wohin mich mein Weg führen und ob ich je nach Tummersberg zurückkehren würde.

»TIR!«

Ich ignorierte Rustans Gebrüll. Im nächsten Moment wurde ich gepackt und nach hinten gerissen. Ich fiel gegen einen großen, kräftigen Körper und wurde herumgewirbelt, während wir zu Boden stürzten.

Hatte Rustan den Verstand verloren?

Ich öffnete den Mund, als plötzlich neben uns etwas zu Boden krachte und Staub aufwirbelte. Ich hustete, als ich Dreck und Erde einatmete.

Was war passiert?

»Geht es dir gut?«

Eine kräftige Hand klopfte mir auf den Rücken und half

mir beim Ausatmen des Drecks. Dann wurde ich hochgezogen und auf die Füße gestellt. Rustan stand vor mir und sah mich besorgt an.

»Was ist passiert?«, fragte ich verwirrt.

»Du hast Glück gehabt«, sagte er. »Beinahe hätte dich ein Blumenkübel erschlagen. Wenn ich nicht zufällig hochgesehen und eine Bewegung an den oberen Fenstern bemerkt hätte, dann wäre dir der Topf direkt auf den Kopf gefallen.«

Ich starrte wie betäubt auf die Scherben, die zerstörten Blumen und die auseinander gesprengte Erde vor uns. Wäre ich dort geblieben, wo ich noch vor ein paar Sekunden gestanden hatte, dann hätte ich das Geschoss abbekommen.

»Ich werde mit dem Direktor reden!«, erklärte Rustan entschlossen. Er war wütend, während ich gar nichts fühlte. »So geht das nicht! Die Blumen über den Eingängen und Durchfahrten müssen entfernt werden! Stell dir vor, das wäre tagsüber passiert, während die Kinder auf dem Hof gespielt hätten!«

»Du hast mir das Leben gerettet«, sagte ich, während ich langsam begriff, was passiert war. Ich war nicht nett zu Rustan gewesen. Und nun hatte seine Anwesenheit, die ich während des ganzen Tages so verflucht hatte, mich gerade vor dem Tod bewahrt.

»Ähm«, räusperte sich Rustan. »Gern geschehen?«

Ich starrte ihn an. Meinen Lebensretter. Die Nervensäge. Meinen Konkurrenten. Denjenigen, der ich immer hatte sein wollen.

Meinen *Freund*?

Es war ein komisches Gefühl, das auch nur zu denken. Aber ich missgönnte ihm nicht mehr, zu wem er geworden war. Er konnte nichts dafür, dass mein Traum nicht in Erfüllung gegangen war. Dafür, dass Allira ihn mochte und nicht mich. Oder dafür, dass ihn die Nummern verehrten und sie mich bestenfalls nur ignorierten. Und er hatte mich auch nie in der Öffentlichkeit gedemütigt, wie Baro es immer getan hatte.

In einem anderen Leben hätte ich alles getan, damit Rustan mein Freund war. Aber ich wusste, dass uns in diesem Leben nichts verband. Denn selbst seine Lebensschuld mir gegenüber hatte Rustan jetzt erfüllt.

»Danke«, sagte ich leise.

»Leb wohl, mein Freund«, dachte ich, während ich mich umdrehte, das Wohngebäude betrat und mich in meinem Zimmer sofort ans Packen machte. Am nächsten Tag würde ich nach Himmelstor aufbrechen und ein neues Leben anfangen. Ohne Rustan. Ohne Nummer 19. Ohne Baro/Nummer 2. Ohne Tummersberg.

Warum nur fühlte ich mich dann so elend?

4 ABSCHIED

»Kinder sind wie Tiere.
Sie folgen ihren Instinkten, ohne Sinn und Verstand.
Sie haben kein Bewusstsein ihrer Taten.
Wie gut dressierte Tiere ahmen sie die Taten anderer nach,
wiederholen die Wörter und Regeln, die man ihnen vorbetet,
ohne sie wirklich zu begreifen. In ihren Instinkten
unterscheiden sie sich nicht voneinander. Sie zu benennen,
ist daher wider ihre Natur.«

(Tamberian Bork Elluren)

Das Messer blitzte blutrot in der Dunkelheit und ich rannte davon. Mein Keuchen hallte durch die Nacht, während der Attentäter hinter mir lautlos immer näher kam. Immer wieder stolperte ich, fiel auf den Boden und rappelte mich wieder auf. Ich rannte, so schnell ich konnte, und kam doch nicht voran. Im Gegenteil, es fühlte sich an, als würde der Raum schrumpfen und schrumpfen, während der Attentäter langsam auf mich zukam.

Furcht und Panik ließen mich laut um Hilfe schreien,

aber ich war allein in dieser schrecklichen Dunkelheit, allein mit meinem Mörder ...

Ich fiel zu Boden, drehte mich um und kroch rückwärts von ihm fort. Ich versuchte, die dunkle Gestalt nicht aus den Augen zu lassen, und war doch unfähig ihn zu erkennen. Ich wusste, dass sein nächster Messerstich mich treffen würde, denn ich konnte nicht sehen, woher die Gefahr kam.

Plötzlich blitzte ein goldenes Schwert auf und Rustan stand zwischen mir und der Dunkelheit. Er ließ sein Schwert sinken und noch während der tote Attentäter zu Boden fiel, ging die Sonne auf und vertrieb die Finsternis und die Gefahr.

Ich wollte mich bei meinem Lebensretter bedanken, der immer noch mit dem Rücken zu mir stand und meinen Feind anstarrte, als plötzlich ein glockenhelles Lachen die Stille durchbrach.

Allira!

Ihre Schönheit war das Licht der aufgehenden Sonne. Sie blendete mich, machte mich blind für meine Umgebung und alles andere. Ich vergaß das Atmen, ich vergaß meine Umgebung und ich vergaß, wer ich war, während ich sie anstarrte.

Dann jedoch schlang sie ihre zarten Arme um den goldenen Krieger und küsste ihn. Ich erkannte, dass die wahre Gefahr nicht in der Finsternis, sondern im Licht lag. Dass ich starb durch einen Kuss, den es nie hätte geben sollen. Dass ein Herz fähig war, gleichzeitig zu sterben und wie rasend zu schlagen.

»Naiv!«
»Schwach!«
»Jämmerlich!«
»Erbärmlich!«
Der Hohn kam von allen Seiten und prasselte wie Fausthiebe auf mich ein. Ich lag am Boden und krümmte mich unter jedem gemeinen Wort. Ich wollte schreien, mich wehren, sie verfluchen, doch wie konnte ich das, wenn ich nicht wusste, wer mich peinigte?

Und während all dieser Zeit küssten sich Allira und der goldene Krieger. Jeder Kuss und jedes Wort trafen mich und ließen mich bluten. Bald war ich schwach und meinem Ende nahe. Nun endlich offenbarte sich mein Peiniger.

Es war Nummer 2.

Er lachte und kam triumphierend und siegesgewiss auf mich zu. Ich wollte fliehen und konnte doch nur kraftlos über den Boden rutschen. Zentimeter um Zentimeter. Bis ich direkt in das Licht der Morgensonne sah ...

... und erwachte.

Ich war schweißnass, orientierungslos und verwirrt. Es dauerte einige unendlich lange Sekunden, bis ich erkannte, dass ich schlecht geträumt hatte und nichts davon wirklich geschehen war.

Anscheinend wollten mich die Ereignisse der letzten beiden Tage auch im Schlaf nicht mehr loslassen. Kein Wunder, wenn man bedenkt, dass ich auch noch beinahe erschlagen worden war.

An Schlaf war nicht mehr zu denken, daher erhob ich mich vom Bett und trat ans Fenster. Die Sonne ging gerade über Tummersberg auf. Die ersten milden Strahlen lugten über die Berge und fielen ins Tummersberger Tal, das jetzt im Frühling besonders farbenfroh und lebendig wirkte. Langsam beruhigte ich mich und empfand schließlich Frieden bei dem vertrauten Anblick. Es war noch früh und still in der Schule, sodass ich den Morgen in Ruhe genießen konnte.

Ich verspürte die Gewissheit, dass mein Weg mich weit von Tummersberg fortführen würde, und nun wollte ich jede Sekunde auskosten, die mir hier noch blieb.

Erstaunlicherweise war ich nicht aufgeregt angesichts meiner Reise nach Himmelstor. Ich würde die Hauptstadt sehen, viele große Namen kennen lernen, Denkmäler und Museen aufsuchen können, im großen Namensarchiv über meine früheren Leben lesen und in der Erbverwaltung meinen Besitz einsehen, falls ich denn welchen hatte. Ich hätte freudig erregt sein müssen, doch stattdessen verspürte ich Wehmut. Nach all den Jahren, in denen ich davon geträumt hatte, meinen Namen zu erfahren und meiner Bestimmung zu folgen, wollte ich nun nicht fort.

Mein Bündel lag bereits gepackt auf dem Bett. Es enthielt nur wenig, da Nummern keinen Besitz hatten. Am Namensgebungstag hatte ich von der Schule, wie alle anderen neuen Namen, einen kleinen Beutel voller Geld bekommen. Es war nicht viel und musste für die Reise reichen, daher wollte ich mir das Geld aufsparen. Außerdem durften wir unsere Freizeitkleidung behalten, was bedeutete, dass ich nun ein Hemd, eine Hose, ein Paar braune Stiefel und eine braune Jacke – ohne das Wappen der Schule! – mein Eigen nennen durfte.

Von Gerunder hatte ich zur Namensgebung einen Band mit Erzählungen über große Namen geschenkt bekommen, für den ich mich gestern vergessen hatte zu bedanken. Das wollte ich unbedingt noch tun.

Ich ließ meinen Blick durchs Zimmer schweifen, um mich zu vergewissern, dass ich nichts vergessen hatte. Neben dem schmalen Bett stand ein kleiner Nachttisch, in dem sich jedoch lediglich ein Kamm befand. Auf der gegenüberliegenden Seite befand sich der Schrank. Ich war froh, dass ich die braunen Schuluniformen zurücklassen konnte. Mit meinen braunen Haaren und meinen kurzsichtigen, braunen Augen sah ich in der Schuluniform, so fand ich, wie ein Maulwurf aus. Und jetzt, da ich ein Name war und Spitznamen bekommen durfte, konnte ich auf einen wie diesen gut verzichten.

Auf dem Schreibtisch standen ein paar vereinzelte Schulbücher, die später von einem der Andertis weggeräumt werden würden. Sie waren auch dafür verantwortlich, dass die Schuluniformen in die Wäscherei gebracht wurden, sodass sie gewaschen und von der nächsten Nummer getragen werden konnten.

Ein paar Schreibfedern und ein Stapel Papier lagen auf der einen Seite des Tisches, auf der anderen Seite befanden sich die Waschschüssel und darüber der Spiegel. Das war mein Zimmer.

Mein Zuhause.

Ich seufzte, während ich zum Bett ging, mein Bündel packte und beschloss, mich nach einem letzten Rundgang durch die Schule auf den Weg zu machen. Der Weg wurde nicht kürzer, wenn ich länger blieb.

Ich ging langsam durch das ruhige Wohngebäude der Jahrgänge 1276–1280 und vermisste plötzlich die lauten Schreie der Nummern, die mich sonst stets vom Lernen abgehalten hatten. Im Stockwerk unter meinem begegnete ich Nummer 8 aus der Wintergruppe 1278. Er würde erst in zweieinhalb Jahren, im Jahr 1278, erfahren, wer er war, und nickte mir daher nur kurz neidisch zu. Wenn er wüsste!

Ich ging weiter die Treppe hinab und durch einen überdachten Korridor ins Schulgebäude. Der Speisesaal im Erdgeschoss war der größte Raum im ganzen Gebäude und mein erstes Ziel. Während ich frühstückte, ignorierte ich das Gekicher der wenigen Nummern, die bereits aufgestanden waren. Ich wusste nicht, ob sie über mich lachten, aber in diesem Moment war es mir auch herzlich egal.

»Du Bauerntrampel!«

Ein Klirren und ein Schrei unterbrachen die Ruhe und mein Kopf fuhr zu den Nummern herum. Zwei Zehnjährige starrten sich voller Wut an, eine zerbrochene Schale mit Pudding auf dem Boden, und gingen dann aufeinander los.

Rasch war der Ungabas da, der im Speisesaal die Aufsicht führte, und trennte die beiden Kämpfenden. Inzwischen weinte einer der beiden Jungen und hatte eine blutende Nase, während der andere mürrisch drein schaute und auf die Strafpredigt des Lehrers wartete.

»Eine Woche keinen Nachtisch für euch beide!«, verkündete der Ungabas und beide Jungen wirkten entsetzt. Doch während die Strafe für die beiden Zehnjährigen schon hart war, so hatte der Lehrer noch eine viel schlimmere parat.

»Und, Nummer 14?«, fragte er den mürrischen Jungen streng.

Der Junge sah für einen Moment verwirrt aus, dann räusperte er sich widerwillig und sagte: »Es tut mir leid, Nummer 8.«

Er wollte gehen, doch der Ungabas packte ihn am Arm.

»Und?«

»Was denn noch? Ich habe mich doch schon entschuldigt!«, protestierte Nummer 14.

»Und wofür?«

»Dafür dass ich ihn geschlagen habe.«

»Das habe ich mir gedacht«, sagte der Lehrer grimmig. »Und dafür gibt es eine Woche lang keine Puddings oder Süßigkeiten. Aber das ist nicht das Schlimmste, was du gerade getan hast.«

Da der Junge verständnislos wirkte, fuhr der Ungabas fort: »Du hast ihn einen Bauerntrampel genannt.« Die älteren Nummern im Speisesaal, die wussten, was das bedeutete, keuchten erschrocken. »Du hast damit einer Nummer einen Namen gegeben. Zwar einen beleidigenden Spitznamen, aber am Ende doch einen Namen. DAS IST ABSOLUT VERBOTEN!«

Das Gebrüll des Ungabas donnerte durch den Saal und selbst ich und der Anderti, der gerade die zerbrochene Puddingschale aufkehrte, zuckten zusammen, obwohl wir nichts mehr von dem Ungabas zu befürchten hatten. Der Junge wirkte nun ängstlich, schien aber immer noch nicht zu begreifen, was er getan hatte.

»Kinder sind Nummern, keine Namen!«, erklärte ihm der Ungabas streng. »Ihr bekommt keine Namen und ihr gebt niemandem einen Namen, den dieser nicht trägt! Da du das Gesetz missachtet hast, werden wir dir daher für die nächste Woche deine Nummer aberkennen. In dieser Zeit bist du nicht Nummer 14, sondern ein Niemand. Ein Niemand, der keine Fragen stellen darf, mit niemandem reden darf, der von allen anderen ignoriert wird und der am besten fortan gehorsam alle Regeln befolgt, wenn er nicht will, dass die Strafe um eine weitere Woche verlängert wird! Ich werde dafür sorgen, dass jeder Lehrer und jede Nummer darüber Bescheid weiß.«

Das war hart. Die Niemand-Strafe war mit die schlimmste, die ein Ungabas verhängen konnte, denn für die Zeit der Strafe war man praktisch unsichtbar. Jeder ignorierte einen und die aufgezwungene Stummheit hatte mich beinahe in den Wahnsinn getrieben, als ich einmal nach einem Streit mit Nummer 2 für einen Tag ein Niemand sein musste. Aber ich war zu dem Zeitpunkt erst sechs Jahre alt gewesen und die Ungabas hatten uns das Namen- und Spitznamenverbot noch nicht erklärt, sodass meine Strafe von einer Woche zu einem Tag herabgestuft worden war.

Ich erschauderte und war froh, dass ich nicht länger eine Nummer war. Dieser Abschnitt meines Lebens war zum Glück endgültig vorbei.

Ein Anderti räumte meinen Teller ab, als ich aufgegessen hatte. Ich brauchte einen Moment, um zu erkennen, dass es Pongoli war, einer meiner wenigen Freunde in der Schule, aus der früheren Frühlingsgruppe 1275. Erstaunlicherweise war Pongoli nicht verbittert darüber, dass seine Namensgebung vor einem Jahr an seinem Leben nicht viel verändert hatte. Er war nach einem kurzen Besuch in Himmelstor rasch nach Tummersberg zurückgekehrt und lebte immer noch – oder wieder – in der Schule und die Nummern lachten über ihn. Aber jetzt half er den Talantias in der Küche und räumte hinter den Kindern her, die ihn noch von früher kannten. Es war kein leichtes Leben, aber er beschwerte sich nie. Wenn ich daran dachte, wie ich – mit meinem zweiteiligen Namen – mich in den letzten beiden Tagen aufgeführt hatte, überkam mich Scham.

»Leb wohl, Pongoli«, sagte ich leise. Er hielt inne, sah mich kurz an und lächelte.

»Gute Reise, Nummer 19«, sagte er und es störte mich überhaupt nicht, dass er mich nicht mit meinem Namen anredete. Ich vermutete, dass Pongoli ihn nicht kannte. Und ich hatte den Verdacht, dass er ihn auch nicht interessierte. Er wusste die Nummer jedes einzelnen Kindes in der Schule, aber ich hatte ihn nie einen der Namen ansprechen sehen. Namen lebten nicht in Pongolis Welt und ein bisschen beneidete ich ihn um diese Unbekümmertheit.

Fünf Minuten später stand ich in meinem früheren Klassenzimmer. Mir blieb nicht viel Zeit, um mich ein letztes Mal umzusehen, denn in einer halben Stunde würden die Nummern für ihre erste Unterrichtsstunde hereinkommen. Ich erinnerte mich noch sehr genau an meinen eigenen ersten Schultag vor zehn Jahren. Ich war so aufgeregt gewesen, weil mich der Unterricht meinem Traum, ein bekannter Name und Held aus den Legenden zu werden, ein Stück näher bringen würde. Damals hatte ich viele Träume.

Ich betrachtete die Landkarte an der Wand und fuhr mit dem Zeigefinger den Weg nach, den ich von Tummersberg nach Himmelstor nehmen würde. Wenn alles gut lief, würde ich in drei Wochen in der Hauptstadt sein und ein neues Leben anfangen.

Meine Hand strich wehmütig über das abgegriffene Namenskunde-Buch auf dem Lehrerpult. Namenskunde und Wappenkunde waren ganz klar meine Lieblingsfächer gewesen. Darin war ich richtig gut, obwohl die Ungabas dies nie gesagt hatten. Eine Nummer war kein Name – es spielte keine Rolle, ob jemand gut in der Schule war. Erst die Namensgebung machte eine Nummer zur Person und verlieh ihren Taten und ihrem Wissen Bedeutung.

Neben Namens- und Wappenkunde hatten wir auch Einführungen in die Fächer Handel, Handwerk, Kunst, Musik, Literatur, Magie, Recht, Medizin und Kampfsport bekommen. Jeder von uns hatte bereits auf dem Feld gestanden und bei der Ernte geholfen, den Schmied bei der Arbeit unterstützt oder einen Meran bei einem Tag im Gericht beobachtet. Nicht genug, um zu wissen, wie das Leben dieser Namen wirklich war, aber genug, um zu begreifen, wie unsere Welt funktionierte.

Ich passierte den Kindergarten, in dem die kleinen Nummern unter sechs Jahren unbekümmert lachten, spielten und tobten, und grinste, als sie mir zuwinkten. Hier waren keine Ungabas, die ihnen Vorschriften machten oder ihnen sagten, was sie zu tun hatten. Während der fünf Minuten, die ich ihnen zusah und in denen die Andertis versuchten, das Chaos in einem vernünftigen Rahmen zu halten, ging Geschirr zu Bruch, ein Vorhang wurde abgerissen und eine Rangelei brach aus.

Ich ging, bevor ich ins Visier der kindlichen Zerstörungswut geraten konnte, und lächelte wehmütig. Ich würde die Nummern vermissen.

Die Krippe war nur ein Raum weiter. Hier lagen ungefähr einhundert Nummern zwischen einem und zwei Jahren in ihren Betten. Sobald eine Nummer alleine laufen und sich beschäftigen konnte, wurde sie in den Kindergarten gebracht, wo sie mit den anderen Nummern spielen konnte.

Hinter mir räusperte sich jemand und ich trat von der Tür weg, um den Nivian passieren zu lassen, der einen Säugling im Arm hatte und nun die Krippe betreten wollte. Anscheinend hatte ein anderes Dorf oder eine andere Stadt uns eine neue Nummer geschickt. Mit einem Jahr waren Säuglinge alt genug, um zur Schule geschickt zu werden, und dies erfolgte in der Regel fern von ihren Geburtsstädten, um unerwünschte Bindungen zwischen Eltern und Nummern zu verhindern.

Ich wusste noch nicht einmal, aus welcher Stadt mich die Kuriere geholt hatten. Die Namen meiner Eltern waren mir ebenfalls unbekannt. Sie wurden aber auch nicht notiert, wenn die Formulare für die Aufnahme eines Neuzugangs ausgefüllt wurden – jedes Kind bekam eine Nummer und wurde mit den anderen seines Abschlussjahrgangs zusammen großgezogen. Schließlich durfte nur der Name bestimmen, wer wir waren und zu wem wir Beziehungen hatten, denn die Namensmagie war es, die uns ausmachte. Welche Beziehung hätte auch ein Derada mit Anderti-Eltern haben können? Sie hatten nichts gemeinsam.

Ich musste erst noch erfahren, mit wem ich etwas gemeinsam hatte. Ob es verstreut auf dem Kontinent wohl vereinzelte Passarios gab? Vielleicht war ich ja doch nicht so allein, wie ich zuerst gedacht hatte? Vielleicht waren wir einfach nur zu wenige, um als große Dynastie zu gelten?

Meine Zukunft sah plötzlich nicht mehr so düster aus wie noch in den letzten beiden Tagen. Ich hatte neue Hoffnung geschöpft. Selbst wenn ich bislang nicht als großer Name gelten sollte, ich hatte einen zweiteiligen Namen. Ich konnte zu einem großen, bekannten Namen werden.

»He, du da!«

Ein barscher Ruf riss mich aus meinen Gedanken und ich erkannte, dass ich gemeint war.

Ein Nivian stand genervt in der Krippe, aber aktuell schien außer einem Anderti, der eine schreiende Nummer aus der Wiege nahm, um die Windel zu wechseln, niemand da zu sein. Und den Anderti hatte der Kurier nicht angesprochen, denn er blickte zur Tür.

»Ich kann hier nicht ewig warten!«, beschwerte er sich. »Weißt du, wo der zuständige Ungabas ist?«

»Nein.«

»Nun gut!« Der Mann schnaubte und kam auf mich zu. »Hier!«, sagte er und drückte mir einen Säugling in den Arm. »Ordnungsgemäß in der Schule von Tummersberg abgeliefert. Auftrag erledigt. Ich verschwinde!«

»He!«, protestierte ich, als der Mann sich an mir vorbei drängelte und den Gang entlang lief. Fassungslos starrten das kleine Wesen und ich uns an.

Ich wusste nicht, was ich tun sollte. Den Kurier zurückzurufen, würde jedenfalls nichts bringen, also ging ich auf den Anderti zu, der gerade mit dem Windelwechseln der ersten Nummer fertig war und zur nächsten ging, die angefangen hatte zu schreien.

»Entschuldigung«, sagte ich und hielt ihm das Kind entgegen. »Kannst du mir das hier abnehmen?«

Der Mann warf uns nur einen müden Blick zu und schüttelte den Kopf. »Geht nicht. Der Säugling ist noch nicht registriert. Ich darf mich nur um offizielle Nummern kümmern«, erklärte er. »Warte, bis der Ungabas kommt!«

Ergeben setzte ich mich auf einen Stuhl in der Ecke und wartete. So viel dazu, früh aufzubrechen. Zum Glück war das Kind friedlich. Es schrie nicht und schien auch nicht allzu weinerlich zu sein, denn es starrte mich nur neugierig an. Ich wusste nicht, was ich mit ihm machen sollte. Oder war es eine Sie? Hin und wieder gluckste es und lachte mich fröhlich an, wenn ich es kitzelte. Meine Scheu vor dem Säugling hatte ich nach der ersten Viertelstunde abgelegt. Was ich jedoch nicht abgelegt hatte, war meine Ungeduld, denn eigentlich hatte ich schon längst auf dem Weg sein wollen.

Nach einer scheinbar endlosen Wartezeit erschien endlich der zuständige Ungabas in der Krippe. Er warf einen Blick auf mich – genauer gesagt, auf mein Wappen, denn er sah mir nicht ins Gesicht – und meinte: »Ihr seid kein Nivian! Was macht Ihr mit dem Säugling?«

Dann erst sah er mir ins Gesicht und erkannte mich. Ich nutzte die Gelegenheit, um ihm das Kind in die Hände zu drücken.

»Der Nivian, der es gebracht hat, wollte nicht warten«, erklärte ich.

»Aha.«

Der Ungabas ging zum Schreibtisch, setzte sich und nahm ein Buch, einen schmalen Streifen Papier und eine Feder heraus. Ich hatte die Krippe gerade verlassen wollen, als ich sah, wie der Mann das Buch wieder zuschlug und das Papier beschriftete.

»Was macht Ihr da?«, fragte ich neugierig, als der Ungabas etwas Leim auf das Papier pinselte und es dem Kind um sein rechtes Handgelenk band.

»Dies ist nun offiziell Nummer 6 des Frühjahrs 1291«, erklärte mir der Ungabas. »Bis alle Ungabas und Andertis diese Nummer von den anderen unterscheiden können, muss es dieses Band tragen, auf dem seine Nummer und seine Abschlussklasse stehen.«

»*Seine?* Dann ist es also ein Junge?«, fragte ich und staunte, dass der Mann das auf einen Blick erkennen konnte.

»Ich habe keine Ahnung«, erwiderte der Ungabas jedoch gleichgültig. Er legte das Kind in eins der leeren Bettchen und ging, ohne sich weiter mit dem Neuankömmling oder den anderen Nummern zu beschäftigen.

Ich warf einen letzten Blick in die Krippe hinein, verlagerte mein Bündel auf der Schulter und machte mich dann auf den Weg ins Namensarchiv. Inzwischen hatten Gerunder und seine beiden Kollegen die Schulbibliothek geöffnet und waren dabei, Bücher zurück an ihre Plätze zu räumen.

Gerunder hatte Dienst am Eingang und sah auf, als er hörte, wie die Tür aufging. Als er mich sah, schenkte er mir eines seiner seltenen Lächeln.

»Tirasan, guten Morgen!«

»Guten Morgen, Gerunder«, begrüßte ich meinen besten Freund herzlich.

Ich wollte noch nicht Abschied nehmen, daher bedankte ich mich als Erstes für sein Geschenk und sprach mit ihm noch einmal über die Tests am Vortag. Mir tat es leid, dass ich so abrupt aufgebrochen war. Danach erzählte mir Gerunder von den neuen Büchern, die ihnen das große Namensarchiv aus Himmelstor mit einem Kurier geschickt hatte. Ich verbrachte ein paar Minuten mit Blättern und

Lesen, bevor ich mich erinnerte, warum ich eigentlich gekommen war.

»Es wird Zeit«, sagte ich leise.

Gerunder sah auf und ließ die Bücher in seinen Armen sinken. »Du brichst auf? Heute?«, fragte er überrascht.

»Ich will nicht länger warten«, erklärte ich. »Ich habe das Gefühl, je länger ich meinen Abschied hinauszögere, desto schwerer wird es, von hier wegzugehen. Wenn ich heute nicht aufbreche, kann es sein, dass ich dich anflehe, mich als Ellutor-Lehrling aufzunehmen.«

Wir schmunzelten beide über den Scherz, den ich schon so häufig gemacht hatte. Es war unmöglich, dass ich im Namensarchiv arbeitete. Ich war kein Ellutor, ja noch nicht einmal ein einfacher Ellubis wie seine beiden Kollegen. Ich würde niemals ein Namensarchiv leiten oder in einem arbeiten.

»Warte, ich habe noch etwas für dich, Tir«, sagte Gerunder. Er führte mich in seine Wohnung und reichte mir einen großen Rucksack. Ich starrte ihn verdutzt an.

»Ich weiß noch, wie unvorbereitet ich mich damals auf die Reise nach Himmelstor gemacht habe«, erklärte Gerunder. »Daher habe ich dir das Notwendigste eingepackt: eine warme Decke – im Frühling können die Nächte verdammt kalt sein –, eine Bettrolle, einen kleinen Topf, in dem du Essen kochen kannst, wasserdicht verpackte Streichhölzer und … verdammt, ich hatte nicht damit gerechnet, dass du schon heute gehst!«

Hilflos starrte Gerunder mich an. Ihm fiel der Abschied

genauso schwer wie mir, wie es schien. Ich umarmte ihn spontan, obwohl wir beide keine Freunde großer Gesten waren, während ich mit den aufsteigenden Tränen kämpfte.

»Danke, du bist ein wahrer Freund, Ger«, flüsterte ich. Er tätschelte mir unbeholfen den Rücken, bevor er sich von mir löste und sich umdrehte. Ich sollte die Tränen in seinen Augen nicht sehen.

»Warte, ich packe dir noch etwas zu essen ein«, meinte er rau. Er ging zur Speisekammer und kam mit etwas Brot, Käse und einer Wasserflasche zurück.

»Trink immer nur Wasser aus einer sauberen Quelle«, ermahnte er mich. »Wenn du dir nicht sicher bist, ob das Wasser rein ist, dann kauf dir lieber etwas zu trinken. Und denk daran, immer ausreichend Vorräte in jeder Stadt und jedem Dorf zu kaufen, an denen du vorbei kommst.«

Ich nickte zu seinen gut gemeinten Ratschlägen und schluckte gegen den Kloß im Hals an. »Ich werde dir schreiben, sobald ich in Himmelstor bin«, versprach ich.

»Besser ist's. Sonst komme ich hinterher und versohle dir den Hintern.«

Ich umarmte ihn ein letztes Mal und ging zur Tür. Als ich mich umdrehte, winkte mir Gerunder zum Abschied zu. Ich winkte zurück und zog die Tür hinter mir ins Schloss.

Jetzt war es also so weit. Ich ging langsamen Schrittes über das Schulgelände und versuchte mir alles einzuprägen, die Gerüche einzusaugen und das Lachen der Nummern in meiner Seele einzuschließen, für den Fall, dass ich schlechte Momente auf der Reise haben und mich das Heimweh überkommen sollte.

Als ich den Hügel hinab zur Stadt ging, sah ich nicht zurück. Mein neues Leben begann genau jetzt. Es gab kein Zurück mehr.

5 DIE REISE BEGINNT

»Jeder neue Name ist verpflichtet, sich innerhalb einer Woche nach der Namensgebung auf den Weg nach Himmelstor zu machen und sich als neuer Träger seines Namens im großen Namensarchiv von Himmelstor registrieren zu lassen.«

(Paragraph 4 aus dem Gesetzbuch von Mirabortas)

Tummersberg war mit knapp siebentausend Einwohnern eine vergleichsweise kleine Stadt, doch für mich war sie mein Zuhause und ich war stolz auf sie. Mir gefiel das geschäftige Treiben in den Straßen, die Herzlichkeit der Bewohner und wie sich ihre roten Ziegeldächer von den grauen Gipfeln des Dollgebirges abhoben.

Mit leuchtenden Augen ging ich durch die Straßen und versuchte, alles so gut wie möglich in mich aufzunehmen. Ich sah einen Ipso, der das Abladen seiner neuen Waren überwachte. Ein reisender Händler – ich konnte nicht sehen, ob es ein Derada war oder ob der Händler zu einer anderen Dynastie gehörte – war mit einem überdachten

Wagen voller Stoffe in den unterschiedlichsten Farben nach Tummersberg gekommen und diskutierte nun mit dem älteren, ansässigen Großhändler über einen angemessenen Preis für seine Waren. Beim Feilschen ging es beinahe freundschaftlich zu, als wüssten beide vorab, auf welchen Preis sie sich am Ende einigen würden und als wollten sie nur die geschäftliche Etikette wahren.

Ich beobachtete die beiden eine Weile, entschied mich dann jedoch, nichts bei dem Stoffhändler zu erwerben. Ich wusste zwar, dass ich mir im Laufe der Reise noch neue Kleidung kaufen musste, aber ich wollte erst mal abwarten, wie weit ich mit meinem Geld kam, bevor ich eventuell zu viel für ein neues Hemd oder eine neue Hose ausgab.

Eine Straße weiter sah ich einen Jurto, der vor seiner offenen Schmiede stand. Ein Schwall warmer Luft drang aus dem Werkraum auf die Straße und der Geruch nach Asche, Metall und Schweiß kitzelte meine Nase. Der kräftige Schmied dehnte und streckte sich genüsslich, während er seine Nachbarn begrüßte und einen kurzen Plausch mit jedem hielt. Es war schön zu sehen, dass der Jurto mit jedem gut klar kam und er von allen respektiert wurde, obwohl er nur einen drei- oder vierteiligen Namen hatte.

Eine Hero in amtlicher schwarzer Kleidung kam gemächlichen Schrittes auf die Schmiede zu. In der Hand hielt die Frau eine offizielle Schriftrolle, die sie anscheinend dem Jurto überreichen sollte. Warum diese Aufgabe nicht ein Nivian übernahm, wusste ich nicht. Neugierig, was das wohl für eine Botschaft war, dass man sie nicht einem Kurier anvertrauen konnte, ging ich etwas näher heran.

»Kleris Bumber Jurto?«, fragte die Frau.

»Ja?«

Der Schmied drehte sich um. Als er die Hero sah, verfinsterte sich seine Miene. »Nicht schon wieder!«, stöhnte er.

Die Hero ignorierte seinen Kommentar und sagte förmlich: »Im Auftrag des Rats von Tummersberg setze ich Euch hiermit in Kenntnis, dass Ihr ausgewählt wurdet, in zwei Wochen einen Vorführtag für die Herbstklasse 1278 zu halten. Bitte setzt Euch mit dem Schuldirektor in Verbindung, um einen genauen Termin mit ihm abzusprechen.«

Die Juristin hielt dem Schmied das offizielle Dokument zur Begutachtung hin. Der Jurto ließ sich Zeit beim Lesen, bevor er schließlich grummelte.

»Bitte unterschreibt hier, dass Ihr Eure Pflicht verstanden und akzeptiert habt«, forderte die Hero ihn auf und reichte ihm eine Schreibfeder.

Der Schmied sah nicht glücklich aus, als er unterschrieb. Was ging hier vor sich?

Die Juristin rollte das Schriftstück wieder zusammen, nickte dem Mann einmal kurz zu und ging dann zurück in Richtung Stadtmitte, wo sie ihre Arbeitsstelle hatte.

»Verdammt!«

»Schon wieder?«, fragte einer seiner Nachbarn, ein Enbua, mitfühlend.

»Das ist das sechste Mal in sechs Jahreszeiten!«, beschwerte sich Kleris Bumber Jurto. »Ich bin doch nicht der einzige Jurto in Tummersberg! Warum also werde immer ich ausgewählt?«

»Bist du mit einem der Heros oder der Merans eventuell aneinander geraten, sodass sie dich jetzt absichtlich auswählen?«, wollte der Tischler wissen.

»Ha! Du meinst, diese lächerlichen Namen manipulieren das Losverfahren? Das kann ich mir nur zu gut vorstellen. Ich wette mit dir, dass diese habgierigen Tyrannen vom Rat sich von manch einem meiner Konkurrenten gut bezahlen lassen, damit ihre Namen nicht im Lostopf landen!«

»Hast du schon mal daran gedacht, die Sache vor Gericht zu bringen?«

»Und was dann?« Der Schmied schnaubte. »Damit sie ein Urteil über sich selbst sprechen? Da kann ich mir doch denken, wie das ausgehen wird! Nein, mein Freund, das bringt nichts. Mir bleibt gar nichts anderes übrig, als den Vorführtag für die Bälger dort oben zu machen. Schon wieder ein Tag, an dem ich nichts verdienen werde. Lass uns nur hoffen, dass diese kleinen Tölpel dieses Mal nicht wieder etwas kaputt machen, sonst zahle ich am Ende des Tages auch noch drauf!«

Der Enbua lud den Jurto zu einem Schnaps zu sich in die Werkstatt ein und die beiden gingen hinein. Ich starrte ihnen wie betäubt hinterher. Ich erinnerte mich nur zu gut noch an meinen Vorführtag bei dem Jurto vor anderthalb Jahren, wo der Mann nett und geduldig gewesen war. Er hatte jeden einzelnen seiner Arbeitsschritte erklärt, uns darauf hingewiesen, worauf es beim Schmieden ankam, uns seinen schweren Schmiedehammer einmal halten lassen und die kräftigeren Jungen wie Rustan hatten sogar einmal auf ein heißes Eisen einhämmern dürfen, während wir anderen die passenden Materialien für die nächste Schmiedearbeit des Jurtos zusammengesucht hatten.

Der Jurto, den ich gerade eben kennen gelernt hatte, hatte nichts mit dem geduldigen Schmied von damals gemeinsam. Was war hier los? Warum mussten die Vorführtage ausgelost werden? Und warum überbrachte eine Juristin die Mitteilung und ließ sie sich sogar noch quittieren? Weigerten sich manche Namen etwa, den Nummern etwas beizubringen?

Meine Freude, Tummersberg besuchen zu dürfen, war verflogen. Die Stadt war anders, als ich sie bislang kennen gelernt hatte. Während ich nun durch die Straßen ging, vermisste ich das Lachen und quirlige Lärmen während der Besuchstage. Erst jetzt bemerkte ich die gedämpfte Stimmung. Wenn die Leute lachten, war es kurz und beherrscht und keine ausgelassene Fröhlichkeit. Die Namen gingen ihrer Arbeit nach. Überall herrschte geordnete Geschäftigkeit und ich erkannte, dass ich das chaotische Treiben der Nummern aus der Schule jetzt schon vermisste.

Würde ich auch so werden? Würde ich jeden Tag meiner Arbeit nachgehen und irgendwann keine Freude mehr empfinden? Oder sah es nur so aus, als würden die Leute ihr Leben nicht genießen, weil sie gelernt hatten, es nicht mehr zu zeigen, um nicht ihre Feinde auf sich aufmerksam zu machen?

Ich war wie vor den Kopf gestoßen. Das Leben der Namen hatte ich mir anders vorgestellt. Ich hatte so lange darauf gewartet, selbst endlich ein Name zu sein, doch die Wirklichkeit sah anders aus als das Stadtleben, das ich von meinen Besuchstagen kannte.

Ich schlenderte an den Geschäften einiger Lakonitas vorbei und bewunderte den Schnitt und den Stoff einiger Jacken, die mit prächtigen Wappen bestickt waren. Die Merans legten Wert darauf, vor Gericht und in der Stadt deutlich zu zeigen, dass sie die Autorität waren. Ich fragte mich, ob Baro bereits eine neue, bestickte Jacke bei einem der Lakonitas in Auftrag gegeben hatte. Zugetraut hätte ich es ihm.

Ein Kumta stellte seine Waren auf dem Markt zur Schau und ich schwankte kurz, ob ich mir etwas Obst bei ihm kaufen sollte. Obst hatte mir Gerunder nicht mitgegeben, nur etwas Brot und Käse, und ich hatte Angst, dass mir das Essen bis in die nächste größere Stadt, Holzstadt, nicht reichen oder zu eintönig werden würde.

»Ich hätte gerne ein paar Äpfel«, sagte ich zu dem Händler.

Der Mann sah mich erstaunt an, dann fiel sein Blick auf mein Wappen und er lächelte. Hatte er mich für eine Nummer gehalten? Ich wünschte erneut, ich wäre bei meiner Namensgebung wenigstens ein paar Zentimeter gewachsen. Jeder hier musste mich auf den ersten Blick für eine Nummer halten.

»Wie viel darf es denn sein? Ein Kilo? Zwei?«, fragte der Kumta geschäftsmäßig.

»Zwei Kilo.«

Der Mann wog mir zwei Kilo ab und packte mir dann die Äpfel ein. Ich bezahlte, verstaute sie in meinem Rucksack und ging weiter. Langsam merkte ich das Gewicht, das ich mit mir herumtrug. Ich beschloss, bald eine kleine Pause zu machen.

Doch vorher ging ich noch ein Stückchen weiter. Am Rathaus, wo der Rat einmal die Woche tagte, gab es einen kleinen Springbrunnen, der von einem Redilan aus Tummersberg angefertigt worden war. Ich bewunderte seine Handwerkskunst, die Schmiedearbeiten und Bildhauerei vereinte, während ich auf dem Rand des Beckens saß, einen meiner Äpfel aß und die Leute beobachtete. Der schwere Rucksack stand zu meinen Füßen, mein Rücken dankte es mir.

Ich sah ein paar Talantias vorbeigehen, die sich auf den Weg zu ihren Arbeitsplätzen machten. Bald würden die Gaststätten aufmachen und die ersten hungrigen Gäste eintreffen. Wenn es so weit war, war ich allerdings hoffentlich schon aus der Stadt. Ich hatte nicht vor, mittags noch in Tummersberg zu sein. Der Weg nach Himmelstor war lang. Wenn ich zu langsam war, würden mir die Vorräte lange ausgegangen sein, bevor ich in Holzstadt ankam.

Ich warf das Apfelgehäuse in einen Mülleimer und wollte

gerade meinen Rucksack wieder auf meinen Rücken heben, als ich aus dem Augenwinkel einen kleinen Tumult bemerkte.

Eine Anderti in einem schlichten, grauen Kleid lag am Boden. Anscheinend war sie ohnmächtig geworden und nun drängten sich die Menschen um sie.

»Was ist hier los? Lasst mich durch!«, befahl ein gut gekleideter Mann herrisch und drängelte sich durch die Menge. »Das ist meine Anderti!«

Ich sah das große, gestickte Wappen aus Pferd und Karren auf seinem Rücken und erkannte, dass er ein Wallori war, ein reisender Händler aus einer der mit den Deradas konkurrierenden Dynastien. Nach meinen Erfahrungen mit Baro war mir der Mann sofort unsympathisch. Auch gefiel mir nicht, wie er die Dienerin nun musterte. Betrachtete er die Frau tatsächlich als seinen Besitz? Sie war ein Name!

Jemand hatte den Zunu gerufen, der auch bei meiner Namensgebung unter den Gästen gewesen war, und der Mann schlängelte sich nun durch die Zuschauermenge zu der Frau durch.

»Lasst mich vorbei!«, bat er. »Ich bin Heiler.«

Ich nahm meinen Rucksack und ging ebenfalls näher heran. Nun würde ich einem Zunu bei der Arbeit zugucken können!

Doch am Ende war die Magie des Heilers recht unspektakulär. Der Mann legte der Anderti eine Hand auf die Stirn und die andere auf den Bauch. Dann schloss er die

Augen. Dünne Fäden aus Magie strömten aus seinem Körper in den Körper der Frau, fühlten den Puls, maßen das Blut in ihrem Kopf und untersuchten ihre Organe. Einige Zuschauer flüsterten, weil sie nicht mitbekommen hatten, dass sich der Zunu bereits an die Arbeit gemacht hatte, und wunderten sich, warum der Heiler nichts tat.

Schließlich schlugen Heiler und Patientin gleichzeitig die Augen auf. Der Mann musterte die Anderti besorgt. »Wie fühlt Ihr Euch?«, fragte er.

Doch bevor die junge Frau die Gelegenheit hatte zu antworten, drängte sich der Wallori vor. »Was hat sie? Ich hoffe, sie ist nicht krank.«

Der Zunu erhob sich und stellte sich dem befehlsgewohnten Blick des reisenden Händlers. »Keine Sorge, ihr geht es gut«, sagte er mit feinem Spott in der Stimme, bevor er sich wieder an seine Patientin wandte. »Vorsichtig beim Aufstehen, meine Liebe, falls Euch noch schwindelig ist. Keine Angst, es ist nichts Ernstes. Ihr seid nur schwanger.«

Die Anderti wurde blass, als sie die frohe Kunde hörte. Der Wallori explodierte: »Schwanger? Wie kann sie schwanger sein? Du hast dir ein Kind andrehen lassen? Bist du denn von Sinnen?«

Die Anderti kauerte sich zusammen, als ihr Arbeitgeber sie nun anschrie. Sie wirkte sehr unglücklich.

»Ich ...«, stammelte sie leise. Sie verstummte und wusste nicht, was sie sagen sollte.

»Könnt Ihr es wegmachen?«, wollte der Händler vom Zunu wissen.

Der Heiler wirkte entsetzt. »Es *wegmachen*? Das Baby töten, meint Ihr? Das werde ich garantiert nicht tun! Das ist Mord!«

Der Zunu sah aus, als wäre er kurz davor, die Grekasols von Tummersberg zu rufen und den Mann wegen seiner Forderung verhaften zu lassen. Auch der Händler schien das zu erkennen.

»Nun gut«, sagte er zähneknirschend. »Dann behalte das Kind! Aber ich werde gewiss keine Anderti bezahlen, die ihre Arbeit nicht machen kann! Nimm deine Sachen und verschwinde!«

Die Anderti war kreidebleich, als sie aufstand und zum Wagen des Händlers taumelte. Sie holte ihr Bündel aus dem Wagen – es war kleiner als mein Rucksack, die arme Frau besaß noch weniger als ich – und stand dann verloren und ratlos da, als ihr früherer Arbeitgeber losfuhr und die Zuschauermenge sich zerstreute.

»Das kann er doch nicht machen!«

Ich erkannte – mal wieder zu spät –, dass ich es war, der gesprochen hatte, als sich die schwangere junge Frau zu mir umdrehte und mich mitleidig musterte.

»Doch, natürlich kann er«, sagte sie. »Er ist mein Arbeitgeber. Er kann kündigen und einstellen, wen er will und wann er will.«

Ich fand es ungerecht, einer Frau zu kündigen, nur weil sie schwanger war, und das sagte ich der Anderti auch.

»Junge«, meinte sie und lachte schallend. »Du hast gerade erst deine Namensgebung hinter dir, ja?« Ich nickte.

»Du weißt noch nicht, wie das Leben bei den Namen so läuft. Hier ist sich jeder selbst der Nächste und Andertis gibt es wie Sand am Meer. Ich wette mit dir, dass mein alter Arbeitgeber bereits einen neuen Anderti gefunden hat. Ich hatte Glück, dass er mich überhaupt eingestellt hat und nicht einen meiner männlichen Kollegen, der schwerer heben kann. Die Arbeit eines Andertis für einen reisenden Händler ist hart, aber dennoch sehr begehrt, da sie besser bezahlt wird als so manch andere Arbeit.«

Ich hörte mir ihre Worte nachdenklich an. Über das Leben eines Andertis hatte ich mir bislang wenig Gedanken gemacht. Klar, ich kannte und mochte Pongoli, daher wusste ich mehr darüber, wie das Leben eines Andertis ablief, als meine früheren Klassenkameraden. Aber ich hatte immer gedacht, wenn man einen vierteiligen Namen besaß, dann hatte man auch automatisch einen Arbeitsplatz. Das war ein Irrtum.

»Und was werdet Ihr jetzt machen?«, fragte ich.

Die junge Frau seufzte. »Versuchen, mir eine neue Arbeit zu suchen, schätze ich«, sagte sie. Sie klang müde und resigniert.

»Kann der Vater Eures Kindes Euch nicht unterstützen?«

Sie starrte mich irritiert an. »Warum sollte er mir helfen? Wir sind doch nicht verheiratet! Und abgesehen davon hat er mir gerade gekündigt!«

Der reisende Händler war der Vater ihres ungeborenen Kindes? Ich schluckte die Empörung herunter, die ich empfand. Ich wusste, dass mich die Anderti andernfalls wieder ausgelacht hätte. Aber die junge Frau tat mir leid.

»Habt Ihr schon daran gedacht, bei der Schule nachzufragen? Dort gibt es immer reichlich Arbeit«, schlug ich ihr vor.

»Hm«, machte sie nachdenklich. Überzeugt wirkte sie nicht. »Ich schaue mich erst mal nach etwas anderem um, wenn es dir recht ist. Aber danke für das Gespräch. Es hat mich etwas abgelenkt.«

Sie packte ihr Bündel und machte sich auf den Weg. Erst danach fiel mir auf, dass wir noch nicht einmal unsere Namen ausgetauscht hatten. Es war unhöflich, ein so langes und privates Gespräch zu führen, ohne sich zuvor vorgestellt zu haben. Ich nahm mir vor, bei meiner nächsten Begegnung mit einem Fremden etwas höflicher zu sein.

Aber das Gespräch mit der Anderti hatte mich nachdenklich gemacht. Wo waren die Neugeborenen? Ich hatte bislang noch kein einziges Kind in Tummersberg gesehen. Klar, Nummern, die älter als ein Jahr alt waren, lebten in den Schulen. Aber was war mit den Säuglingen, die jünger waren? Es musste in der Stadt doch welche geben!

Ich sah mich aufmerksam um, während ich langsam die Stadt in Richtung Westen verließ, um mich auf den Weg zu machen. Es wurde langsam Mittag – viel später, als ich eigentlich geplant hatte. Ich hatte damit gerechnet, in vier Tagen in Holzstadt zu sein. Doch wenn ich das schaffen wollte, dann durfte ich nicht trödeln.

Wenig später hatte ich die letzten Häuser hinter mir gelassen. Vor der Stadt befanden sich die Felder und Obstplantagen der Bedduars, Fientos und Malums. Ich sah viele Männer und Frauen, die Getreide aussäten, doch ich hielt nicht an, um die Bedduars dabei zu beobachten.

Hin und wieder überholte mich ein Bauer mit seinem Pferdekarren oder Ochsengespann und ich ertappte mich bei dem Gedanken, wie idyllisch das alles wirkte. Bald hatte ich jeden vertrauten Orientierungspunkt hinter mir gelassen. Alles, was jetzt kam, war neu und fremd und ich spürte zum ersten Mal an diesem Tag so etwas wie Reisefieber.

Ich war nicht der Einzige auf den Straßen, aber die meisten waren zu Pferd oder mit der Kutsche unterwegs. Ich ärgerte mich kurz, dass ich nicht an diese Möglichkeit gedacht hatte, bevor ich mich erinnerte, dass eine Kutschfahrt genauso wie eine Schiffsreise zu teuer für mich war. Es gab einen Grund, warum neue Namen aus Tummersberg den Landweg nach Himmelstor nahmen, auch wenn dieser länger dauerte.

Ein Nivian galoppierte an mir vorbei und wirbelte Staub auf. Ich musste husten und meine Augen tränten. Zum Glück war es heute leicht bewölkt, sodass ich wenigstens etwas sehen konnte. Mir graute vor einem richtigen Sonnentag unter freiem Himmel. Meine Augen waren für so etwas nicht gemacht. Und einen Hut hatte ich mir natürlich nicht gekauft.

»Das muss ich in Holzstadt machen«, sagte ich mir.

Der Weg bis Holzstadt war nicht so schlimm. Schon bald würden die Felder und Obstgärten in Wald übergehen. Der Holzwald erstreckte sich über zwei Drittel des Wegs und bescherte Holzstadt seinen Namen. In Holzstadt bestand der Großteil der Bevölkerung aus Askaldos, den größten Holzlieferanten in Mirabortas. Sie fällten die Eichen, Kiefern, Tannen und anderen Bäume und transportierten das Holz dann nach Seestadt, von wo aus es nach ganz Mirabortas und nach Wonspiel verschifft wurde.

Der Nachmittag kroch unendlich langsam voran. Ich versuchte zu laufen, bis ich nicht mehr konnte, aber ich brauchte mindestens einmal pro Stunde eine Pause und war um einiges langsamer, als ich erwartet hatte. Wahrscheinlich würde ich erst am Abend den Rand des Holzwaldes erreichen.

Die Beine wurden mir schwer. Am späten Nachmittag verzehrte ich ausgehungert eine Scheibe Brot mit Käse und versuchte mit meinem Wasser zu haushalten, bis ich den nächsten Bach entdeckte und die Flasche wieder auffüllen konnte.

Ich holte den Band mit Erzählungen über große Namen, den Gerunder mir geschenkt hatte, aus meinem Rucksack und musste mich bremsen, um nicht mehr als ein Kapitel zu lesen. Die Geschichte handelte von einem legendären Polliander – nicht Rustan, sondern ein Namensvetter, ein anderes Mitglied seiner Dynastie –, der sich beim Aufstand der Jurtos von Raube bewiesen hatte. Ich blätterte durch das Inhaltsverzeichnis und sah, dass auch Rustan ein Kapitel gewidmet war und – zu meiner Überraschung – auch Nelia. Baro und Allira hingegen wurden nicht erwähnt. Meine Neugier musste ich gezwungenermaßen zügeln, wenn ich heute noch etwas vorankommen wollte. Aber ich nahm mir vor, heute Abend am Lagerfeuer die Geschichte über die junge Magierin zu lesen. Ich marschierte weiter.

Die Reise war anstrengender, als ich sie mir vorgestellt hatte. Es hörte sich immer so aufregend an, wenn jemand von seinen Reisen durchs Land erzählte. Aber ich hatte mir nie Gedanken über die Begleiterscheinungen gemacht. Dass meine Füße bei jedem Schritt schmerzen könnten und dass mein Rücken protestieren würde, als würde ich einen Rucksack voller Kieselsteine durch die Gegend schleppen. Ich fragte mich, ob es für meine Klassenkameraden genauso schlimm war. Wenigstens hatte ich Gerunder, der sich für mich Gedanken wegen meines Reisegepäcks gemacht hatte. Ich sandte ein Stoßgebet an die großen Namen, damit sie über meinen Freund wachten.

Es war eine Stunde vor Sonnenuntergang und ich konnte am Horizont endlich den Waldrand erkennen, als ich rechts von mir in einer kleinen Senke einen Bach bemerkte. Langsam und vorsichtig stolperte ich den Abhang hinab und sank am Bach dankbar in die Knie. Den Rucksack stellte ich neben mich, während ich meine Wasserflasche herausholte. Ich trank den letzten Rest aus, befüllte die Flasche mit neuem Wasser und trank gierig, bis ich meinen Durst gestillt hatte. Ich befüllte meine Flasche ein zweites Mal bis zum Rand und steckte sie wieder in den Rucksack.

Bevor ich zur Straße zurückkehren konnte, hörte ich, wie sich ein Pferd im vollen Galopp näherte. Von meiner Position aus sah ich nicht viel, lediglich den Kopf des Reiters, doch der war eine Überraschung.

»Nummer 17?«, murmelte ich verdutzt. Mein ehemaliger Klassenkamerad war ein Kurbabu geworden und wahrscheinlich nicht arm. Doch auch er musste erst nach Himmelstor reisen und sich im großen Namensarchiv registrieren lassen, bevor er seinen Besitz erhielt und richtige Geschäfte machen konnte. Woher hatte der junge Kurbabu also das Geld für ein Pferd? Oder hatte er es etwa gestohlen?

Nein, dachte ich. Dieses Risiko wäre er nicht eingegangen. Doch warum hatte er es nur so eilig, nach Holzstadt zu kommen?

Das Rätsel beschäftigte mich eine ganze Weile und so bemerkte ich erst nach einiger Zeit, dass ich den Waldrand erreicht hatte und es langsam dunkel wurde. Ich sollte mir einen Rastplatz für die Nacht suchen, bevor es vollständig finster war.

Ich verließ den Weg und schlug mich für ein paar Minuten durch das Gehölz, bis ich eine kleine Lichtung fand, die etwas tiefer lag. Die nächsten Minuten verbrachte ich mit Holzsammeln. Inzwischen war das Sonnenlicht fast vollständig verschwunden und mein Stapel Feuerholz fiel eher spärlich aus. Ich nahm die Streichhölzer aus meinem Rucksack, schichtete das Holz zu einem Stapel auf und legte einen Kreis aus Steinen drumherum. Meine Lagerfeuer-

Fähigkeiten bedurften auf jeden Fall noch der Verbesserung, denn ich verschwendete einige Streichhölzer, bis das Feuer richtig brannte.

Ich genoss meinen Erfolg für einen kurzen Moment, bevor ich mich mit einem brennenden Stock bewaffnet auf die Suche nach weiterem Feuerholz für die Nacht machte. Danach bereitete ich mein Abendbrot zu – etwas Käse mit Apfel – und starrte in den Himmel.

Unruhe machte sich in mir breit. Es war das erste Mal, dass ich bei Anbruch der Dunkelheit draußen war und die Schule nicht wenige Meter entfernt war. Alles war mir so fremd und ich ertappte mich schon bald dabei, wie ich bei jedem Geräusch zusammenfuhr. Es raschelte, Tiere schrien und irgendetwas donnerte in der Ferne.

Ich vergrub mich in meiner Bettdecke und zitterte, während ich mich gleichzeitig bemühte, das Feuer am Brennen zu halten. Ich hatte keine Ahnung, wie ich heute Nacht ein Auge zumachen sollte. Die Geschichten der anderen Nummern kamen mir wieder in den Sinn. Im Holzwald sollte es Namenlose geben, hatten sie erzählt, die nur darauf warteten, einsame, unvorsichtige Reisende zu überfallen und ihnen alles zu rauben, was diese besaßen: Pferde, Geld, Kleidung, Essen und ... ihre Namensmagie.

War das überhaupt möglich? Wie konnte man jemandem die Namensmagie stehlen?

Doch dann schalt ich mich für meine Dummheit. Die Namenlosen hatten ihre Namen ja auch irgendwie verloren. Niemand wurde namenlos geboren. Es war also möglich, seinen Namen zu verlieren, auch wenn ich nicht wusste, wie.

Der Gedanke machte mir Angst. Ich begann mich langsam an die Vorstellung zu gewöhnen, Tirasan Passario zu sein. Doch was wäre, wenn ich meinen Namen und meine Identität verlieren würde?

Ich erschauderte und vergrub mich noch tiefer in meine Bettrolle. Aufmerksam lauschte ich nach den polternden Schritten der Namenlosen, dem leisen, metallischen Klirren von Waffen und geflüsterten Befehlen.

Da! War da nicht etwas gewesen?

Ich schreckte hoch und fluchte ob meiner Gedankenlosigkeit. Meine Augen waren an das Licht des Lagerfeuers gewöhnt und so konnte ich in der Dunkelheit um mich herum nichts erkennen. Und natürlich bot das Feuer meinen möglichen Angreifern einen hervorragenden Wegweiser zu mir, ihrem Opfer.

Ich war kurz davor, das Feuer zu löschen, als ich ein Rascheln auf meiner rechten Seite hörte. Der Atem stockte mir, während ich lauschte.

Schritte! Da waren tatsächlich Schritte, die auf mich zukamen!

Mittlerweile war ich in Panik geraten. Ich hatte mir meine Reise immer als grandioses Abenteuer vorgestellt, doch nie an mögliche Gefahren gedacht, die unterwegs auf mich lauern könnten. Ich war so dumm gewesen! Wütend auf mich selbst biss ich mir auf die Unterlippe. Fluchen traute ich mich nicht.

Ich sah mich hektisch um, während ich überlegte, was ich nun tun sollte. Konnte ich ihnen noch davonlaufen? Oder hatten sie mich schon gesehen? Und was war mit meinen Sachen? Ich konnte meinen Rucksack und mein Bettzeug doch nicht einfach zurücklassen!

Gemurmel klang zu mir herüber. Es war definitiv mehr als eine Person, die sich mir nun näherte. Ich konnte zwei Stimmen unterscheiden, aber nicht verstehen, was sie sagten.

»Flieh!«, versuchte mein Gehirn meinen Füßen zu befehlen. Doch diese rührten sich nicht.

Inzwischen hatten sich meine Augen an die Dunkelheit gewöhnt und ich versuchte mit angehaltenem Atem zu erkennen, wer sich dem Rand der Lichtung näherte.

Die erste Gestalt trat aus dem Dunkel, dann eine zweite. Im nächsten Moment riss ich die Augen weit auf.

»Hallo, Tirasan«, sagte Nelia, als sie und Rustan ins Licht des Lagerfeuers traten.

6 REISEGEFÄHRTEN

Jedem Namen wohnt eine einzigartige Magie inne.

Mir klappte der Mund auf. Ich konnte nicht glauben, dass Nelia und Rustan plötzlich vor mir standen. Wie hatten sie mich gefunden?

»Was macht ihr hier?«

»Wir haben dich gesucht«, erklärte Nelia lächelnd. »Rustan bestand darauf, dass wir zusammen nach Himmelstor reisen.«

Der blonde Hüne sah verlegen zu Boden. »Ich habe geschworen, euch beide zu beschützen«, sagte er. »Da ist es nur praktisch, dass wir zusammen reisen.«

Seine Antwort machte mich richtig sauer, was Rustan wissen musste, denn der Krieger wich weiterhin meinem Blick aus. Ich hatte ihm erst gestern klipp und klar gesagt, dass ich nicht mit ihm und den anderen zusammen reisen wollte!

Halt, Moment mal! Waren Nelia und Rustan nur zu zweit unterwegs? Wo waren Baro und Allira?

»Rustan, du hast deine Lebensschuld mir gegenüber bereits gestern getilgt«, seufzte ich gereizt und Nelia sah mich überrascht an. Das hatte sie nicht gewusst.

»Du hättest also zusammen mit Nelia und den anderen reisen können, ohne mir hinterherzueilen!«, fuhr ich fort. »Ich nehme an, ihr hattet ursprünglich nicht vor, heute schon aufzubrechen?«

Rustan hatte während der Tests jedenfalls nichts davon verlauten lassen. Und für Reisevorbereitungen war ihm bis dahin sicher auch keine Zeit geblieben. Immerhin sah ich, dass Rustan und Nelia ebenfalls Rucksäcke trugen, die sie in Tummersberg gekauft haben mussten. Ich konnte mir richtig vorstellen, wie Rustan Nelia zum Aufbruch gedrängt hatte, nachdem ihm zu Ohren gekommen war, dass ich mich bereits am Morgen auf den Weg gemacht hatte. Rustan war ein echter Sturkopf!

»Nein, eigentlich nicht«, gestand Nelia und sah zwischen mir und Rustan hin und her. »Aber als Rustan heute Morgen feststellte, dass du allein fort bist, sind wir dir sofort hinterher. Der Weg durch den Holzwald ist zu gefährlich für einen einzelnen Wanderer, Tirasan! Oder hast du vergessen, dass im Wald Namenlose hausen?«

Ich erschauderte unwillkürlich. Der Gedanke an die Namenlosen bescherte mir ein immer unbehaglicheres Gefühl. Tummersberg und Holzstadt schickten häufig Kurbabus in den Holzwald, um die Wege sicherer zu machen. Doch oft kehrten diese unverrichteter Dinge zurück und man hörte immer wieder von Überfällen. Mit den Namenlosen war nicht zu spaßen. Wie hatte ich diese Gefahr nur verdrängen können?

»Sag ich doch!«, brummte Rustan, sichtlich zufrieden damit, dass Nelia seine Meinung teilte.

Er sah sich gründlich um. Ich wusste nicht, was ich sagen sollte. Anscheinend hatte ich kein Mitbestimmungsrecht, was meine Reisegefährten betraf. Aber wenn ich ehrlich war, dann mischte sich unter meine Gereiztheit auch eine riesige Portion Erleichterung. Ich ahnte, dass ich nicht die beste Entscheidung getroffen hatte, als ich Rustans Begleitung rundheraus abgelehnt hatte. Die Namenlosen würden es sich zweimal überlegen, bevor sie Rustan angriffen!

»Nun gut«, meinte der junge Krieger schließlich seufzend. »Vielleicht nicht der beste Lagerplatz, aber für heute Nacht wird es gehen.« Er sah meinen kleinen Stapel Feuerholz, nahm einen Zweig heraus, zündete ihn im Lagerfeuer an und richtete sich wieder auf. »Ich suche weiteres Feuerholz für die Nacht.«

Nelia nickte. »Dann baue ich die Zelte auf«, erklärte sie.

Zelte? Sie hatten Zelte?!

Es stellte sich heraus, dass Rustan und Nelia ihre Reise trotz der Hektik um einiges besser vorbereitet hatten als ich. Sie hatten nicht nur jeder ein Zwei-Personen-Zelt, eine Bettrolle und eine Decke dabei, sondern auch Kochgeschirr, Besteck, Zunder, etwas Medizin und Verbandszeug, je drei Wasserflaschen, Brot, Käse, trockenes Gebäck, das sich über eine lange Zeit halten würde, und dazu auch noch Wechselkleidung. Rustan hatte sogar daran gedacht, das Messer mitzunehmen, das er dem toten Attentäter abgenommen hatte. Damit waren er und Nelia bewaffnet und in der Lage, Räuber und weitere Attentäter abzuwehren.

»Danke, dass ihr mir hinterhergekommen seid«, sagte ich leise zu Nelia, als wir ihr Zelt aufbauten. Vor Rustan hätte ich es wahrscheinlich nicht zugegeben, dass ich mich geirrt hatte. »Das hättet ihr wirklich nicht tun müssen.«

Nelia hielt inne und sah mich ernst an. »Tirasan, wir mögen dich«, meinte sie und ich wand mich unbehaglich. »Ich glaube, du verstehst nicht, was es bedeutet, Freunde zu haben. Leute, die für dich einstehen. Rustan und ich versuchen, von nun an deine Freunde zu sein.«

Ich nickte und schwieg nachdenklich, während sich Nelia abrupt wieder dem Zeltaufbau zuwandte. War sie vielleicht genauso verlegen wie ich? Was bedeutete, sie mochte mich wirklich? Hatte sie mir deshalb nach der Namensgebung mit der Kette geholfen? Ich musterte sie einen Moment lang und versuchte die Nelia zu erkennen, die ich bei der Zeremonie zu sehen geglaubt hatte. Kurz dachte ich, dass ich wieder einen magischen Lichtschein um ihre schlanke Gestalt mit den langen braunen Haaren sehen würde. Dann erkannte ich, dass der Schein vom spärlichen Feuer stammte. Nelia war mir ein Rätsel.

Ich zuckte zusammen, als Rustan mit einem großen Stapel Feuerholz zurückkam und mich unerwartet aus meinen Gedanken riss. Doch im nächsten Moment keuchte ich erschrocken, als Nelia kurzerhand den Stapel nahm und ihn ins Feuer warf, das sofort hell aufloderte. Nelia streckte die Arme aus und machte eine seltsame, drehende Handbewegung mit ihrer rechten Hand und das Feuer sank sofort herunter und nahm einen bläulichen Schimmer an. Die Namensmagie knisterte mit dem magischen Feuer um die Wette, als sich Nelia zufrieden umdrehte.

»So! Das Feuer wird jetzt die ganze Nacht über brennen, ohne dass wir Holz nachlegen oder befürchten müssen, dass es außer Kontrolle gerät«, erklärte sie.

Ich war schwer beeindruckt von ihrer Magie. Die Wabloos wurden von den anderen Magier-Dynastien gerne als die Alles-oder-nichts-Könner bezeichnet, da sie weder berühmte Namensfinder noch begabte Heiler oder mächtige Wettermagier waren und sich auf kein magisches Gebiet spezialisierten. Doch wie sich nun herausstellte, hieß das nicht, dass sie weniger mächtig waren als die anderen Dynastien.

Rustan schnappte sich meine Bettrolle und meine Bettdecke und trug sie zu seinem Zelt. »Du kannst mit bei mir schlafen, Tir«, meinte er. »Im Zelt ist es wärmer als draußen. Und ich habe genug Platz.«

Ich hatte keine Lust zu streiten, auch wenn mich Rustans erneute Bevormundung ärgerte. Konnte er mich nicht einfach fragen, was ich wollte?

Rustan war gerade im Zelt verschwunden, als ich etwas hörte. »Still!«, zischte ich Nelia zu und wir spitzten die Ohren.

Zuerst hörten wir nichts – na ja, abgesehen von den üblichen Waldgeräuschen wie den Rufen der nächtlichen Raubvögel, dem Rascheln der Blätter und dem ächzenden Wiegen der Bäume und Büsche im Wind. Doch dann hörte ich es erneut.

»*Rustan! Nelia!*«

»Das ist Allira!«, entfuhr es Nelia überrascht. Als Nächstes hörten wir Baro, der sich Alliras Rufen anschloss.

»Warte hier!«, meinte die junge Magierin. Sie beschwor mit einem leisen Flackern ihrer Namensmagie ein kleines, magisches Leuchten und ging zum Rand der Lichtung, den Stimmen entgegen.

»Sie sind uns gefolgt?«, fragte Rustan, der plötzlich hinter mir auftauchte. Ich fuhr erschrocken zusammen und er seufzte.

»Scheint so.«

Wir warteten schweigend, während Nelia ihre Freunde zu unserem Lager führte. Ich hätte es vorgezogen, wenn uns die beiden nicht gefunden hätten. Nelia war nett und Rustan schien ebenfalls in Ordnung zu sein, auch wenn er stets seinen Kopf durchsetzen wollte, aber ich witterte Streit und Kummer, wenn Baro mit uns reiste. Aber die Wahl einer Alternative hatte ich nun nicht mehr.

Schließlich hörten wir Schritte und Stimmen und die drei erreichten den Rand der Lichtung. Der bläuliche Schein des Lagerfeuers verlieh den Freunden einen seltsamen Ausdruck. Fast unwirklich und wie aus einem Abenteuer der großen Namen entsprungen. Ich konnte mir gut vorstellen, wie die drei zusammen große Heldentaten vollbrachten und sich ihr Ruf in Windeseile im ganzen Land verbreitete.

»Rustan!«, rief Allira erfreut, als sie den jungen Krieger sah. »Wie schön, dass wir euch gefunden haben!«

»Allira. Baro«, begrüßte Rustan die beiden knapp und mit einem kurzen Nicken.

»Warum habt ihr nicht auf uns gewartet?«, wollte Baro wissen. Der junge Händler war sauer. »Wir wollten doch zusammen reisen – und zwar morgen!«

»Die Pläne haben sich geändert.«

Irrte ich mich oder klang Rustans Stimme angespannt?

»Wegen dem da?«, fragte Baro ungläubig und machte eine abfällige Geste in meine Richtung. »Ist das dein Ernst?«

War ja klar, dass Baro so reagieren würde. Was mich aber überraschte, war Rustans Antwort.

»Ich habe geschworen, Tirasan zu beschützen«, erklärte er. »Und das bedeutet, dass ich ihn nicht allein nach Himmelstor reisen lasse. Wenn dir das nicht passt, bitte sehr! Du musst nicht mit uns reisen!«

Das verschlug Baro erst einmal die Sprache. Ihm klappte der Mund auf, während Allira, Nelia und ich fasziniert zwischen den beiden Freunden hin und her sahen.

»Dir kann doch dieser Wicht nicht wichtiger sein als unsere Freundschaft! Es ist uns bestimmt, große Heldentaten zu vollbringen – zusammen, wie wir es schon in unserem früheren Leben getan haben! Das musst du doch begreifen!«

Rustan seufzte. »Ich – habe – einen – Eid – geschworen!«, wiederholte er langsam und leicht gereizt. »Ich habe bei meinem Namen geschworen, Tirasan und Nelia mit meinem Leben zu beschützen. Dies sind die einzigen Verpflichtungen, die ich habe. Es ist bedeutungslos, was wir in unserem früheren Leben getan haben. Wichtig ist, was ich in diesem Leben tun werde.«

Baro starrte seinen besten Freund an und konnte nicht glauben, was er hörte. »Rustan, das kann nicht dein Ernst sein!«, erwiderte er. »Du hast die Wahl, einen großen Namen zu beschützen – mich! – und den Namen Rustan Polliander ein weiteres Mal in die Geschichtsbücher einzutragen. Und du? Du dienst lieber diesem jämmerlichen Zwerg?!«

»Ja«, sagte er.

Ich war fassungslos. Ich begriff nicht, wie Rustan bei der Wahl zwischen mir – und wir waren noch nicht einmal *richtige* Freunde – und Baro, seinem besten Freund in diesem und in seinem früheren Leben, sich für mich entscheiden konnte. Ja, wenn Rustan nicht bereits seine Lebensschuld abgegolten hätte, dann hätte ich verstanden, dass er sich durch den Ehrenkodex der Polliander verpflichtet fühlte, mich zu wählen. Aber so? Warum tat er das?

Nelia unterbrach das stumme Wettstarren der beiden Männer und räusperte sich. »Ich habe Hunger. Du auch, Allira?«

»Ja, großen Hunger«, antwortete die junge Sängerin mit einem hellen Kichern und klatschte begeistert in die

Hände, während sich unsere Aufmerksamkeit nun ihr zuwandte. »Was gibt es?«

Es stellte sich heraus, dass die beiden noch schlechter auf die Reise vorbereitet waren als ich – und das war eine Untertreibung. Allira hatte, bis auf drei Kleider, zwei Hosen, zwei Blusen und einen Mantel, die sie anscheinend vom Namensgebungsgeschenk der Schule gekauft hatte, lediglich zwei belegte Brote, aber nichts Praktisches dabei.

»Du kannst mit in meinem Zelt übernachten«, bot Nelia ihr an. »Aber ich habe leider keine Ersatzdecke.«

Das Problem war Baro. Ich konnte meine Schadenfreude – ein hässliches Gefühl – nicht ganz unterdrücken. Während Baro zwar schon eine Garnitur Reisekleidung und eine Decke gekauft hatte, so war der Rest der Reiseausstattung ein Problem. Er hatte lediglich ein paar belegte Brote und zwei Wasserflaschen dabei, die er aus der Schulküche besorgt hatte.

»In Ordnung, Bestandsaufnahme«, erklärte er grimmig. »Wir werden teilen müssen, wenn unsere Vorräte bis Holzstadt reichen sollen.«

So auf einem Haufen sahen unsere Vorräte wirklich mager aus. Ich hatte zum Glück schon zu Abend gegessen, denn Baro führte sofort eine rigorose Diät für die anderen ein. Für jeden von ihnen gab es nur einen Apfel aus meinen Vorräten und Nelia gab Allira eine ihrer Wasserflaschen ab.

»Die verderblichen Vorräte müssen wir als Erstes essen«, erklärte Baro, während er die entzückende Schnute ignorierte, die Allira zog. »Wenn wir unsere Vorräte einteilen, dann haben wir genügend Essen für zwei Tage und am dritten Tag bleibt uns noch der Rest des trockenen Gebäcks. Wenn wir nicht bis zum Abend des dritten Tages in Holzstadt sind, werden wir den Rest des Wegs hungern müssen. Wenigstens Wasser sollte kein Problem sein. Es gibt genügend Bäche unterwegs.

Ich wünschte, wir hätten noch Zeit zum Einkaufen gehabt. Aber ich wollte es nicht riskieren, euch sonst erst morgen einzuholen und eine Nacht allein im Wald zu verbringen. Zu gefährlich.«

»Wir sollen hungern?!«, fragte Allira entsetzt. »Aber es gibt doch unterwegs mit Sicherheit noch Dörfer und Geschäfte oder einzelne Holzfäller, von denen wir Nahrungsmittel kaufen können!«

»Nein«, antwortete Rustan.

»Wegen der Namenlosen lebt im Holzwald niemand«, versuchte ich ihr zu erklären. »Städte wie Tummersberg oder Holzstadt sind vor einem Überfall sicher, doch kleine Dörfer oder Siedlungen wären ein verlockendes Ziel für die Gesetzlosen. Deshalb siedelt sich niemand im Holzwald an und die Askaldos begeben sich nur in großen Gruppen in den Wald, um die Bäume zu fällen.«

»Das heißt, wir könnten überfallen werden?!«, fragte Allira entsetzt. Sie erschauderte und rückte näher an Rustan heran, bis sie fast auf seinem Schoß saß. »Aber du beschützt mich doch, oder, Rustan?«

Er antwortete nicht. Die ehrliche Antwort wäre gewesen,

dass er zuallererst Nelia und mich beschützen würde. Aber das mochte er ihr nicht sagen.

Während sich die Freunde noch eine Weile unterhielten, starrte ich in die blauen Flammen. Es war ein komisches Gefühl, plötzlich zu dieser Gruppe zu gehören. Zwar würde mich Baro wohl nie mögen, aber ich hatte jetzt die Gewissheit, dass Rustan und vielleicht sogar Nelia zu mir halten würden, und ich ertappte mich dabei, wie ich über die Scherze der beiden lachte. Ich hatte mich der Gruppe um Nummer 2 immer fern gehalten und daher nie viel Kontakt mit seinen Freunden gehabt, aber ich stellte fest, dass ich Rustans direkte Art und Nelias feinsinnige Bemerkungen mochte.

Und Allira? Ich konnte den ganzen Abend kaum den Blick von ihr abwenden. Allein die Möglichkeit, dass auch sie mich irgendwann einmal mögen könnte, ließ mein Herz höher schlagen als jemals zuvor.

Es war spät, als wir endlich zu Bett gingen. Baro, der Einzige, der kein Zelt hatte, musste draußen schlafen, was eine erneute Beschwerde zur Folge hatte. Seiner Meinung nach hätte Rustan das Zelt mit ihm teilen müssen und nicht mit mir, aber Rustan blieb eisern.

»Ich habe Tirasan zuerst gefragt und dabei bleibt es. Ich nehme mein Angebot nicht zurück«, sagte er. Und darüber war ich wirklich froh, denn im Zelt war es wärmer und windgeschützt. Rasch war ich eingeschlafen.

Am nächsten Morgen fühlte ich mich wie erschlagen. Alle Knochen taten mir weh. Ich war es nicht gewohnt, auf einer einfachen Bettrolle auf unebenem Waldboden zu schlafen. Meine Muskeln protestierten gegen jede Regung. Ich bewegte mich vorsichtig, als ich Rustan half, das Zelt abzubauen.

Das Frühstück bestand aus Baros und Alliras Wurstbroten und einem Apfel für jeden. Allira war nicht begeistert, als sie hörte, dass es vor der Mittagszeit nichts mehr geben würde. Sie hatte schon am Vortag mit Baros Broten auskommen müssen. Erneut wunderte ich mich, dass sie selbst nicht daran gedacht hatte, etwas anderes einzupacken, und sich jetzt beschwerte. War ihr denn nicht klar gewesen, dass wir nicht länger von der Schulküche versorgt wurden?

Baro übernahm sofort wieder die Reiseplanung. Eins musste ich ihm lassen: Er wusste, wovon er sprach. Er konnte nicht nur unseren Tagesbedarf an Nahrung und Wasser berechnen, sondern auch die Strecke, die wir heute zurücklegen mussten, und das Tempo, das wir dabei einzuhalten hatten, wenn wir in zweieinhalb Tagen in Holzstadt ankommen wollten. Ich war das erste Mal von ihm beeindruckt. Bislang hatte sich Baro Derada immer mit großen Sprüchen hervorgetan, doch es gab einen Grund, warum er als brillanter Händler galt.

Doch wie sich herausstellte, waren das Problem nicht die begrenzten Essens- und Wasservorräte oder die Gefahr durch die Namenlosen, wie sich an diesem Tag herausstellen sollte. Das Problem war ich.

Ich bemühte mich, ehrlich, aber Rustan mit seinen über 1,90 Meter und Baro, der ebenfalls über 1,80 Meter groß war, legten ein Tempo vor, das ich mit meinen viel kürzeren Beinen nur mithalten konnte, wenn ich zwei Schritte für jeden ihrer Schritte machte. Bald darauf war ich ein Stück zurückgefallen und musste rennen, um aufzuholen. Das Ganze wiederholte sich bald alle fünf Minuten. Als wir nach knapp zwei Stunden die erste Pause machten, war ich völlig fertig.

Als Baro »Pause« rief, ließ ich mich daher einfach nur zu Boden fallen und keuchte. Ich machte mir noch nicht einmal die Mühe, meinen Rucksack abzunehmen, sondern lag einfach nur auf der Seite und versuchte, Luft zu bekommen.

»Tirasan?«, fragte Nelia besorgt. »Alles in Ordnung?«

Es war nicht gerecht. Sie und Allira, die beide knapp unter 1,70 Meter groß waren, schienen kein Problem zu haben, mit den beiden Männern mitzuhalten. Sie sahen immer noch frisch aus und Allira wirkte mit ihren leicht geröteten Wangen besonders hübsch. Ich hätte sie vermutlich angestarrt, wenn Atmen nicht meine erste Sorge gewesen wäre.

»Wir sollten ihn zurücklassen«, schlug Baro mit Genugtuung vor. »Schaut ihn euch doch an! Wenn er jetzt schon so fertig ist, dann wird er niemals unser Tagespensum schaffen! Und wenn wir in seinem Tempo weitermarschieren, sind wir erst in vier oder fünf Tagen in Holzstadt. So viele Vorräte haben wir nicht! Wir sollten ihn mit seiner Portion ausstatten und weiterziehen, sage ich.«

»Das kommt gar nicht in Frage!«, entgegnete Rustan. Er

wirkte richtig wütend. »Wie ich dir gestern schon gesagt habe, lasse ich Tir nicht allein den Holzwald durchqueren. Das ist viel zu gefährlich. Und was die Vorräte betrifft, so hätten wir ja wohl nicht das Problem, wenn du und Allira besser geplant und mehr Essen mitgenommen hättet!«

»Ist es jetzt etwa unsere Schuld?«, fragte Baro erzürnt. »Wer ist denn gestern einfach aufgebrochen und hat uns noch nicht einmal die Zeit gelassen, unsere Reisevorbereitungen abzuschließen? Und übrigens danke für die kurze Nachricht! ›Reise mit Nelia Tirasan hinterher‹ war auch nicht etwas, das ich jemals erwartet hätte, am Frühstückstisch zu lesen! Wir hatten einen Plan, Rus! Und du bist derjenige, der sich nicht daran gehalten hat!«

Baro war jetzt so richtig sauer und ich konnte ihn sogar verstehen. Die ganze Situation war zwar verkorkst, aber nicht seine Schuld. Ich war derjenige, der keine Kondition hatte und dadurch die ganze Gruppe aufhielt.

Ich rappelte mich hoch. »Geht schon wieder«, sagte ich und bemühte mich um ein Lächeln. Ich lehnte Rustans Hand ab, der mir beim Aufstehen helfen wollte. »Meinetwegen können wir weiter.«

»Bist du dir sicher?«, wollte Nelia skeptisch zweifelnd wissen. Ich nickte.

»Ja. Aber es ist für mich eben etwas anstrengender als für euch oder beispielsweise für Baro«, ich warf dem jungen Händler, der mich immer noch skeptisch musterte, einen kurzen Blick zu, »immerhin ist er ganze fünfunddreißig Zentimeter größer als ich.«

»Jetzt übertreibst du aber! So groß ist der Größenunterschied zwischen uns auch nicht!«, protestierte Baro sofort. Die anderen seufzten angesichts unseres neuen Streits. Ich sah ihnen an, dass sie einfach nur weitergehen wollten. »Woher willst du das überhaupt wissen? Nein, dass du nicht mitkommst, liegt nicht an deiner Größe. Du bist einfach unsportlich! Wenn du weniger Zeit mit deinen Büchern verbracht und mehr trainiert hättest, würdest du jetzt nicht diese Probleme haben!«

Dass er gleich wieder mir die Schuld geben würde, war ja klar! Verärgert folgte ich ihm und den anderen, als Baro nun erneut zügig losmarschierte. Aber es lag wirklich am Größenunterschied. Warum er das nicht sehen konnte und meine Aussagen anzweifeln konnte, begriff ich nicht. Mir war das Schätzen von Größen oder Mengen immer leicht gefallen, aber anscheinend hatte nicht jeder meinen geübten Blick. So war es auch in der Schule gewesen: Sogar die Lehrer hatten es als *Marotte* bezeichnet, das ich derlei Angaben immer bis auf den Zentimeter genau machte. Dabei hatte ich recht.

Ich hielt Baros und Rustans Tempo bis zur Mittagspause durch. Dann brach ich zusammen. Ich leerte meine Wasserflasche in einem Zug und war noch nicht einmal zu stolz, um abzulehnen, als mir Rustan eine von seinen anbot. Wir hatten am späten Vormittag einen Bach gefunden und so waren unsere Wasservorräte wieder vollständig aufgefüllt, als wir mittags eine Pause machten.

Nach dem Trinken musste ich eingeschlafen sein, denn

ich wurde davon wach, wie mich Rustan an der Schulter schüttelte. »Tir? Aufwachen! Du hast noch gar nichts gegessen und wir wollen bald weiter.«

Ich war wie ausgehungert und schlang meine spärliche Mahlzeit herunter wie ein wildes Raubtier. Danach rumorte mein Magen und ich hatte das seltsame Gefühl, einerseits zu viel und zu schnell und andererseits zu wenig gegessen zu haben. Mir ging es wirklich nicht gut.

Baro, Allira und Nelia musterten mich abschätzend, während Rustan mir ein aufmunterndes Lächeln schenkte. Sie mussten nichts sagen. Ich wusste selbst, dass ich dieses Tempo nicht noch einen halben Tag durchhalten würde.

»Gib mir deinen Rucksack«, sagte Rustan.

»Was?«

»Deinen Rucksack, Tir. Ich trage ihn für dich.«

Rustan warf sich meinen Rucksack über die Schulter, als würde er gar nichts wiegen, während ich den ganzen Vormittag das Gefühl gehabt hatte, ich würde Felsbrocken mit mir herumschleppen.

Danach fiel mir das Laufen etwas leichter, aber der Schweiß lief mir dennoch in Strömen herunter. Bei jeder Pause trank ich mindestens eine ganze Wasserflasche – Rustans Ersatzflasche hatte ich behalten, so dass ich jetzt zwei Flaschen besaß –, was bedeutete, dass ich unterwegs aufmerksam nach weiteren Bächen Ausschau halten musste. Zum Glück war Rustan gut darin, sie schon von Weitem zu erspähen, und ich konnte die Flaschen immer wieder auffüllen.

Doch so sehr ich mich auch bemühte, mit den anderen mitzuhalten, am späten Nachmittag konnte ich nicht mehr. Der Sonnenuntergang war noch etwa zwei Stunden entfernt, als ich stolperte, vornüber fiel und einfach liegen blieb.

»Tir?«

Rustan war der Erste, der bemerkte, dass etwas nicht stimmte. Er und Nelia hatten mich schon den ganzen Nachmittag besorgt aus den Augenwinkeln beobachtet. Sofort war er bei mir.

»Alles in Ordnung? Kannst du aufstehen?«

Aufstehen? Wie denn bitteschön, wenn bereits das Reden viel zu anstrengend war? Ich hob erschöpft den Kopf und starrte ihn an.

»Wir machen eine Pause«, erklärte Rustan.

Baro protestierte sofort: »In diesem Tempo schaffen wir unser Tagespensum nie!«

»Baro, was nützt uns unser Tagespensum, wenn Tirasan am Ende des Tages zusammenbricht und morgen überhaupt nicht mehr weiterlaufen kann?«, stellte Nelia vernünftig fest. »Lass uns eine Pause machen.«

Allira schwieg und Baro erkannte, dass er überstimmt war. Wir machten ungefähr eine Viertelstunde Rast, doch das war bei Weitem nicht genug.

»In Ordnung, Tir, kannst du weitergehen, wenn wir langsam und in deinem Tempo marschieren?«, wollte Rustan schließlich wissen.

Ich hatte keine Ahnung. Ich versuchte aufzustehen, aber

meine Beine zitterten vor Müdigkeit und Erschöpfung so stark, dass ans Gehen nicht zu denken war. Beschämt schüttelte ich den Kopf.

»Wir müssen weiter«, sagte Baro und zum ersten Mal klang er nicht gereizt, sondern besorgt.

»Dann trage ich ihn, wenn du mir etwas von meinem Gepäck abnimmst«, entschied Rustan.

Gesagt, getan. Kurz darauf war ich huckepack auf seinem Rücken, während Nelia meinen und Baro Rustans Rucksack trugen. Es tat mir leid, dass ich ihnen solche Umstände machte. Ich hätte verstanden, wenn sie mich zurückgelassen hätten.

Am Abend bedankte ich mich leise bei Rustan, als er mich an unserem Lagerplatz für die Nacht absetzte. Der junge Krieger lächelte nur, aber ich hatte das Gefühl, dass es ihm tatsächlich *Spaß* machte, für mein Wohlbefinden verantwortlich zu sein. Er nahm den Ehrenkodex der Polliander wohl wirklich ernst. Ich versuchte, beim Aufbauen des Zelts zu helfen, doch Rustan ließ mich nicht. So sammelte ich stattdessen etwas Feuerholz, während er, Baro und Allira die Zelte errichteten und Nelia sich auf die Suche nach einem Bach machte, um unsere Wasservorräte aufzufüllen.

Allira summte bei der Arbeit und ich spürte, wie ich mich entspannte und ihr zuhörte. Am liebsten hätte ich mitgesummt, aber ich war nicht musikalisch und hatte Angst, mich vor ihr zu blamieren. Daher schaute ich hin und wieder nur verstohlen zu ihr hinüber und bewunderte sie bei der Arbeit. Wie konnte man nur so anmutig Zeltplanen ausrollen?

Irgendwann begann sie zu singen, ich weiß nicht was, aber ihre Stimme verzauberte mich. Ich vergaß alles um mich herum und hörte nur noch zu. Habt ihr schon mal den Klang der Sonne gehört, der Melodie von Zuhause gelauscht? Nein? Dann wisst ihr nicht, wie Alliras Stimme klang. Ihr Lied war pure Sehnsucht.

Schon bald standen Rustan, Baro und ich um sie herum und hatten unsere Aufgaben komplett vergessen, während Allira sang und unsere Welt zum Strahlen brachte ...

»Rustan, bringst du bitte meine Sachen in mein Zelt?«

»Warum denn Rustan?«, beschwerte sich Baro und drängelte sich eifrig nach vorn, um diesen aus dem Weg zu schubsen, als er sich nach Alliras Rucksack bückte.

Rustan fiel zu Boden und drehte sich wütend um. Purer Hass stand in seinen Augen, als er Baro anstarrte, der sich in diesem Moment triumphierend Alliras Rucksack schnappte.

Er ging auf Allira zu und streckte ihr den Rucksack stolz entgegen. »Bitte sehr, holde Maid«, sagte er. »Sagt, was ich noch für Euch tun kann, und es wird sofort erledigt.«

Rustan spannte sich an und im nächsten Moment stolperte Baro über sein ausgestrecktes Bein. Allira lachte glockenhell. Während sich Baro und Rustan aufrappelten und aufeinander losgingen, stürzte ich vor, um ihren Rucksack aufzuheben und ihn Allira zu überreichen.

»Bitte sehr«, sagte ich atemlos und starrte sie bewundernd an. Ihr Lächeln überstrahlte die Sonne, während hinter mir derbe Flüche und Schmerzensschreie erklangen.

»Was ist denn hier los?!«

Nelia rannte auf die Lichtung und erfasste die Lage mit einem Blick. Plötzlich fühlte ich mich, als hätte ich einen kalten Regenschauer abbekommen, und meine ganze Energie floss aus mir heraus. Im nächsten Moment saß ich auf dem Boden und verstand nicht, was passiert war. Warum hatte ich nichts getan, um Rustans und Baros Prügelei zu verhindern? Und warum hatte mich nur Alliras Lächeln interessiert?

Nelia stürmte mit großen Schritten auf uns zu und hielt kurz vor Allira inne. »Was sollte das? Warum hast du sie dazu gebracht, aufeinander loszugehen?«

»Aber das habe ich doch gar nicht«, widersprach Allira unschuldig. »Ich wollte doch nur, dass sie mich mögen und mir ein bisschen mehr Aufmerksamkeit schenken.«

»Tu mir einen Gefallen, Allira«, sagte Nelia und klang immer noch stinksauer. »Wenn du schon unbedingt deine Namensmagie trainieren und mit deiner Stimme jemanden verzaubern willst, dann lass die Jungs und mich da raus!«

Rustan half Baro hoch. »Es tut mir leid«, entschuldigte er sich. »Das wollte ich wirklich nicht.«

Er hatte ein blaues Auge, während Baro seine Nase hielt, die heftig blutete. Es sah so aus, als wäre sie gebrochen. Er schwieg, während Nelia auf die beiden zuging und ihre Verletzungen untersuchte.

»Ich weiß nicht, ob ich da viel machen kann«, sagte sie ernst. »Ich kann es aber mal versuchen.«

Ihre Magie strich wie ein warmer Wind über ihre Gesichter. Baros Nase hörte auf zu bluten und die Schwellung ließ etwas nach. Rustans Veilchen wurde blasser, so als wäre es schon ein paar Tage alt.

»Mehr kann ich nicht tun«, sagte die junge Magierin bedauernd. »Der Rest muss von alleine heilen. Heilmagie ist nicht meine Stärke.«

Der Rest des Abends verlief – nennen wir es mal – angespannt. Baro und Rustan sahen sich nicht an und keiner der beiden gab Allira mehr als eine kurzangebundene Erwiderung, wenn sie etwas sagte. Nelia versuchte, ein Gespräch in Gang zu bringen, gab nach einer Weile jedoch frustriert auf.

In dieser Nacht gingen wir früh schlafen. Zum Lesen kam ich auch an diesem Abend nicht mehr. Doch obwohl ich todmüde und völlig erschöpft war, lag ich noch lange wach da und grübelte. Mir graute vor den nächsten Tagen.

Und vor meinen Reisegefährten.

Doch wir alle mussten schon allzu bald erkennen, dass das wahre Grauen im Schatten lauert. Und genau dann zuschlägt, wenn man es nicht erwartet.

7 DER ÜBERFALL

Namen sind Identität, ohne Namen ist man ein Nichts.

»Kennt ihr das, wenn ihr kurz vor dem Ziel seid und glaubt, es schon geschafft zu haben, und ihr dann erkennen müsst, dass dem nicht so ist? So ging es uns nach unserem dritten Reisetag.

Unsere Reise durch den Holzwald war bisher friedlich verlaufen. Wir waren hin und wieder Gruppen von Askaldos begegnet, waren von Nivians auf schnellen Pferden überholt worden und hatten sogar eine Gruppe Kurbabus getroffen, die auf den Waldwegen patrouillierten. Wir fühlten uns sicher, als wir am Abend des dritten Tages unser Nachtlager in einer kleinen Senke aufschlugen. Welch ein Irrtum!

Es war unsere letzte Nacht im Holzwald. Wir waren gut vorangekommen, was wir Baro Derada und Rustan Polliander verdankten.«

Ich deutete auf die beiden jungen Männer, die neben mir auf der sonnenbeschienenen Straße standen, und musste lächeln, als sich die bewundernden Blicke der Stadtbewohner auf Baro und Rustan richteten. Sie hatten nicht nur bekannte Namen, sondern sahen auch noch stattlich aus – wie echte Helden aus berühmten Heldengeschichten eben aussehen sollten.

»*Ich bin dankbar, dass ich mit diesen beiden und mit Nelia Wabloo und Allira Varianda reisen darf. Habt ihr euch auch mal beim Lesen der großen Namensgeschichten vorgestellt, einer der Abenteurer zu sein? Nun, ich bin zwar selbst kein Abenteurer, aber ich war dabei, als uns die Namenlosen überfielen und diese vier großen Namen die ersten Heldentaten ihres neuen Lebens vollbrachten.*

Es war eine kalte und klare Nacht und ein eisiger Wind pfiff durch die Ritzen der Zelte. Baro, der kein Zelt hatte, zitterte in seiner Decke, und wir übrigen waren in unseren Zelten dicht aneinander gerückt. Im Halbschlaf hörten wir die Rufe der Eulen und anderer nächtlicher Jäger. Rustan, der einen siebten Sinn für Gefahren hat, lauschte stets mit halbem Ohr auf jedes Geräusch und konnte vor Anspannung nicht schlafen. Deshalb war er auch der Erste, der hörte, wie sie heranschlichen.

Als er sich sicher war, weckte er mich und sein geflüstertes ›Namenlose‹ ließ mein Herz einen Schlag aussetzen. Ich bin kein Kämpfer und wahrscheinlich hätte ich Panik bekommen, wenn Rustan nicht so ruhig geblieben wäre. Rasch huschte er nach draußen zu Baro und weckte seinen Freund, der gerade noch die beiden jungen Frauen warnen konnte, bevor wir sie sahen.

Die Namenlosen rannten von drei Seiten brüllend den Hü-

gel hinab. Rustan und Baro zögerten keine Sekunde und liefen vor, um sich ihnen zu stellen und die erste Attacke abzuwehren, während Nelia und Allira aus ihrem Zelt gestolpert kamen und ihre Augen von einer Seite zur nächsten huschten, um zu entscheiden, was sie tun sollten. Ich verharrte einen Moment lang entsetzt vor unserem Zelt und starrte die Angreifer an.

Es waren zwei Dutzend der erbärmlichsten Gestalten, die ich je gesehen hatte. Ihre Kleidung aus unterschiedlichsten Stücken war zusammengewürfelt. Es waren Nivian-Hemden, derbe Askaldo-Hosen und sogar eine einst prächtige Jacke war dabei, die von einem Derada stammen mochte. Manche Kleidungsstücke wirkten neu, andere hatten Löcher und Risse und schienen nur einen Windhauch davon entfernt zu sein, auseinander zu fallen. Oft passten sie ihren Trägern nicht richtig und wären ihnen ohne einen Gürtel aus Seil von den Hüften gerutscht.

Doch noch mehr als ihre Kleidung zeigten ihre Augen, dass sie Namenlose und Ausgestoßene waren. Es waren verzweifelte Augen voller Hunger, auf der Suche nach etwas, das sie nicht kannten, aber von dem sie wussten, dass sie es brauchten. Nicht nur ihre Namen fehlten ihnen, auch ihre Erinnerungen waren ihnen geraubt worden. Ich sah einen ehemaligen Kurbabu, der nicht mehr wusste, wie er sein Messer zu halten hatte. Einen einstigen Jurto, der zwar einen Schmiedehammer hielt, doch nicht mehr wusste, was er damit anstellen sollte. Sie hatten vergessen, wer sie einst gewesen waren, was sie erlebt hatten und welche Fähigkeiten und welches Wissen sie ausgezeichnet hatten.

Könnt ihr euch vorstellen, euer ganzes Selbst mit einem Schlag zu verlieren? Nun, ich nicht, aber schon die Vorstellung machte mir Angst und einen Moment lang verspürte ich Mitleid mit diesen armen Kreaturen. Das hätte mich fast das Leben gekostet. Doch zum Glück waren Nelia und Rustan wachsam.

Nelias Namensmagie loderte hell in dieser Nacht. Ein silberner Schein umgab sie, als sie die Arme ausstreckte, um das Lagerfeuer mit ihrer Magie zu packen und nach außen zu schleudern. Jeder brennende Ast, der zwischen die Angreifer fiel, leuchtete so hell wie der Vollmond gestern Nacht und blendete die Namenlosen, die ihre Blicke nun auf die junge Zauberin richteten.

Unterdessen hatte Rustan sein Messer, das er vor ein paar Tagen von einem feigen Attentäter erobert hatte, gezogen und begegnete dem ersten Angreifer, der uns erreichte, mit einem pfeilschnellen Hieb, der den Mann niederstreckte und tödlich verwundete.

Während sich ungefähr die Hälfte der Namenlosen auf uns stürzte und schreckliche Schreie ausstieß, die keine Worte formten, sondern nur Ausdrücke von Wut, Verzweiflung, Hass und Hunger waren, stürzten sich zehn andere auf unsere Zelte, rissen an dem Stoff und versuchten, sich mit ihren gierigen Händen einen Weg hinein zu bahnen, um zu packen, was in ihre Reichweite kam, während sie sich gleichzeitig mit den anderen um jedes Stück Beute prügelten.

Fünf Namenlose hatten es geschafft, das Zelt der Frauen auseinanderzureißen, und wollten sich mit deren Kleidung und Proviant davonmachen, als Allira davon Wind bekam und die Bettrolle fallen ließ, mit der sie gerade noch auf einen ihrer

Angreifer eingeprügelt hatte. Die Wut übermannte sie. Es war ihre erste Garderobe, die sie sich selbst hatte aussuchen dürfen, die ersten Kleidungsstücke, die ihr gehörten, und die wollte sie sich auf keinen Fall von ein paar verrohten Gesetzlosen stehlen lassen.

Rasend vor Zorn öffnete sie den Mund, aber es war kein gewöhnlicher Schrei, den sie ausstieß. Es war ein heller Glockenton. Ein Klang, der die Luft zum Vibrieren brachte und all jenen in den Ohren wehtat, die sich den Zorn der jungen Sängerin zugezogen hatten.

›Lasst die Sachen sofort fallen!‹, befahl sie den Räubern wütend und die Magie ihrer Stimme ließ den Namenlosen keine andere Wahl, als alles Gestohlene sofort wieder loszulassen.

Die Namenlosen, die das Zelt der Frauen durchwühlten, wussten einen Moment lang nicht, was geschehen war, doch irgendwie erkannten sie instinktiv, dass Alliras Stimme Magie innewohnte. Und diese Magie wollten sie haben.

Die fünf näherten sich Allira, die Rücken an Rücken mit Nelia stand. Diese nutzte ihre Macht, um den Boden unter ihren Angreifern in eine Schlammgrube zu verwandeln. Bereits drei Männer steckten bis zur Hüfte im Matsch und versuchten gerade vergeblich, sich wieder zu befreien, während die Erde sie langsam mit Haut und Haaren verschlang, als eine Namenlose ihr Messer nach der jungen Magierin warf. Die Waffe verfehlte Nelia zwar, lenkte sie aber auch für einen Moment von ihren anderen Angreifern ab, von denen es einer – das Opfer von Alliras Bettrollen-Attacke – geschafft hatte, sich seitlich an sie heranzuschleichen. Als Nelia einen Schritt zur Seite machte, um dem geworfenen Messer auszuweichen, packte der Namenlose sie an den Haaren und riss sie zu Boden.

Wäre Rustan nicht gewesen, wäre es wohl nicht nur Nelia in dieser Nacht schlecht ergangen. Er rettete uns alle. Nur mit einem Messer bewaffnet, war er stets dort, wo das dichteste Kampfgetümmel war und wo er gebraucht wurde. Er hatte bereits drei seiner Gegner mit seiner Waffe getötet, als er Nelias Notlage erkannte und sich mit einem tödlichen Hieb seines Gegners entledigte.

Nelia, die mit dem Kopf auf einen Stein aufgeschlagen war, blutete an der Schläfe und war orientierungslos. Ihre Namensmagie flackerte und erlosch für einen Augenblick. Doch da war Rustan auch schon zur Stelle. Mit einem gewaltigen Schrei stürzte er sich auf ihren Angreifer, der gerade das Messer hob und sie töten wollte. Mit einem Satz überwand er zwei Meter und riss mit seinem ganzen Gewicht den Namenlosen um, der schwer zu Boden schlug und nicht wieder aufstehen sollte. Im nächsten Moment war Rustan aufgesprungen und kümmerte sich mit seinen tödlichen Fähigkeiten um die Messerwerferin, die sich unserer Freundin näherte. Nelia war damit fürs Erste gerettet.

Doch während die Magierin und Rustan abgelenkt waren, gerieten Allira und Baro in Gefahr. Baro bekam es mit fünf Gegnern auf einmal zu tun und hatte Glück, dass diese von einem geordneten Angriff keine Ahnung hatten. Mit seinem Auge für Details konnte der junge Händler abschätzen, wer im Augenblick die größte Gefahr darstellte. Er dachte nicht nach, sondern handelte sofort. Mit zwei großen Schritten rannte er dem ersten Gegner entgegen und rammte ihm seine Schulter in den Magen. Der Namenlose keuchte, als ihm die Luft aus seinen Lungen gepresst wurde, und klappte zusammen. Baro entriss ihm das Messer, zog es ihm über die Kehle und wirbelte im nächsten Augenblick herum. Nun war er bewaffnet und konnte sich gegen seine anderen vier Gegner besser verteidigen.

Unterdessen hatten die Räuber, die Alliras Magie zu spüren bekommen hatten, die junge Sängerin eingekreist. Ich hätte an ihrer Stelle wohl Furcht empfunden, nicht aber Allira.

Deren Wut war alles andere als verklungen. So hatte sie sich ihre Reise nach Himmelstor nicht vorgestellt. Sie hatte von großen Konzerten in Seestadt und Himmelstor geträumt, sich ausgemalt, wie ihr Ruf ihr von Raube, Grobiere und Ebistal nach Himmelstor vorauseilen würde und sie Angebote von den großen Theatern und Dynastien aus ganz Mirabortas erhalten würde. Doch nun drohten diese Männer und Frauen ihren großen Traum zu zerstören. Das würde sie niemals zulassen.

Mit Entschlossenheit, eisernem Willen und der Magie in ihrer Stimme bewaffnet, richtete sie ihre ganze Aufmerksamkeit auf den Mann vor ihr. ›Bekämpfe die anderen Namenlosen für mich!‹, befahl sie und das magische Echo ihrer Worte ließ ihm keine Wahl. Sofort wandte er sich von ihr ab und stürzte sich auf die anderen Gesetzlosen.

Doch wo war ich, während meine Freunde um ihr Leben kämpften? Nun, ich wünschte, ich könnte sagen, ich hätte ebenso mutig und heldenhaft gekämpft. Doch das wäre eine Lüge.

Als die ersten Namenlosen auf uns zugestürmt waren, war ich vor Schreck ein paar Schritte zurückgewichen und über die Verankerung unseres Zeltes gestolpert. Ich schlug rückwärts auf dem Boden auf. Der Aufprall trieb mir die Luft aus den Lungen, sodass ich einen Moment betäubt liegen blieb.

Im ersten Augenblick wurde ich daher von unseren Angreifern übersehen. Doch mein Glück währte nicht lange. Einer der Namenlosen, die Rustans und mein Zelt geplündert hatten, sah mich benommen auf dem Boden liegen und langsam wieder zu mir kommen. Bevor ich begriff, was geschah oder mich ganz aufrichten konnte, war er bei mir und drückte mich wieder zu Boden, sodass ich keine Luft bekam.

Er hockte sich auf mich, packte meine rechte Hand mit seiner Linken und schlitzte mir mit dem Messer in seiner Rechten die Handfläche auf. Es brannte wie Jod in einer Wunde, als er nun seine eigene Hand ritzte und die blutenden Wunden übereinander legte. Unser Blut vermischte sich.

Falls ihr je von Namenlosen überfallen werdet und in meine Lage kommt, so verhindert unbedingt, dass sie euch verletzen und ihr Blut mit eurem vermischen! Ich weiß nicht, was in ihrem Blut ist, aber es reagiert auf Namensmagie und brennt sich in eure Adern. Und die Namensmagie in mir wehrte sich. Ich spürte sie in dieser Nacht erstmals mit Kraft durch meinen Körper pulsieren. Ich wünschte, ich hätte sie nutzen können wie Allira, um meinem Angreifer zu befehlen, von mir abzulassen, oder wie die anderen, um ihn zu bekämpfen. Doch so spürte ich nur, wie sie sich regte und auf den Angriff reagierte, während der Namenlose sich über mich beugte und mir in die Augen starrte.

Habt ihr je in einen Spiegel geschaut und gespürt, wie etwas

Dunkles in ihm lauert, das euch zu überwältigen droht, wenn ihr nicht vorsichtig seid? Die Augen eines Namenlosen sind wie ein Teich bodenloser Schwärze. In ihnen ist nichts und je länger ihr in sie hineinschaut, desto mehr habt ihr das Gefühl zu fallen, zu versinken, zu ertrinken und zu ersticken.

Ich glaubte einen Schrei zu hören, der mich nach meinem Namen fragte, doch er war nur in meinem Kopf. Und mit jedem Herzschlag, mit dem mein Blut in den Körper des Namenlosen floss, vermischten sich meine Namensmagie und seine namenlose Seele.

Plötzlich ahnte ich, dass ich dem Namenlosen meinen Namen auf keinen Fall verraten durfte. Denn solange wir unser Blut teilten und sich unsere Seelen durch unseren Blick berührten, solange konnte er mir meinen Namen und meine Namensmagie rauben. Je mehr Blut ich verlor, je schwächer ich wurde, desto größer war die Gefahr, dass ich selbst zu einem Namenlosen wurde oder starb.

Ich gebe zu, ich geriet in Panik. Verzweifelt bemühte ich mich, den Mann über mir abzuschütteln, und schloss die Augen, um unseren Blickkontakt zu unterbrechen. Doch besser wäre es wohl gewesen, mit meiner freien Hand nach dem Messer zu greifen, das der Namenlose fallen gelassen hatte. Aber daran dachte ich in diesem Moment nicht.

Natürlich schaffte ich es nicht, mich zu befreien. Der Namenlose war immer noch ca. 30 Zentimeter größer als ich. Auch wenn er durch sein Leben als Gesetzloser im Holzwald dünn und ausgezehrt war, war er doch stärker. Und so kämpfte ich vergebens.

Warum ich anfing zu beten, weiß ich nicht. Aber ich spürte, wie ich schwächer wurde und verzweifelte. Ich flehte die großen Namen an, mir beizustehen: Berlan Polliander, Vurgas Kurbabu, Hania Wellbann, Onara Ellusan ...

Ich weiß ebenfalls nicht, wann ich dazu übergegangen war, die Namen laut auszusprechen. Doch ich bin sicher, dass Onara Ellusans Name dabei war.

Und die Magie explodierte.

Wärme breitete sich in mir aus, als die Namensmagie von Onara Ellusan zwischen mir und meinem Gegner auflöderte. Wie Flammen tanzte sie über meine Haut. Doch wo sie mich wärmte, da verbrannte sie den Namenlosen. Seine Kleidung zerfiel zu Asche, als geisterhaft weiße Flammen ihn erfassten. Er ließ von mir ab und wälzte sich schreiend auf dem Boden.

Ich hatte geglaubt, die Schreie der Namenlosen zuvor wären schrecklich gewesen, doch sie waren nichts gegen den Seelenschmerz des Namenlosen jetzt. Ich konnte nicht ermessen, was die Namensmagie von Onara Ellusan mit ihm machte, doch sie war mehr, als er ertragen konnte. Nach wenigen Sekunden verstummte der entsetzliche Laut, der mir durch Mark und Bein gegangen war, und der Namenlose blieb regungslos am Boden liegen.

Wie das ging? Was passiert war? Nun, mit Namensmagie ist es so eine Sache. Normalerweise erleben wir sie ja nur, wenn ein Name sie ausübt oder seinen Namen bei seiner Namensgebung zum ersten Mal hört. Doch was passiert mit der Namensmagie, wenn ihr Träger stirbt?

Nun, das ist eine gute Frage und eins der größten Rätsel,

das die Elluren auf der ganzen Welt erforschen. Nur eins wissen wir: Namensmagie stirbt nicht. Sie lebt weiter, irgendwo, und wartet, bis ein neuer Träger geboren wird.

Doch was passiert mit der Namensmagie, die keinen Träger hat? Eigentlich könnte ich auch fragen, warum wir zu den großen Namen beten. Namen haben Macht, das weiß jede kleine Nummer. Aber was bedeutet das?

In diesem Fall hatte sich die Namensmagie von Onara Ellusan entschieden, dass sie meinem Ruf folgen und mir gegen den Namenlosen beistehen wollte. Es ist extrem selten, dass Namensmagie antwortet, wenn wir zu ihr beten, denn wer weiß schon, welche Namen momentan einen Träger haben, in einer Nummer schlafen und auf ihr Erwachen warten oder nicht vergeben sind? Und manche Namensmagie ist fern, schwach oder nicht die richtige.

Doch ich hatte Glück. Denn Onara Ellusan war eine mächtige Namensfinderin, der die Namenlosen ein Gräuel waren. Habt ihr schon einmal von dem Überfall auf Bolsanis im Jahr 758 gehört? Nein? Es war einer der schrecklichsten Überfälle der Namenlosen in der Geschichte Mirabortas'. Eine Gruppe Namenloser lebte damals im Assua-Moor. Als sich der Winter näherte, überfielen sie die nächstgelegene Stadt, Bolsanis. Sie kamen leise in der Nacht und ermordeten viele Stadtbewohner in ihren Betten, bevor der Alarm geschlagen werden konnte und die Grekasols die Gesetzlosen wieder ins Moor zurücktreiben konnten.

Zu den Opfern der Namenlosen gehörte auch Onaras Mann. Als die Namensfinderin eine Woche nach dem Überfall nach Hause zurückkehrte und sie vom Mord an ihrem Geliebten erfuhr, wurde sie wahnsinnig vor Trauer. Sie schwor bei ihrem Namen Rache an allen Namenlosen und dass sie nie wieder zulassen würde, dass diese Monster einem Unschuldigen das Leben nahmen. Dann machte sie sich allein auf den Weg ins Assua-Moor. Niemand weiß, was dort geschah, doch sie kehrte nicht nach Bolsanis zurück und wurde nie wieder gesehen. Vermutlich starb sie im Kampf gegen die Namenlosen, doch noch heute erinnert sie sich an ihren Schwur. Das war mein Glück, es war der Grund, weshalb sie kam, um mir gegen den Namenlosen beizustehen, und mir das Leben rettete.«

Ich machte eine Pause und wartete ab, bis meine Zuhörer aufgehört hatten zu tuscheln.

»Und was war in der Zwischenzeit mit Rustan, Allira und den anderen?«, wollte einer von ihnen wissen.

»Nun«, fuhr ich fort, »sie kämpften heldenmutig weiter. Seite an Seite wehrten Nelia und Rustan die Angreifer mit Magie und Messern ab. Es dauerte nicht lange, bis sie ihre vier Gegner besiegt hatten und Baro zur Hilfe eilen konnten, der sich immer noch gegen drei Namenlose behauptete. Einen vierten hatte er bereits besiegt und getötet. Allira hingegen wurde von ihrem verzauberten Namenlosen gegen den letzten ihrer Angreifer verteidigt.

Gemeinsam besiegten meine Gefährten die restlichen Feinde. Wir hatten sie geschlagen. Doch in dieser Nacht fühlten wir uns nicht wie Sieger oder Helden. Es war kein Kampf gegen finstere Schurken gewesen, sondern gegen eine Horde verzweifelter Männer und Frauen, denen die Namenlosigkeit ihre

Menschlichkeit geraubt hatte. Es war zwar eine große Schlacht gewesen, aber keine, auf die man stolz sein konnte.

Und deshalb hob Nelia mit ihrer Magie ein Grab für die toten Namenlosen aus, wir alle beteten für ihren Frieden und am Morgen sammelten wir die Waffen und Habseligkeiten der Namenlosen ein, um uns wieder auf den Weg nach Holzstadt zu machen. Und hier sind wir nun.«

Ich stand noch immer vor dem Lebensmittelgeschäft, wo wir vor einer Stunde Halt gemacht hatten, um unsere Vorräte, die uns ausgegangen waren, aufzufüllen. Vorher hatten wir noch kurz den Zunu von Holzstadt aufgesucht, damit er Nelias Kopf- und meiner Handverletzung heilte. Wie jeder von uns war auch ich von den Kämpfen der letzten Nacht gezeichnet und so hatte mich ein Anderti, der das Geschäft verlassen hatte, gefragt, ob wir von Namenlosen überfallen worden waren. Kurz nachdem ich bejaht hatte, war ich bereits von neugierigen Passanten umringt gewesen, die mich zum Erzählen gedrängt hatten.

Jetzt, eine Stunde später, hatte ich das Gefühl, die halbe Stadt drängte sich auf der Straße und lauschte gespannt, während ich von den Heldentaten meiner Freunde erzählte. Denn das waren sie für mich jetzt. Jeder der vier hatte in der letzten Nacht gezeigt, was in ihm steckte, und ich glaubte kaum, dass wir überlebt hätten, wenn auch nur einer von ihnen nicht der große Name gewesen wäre, der er war.

Doch ich war nicht der Einzige, der meine Freunde bewunderte. Stolz, erfreut und zum Teil verlegen genossen Rustan, Nelia, Allira und Baro die Aufmerksamkeit der Zuhörer, die sie nun, da ich geendet hatte, mit Fragen bestürmten.

Es dauerte nicht lange und die Menge, die mir eben noch gebannt zugehört hatte, vergaß mich und belagerte nun meine Freunde.

»Gut erzählt«, sagte da ein Mann um die Fünfzig, der sich zu mir gesellte. Er trug das Wappen der Elluren um den Hals – ein leeres Buch, Feder und Tintenfass – und klappte das Notizbuch zu, in das er eifrig geschrieben hatte.

»Ihr seid sicher ein Elluren!« Er kam so nah heran, dass er mein Wappen erkennen konnte, und bemerkte, dass er sich geirrt hatte.

»Oh. Ich hatte das vermutet«, meinte er. »Schließlich ist es die Aufgabe von uns Elluren, über die Heldentaten der großen Namen zu berichten und sie festzuhalten. Und Ihr habt ohne Zweifel das Talent dafür.«

»Tirasan Passario«, stellte ich mich vor. »Danke für das Kompliment.«

»Assor Lumba Elluren«, erwiderte der Namensforscher mit einem Lächeln. »Sehr erfreut.«

»Lebt Ihr hier in Holzstadt?«, fragte ich den Mann neugierig. Mir waren die Elluren von allen Dynastien, die sich mit Namen beschäftigten, die rätselhaftesten. Dass ich nun einem Namensforscher begegnete und mich mit ihm unterhalten konnte, war ein seltenes Ereignis, das ich unbedingt auskosten wollte.

»Nein, ich komme ursprünglich aus Wonspiel, aus der Stadt Kessis. Da es in Wonspiel nur wenige Namenlose gibt, habe ich beschlossen, hierher nach Mirabortas zu reisen, um das Phänomen genauer zu erforschen. Ihr habt behauptet, der Austausch von Blut habe dem Namenlosen geholfen, an Eure Namensmagie zu kommen, um sie Euch rauben zu können. Seid Ihr Euch dessen ganz sicher? Blut ist schließlich kein Träger von Namensmagie«, wandte er skeptisch ein und zückte erneut sein Notizbuch, während er auf meine Antwort wartete.

Er hatte Recht. Eigentlich dürfte das nicht funktionieren. »Ich weiß nicht, woran es lag«, überlegte ich, während ich mich noch einmal an den schrecklichen Moment erinnerte. »Vielleicht lag es an einem Zusammenspiel aus Blutverlust, Blickkontakt und Magie.«

»Namenlose haben keine Magie!«

»Ich weiß nicht, was es war, das in ihrem Blut und ihren Augen ist, aber es fühlte sich wie Magie für mich an. Wie dunkle Magie. Gibt es dunkle Namensmagie?«

Der Elluren klappte bei meinen Vermutungen erbost sein Notizbuch wieder zu, ohne etwas notiert zu haben. »Namensmagie ist eine reine, gute Kraft! Sie versucht nicht, deine Seele zu verschlingen oder deinen Namen zu rauben!«, eiferte sich der Namensforscher. »So einen Unfug habe ich noch nie gehört!«

Wütend ließ er mich stehen und wandte sich Nelia zu, um von ihr mehr über die Ereignisse der vergangenen Nacht zu erfahren. Unterdessen näherte sich uns eine Frau mittleren Alters, die in prächtige Gewänder gehüllt war. Das Wappen einer Ipso zierte ihre Brust. Als sie sich der Menge um Rustan näherte, wich diese respektvoll vor ihr zurück und verstummte. Kurz darauf war es ruhig auf der Straße.

»Ich bin Renira Ipso Holzstadt«, erklärte die Großhändlerin mit kräftiger Stimme. »Und im Namen des Rates von Holzstadt begrüße ich Euch, Rustan Polliander, und Eure Begleiter in unserer Stadt. Für Eure Heldentaten und Euren Sieg über die Namenlosen biete ich Euch allen für diese Nacht ein Quartier in unserem Rathaus an, wo wir in diesem Moment zu Euren Ehren ein Festmahl vorbereiten lassen. Außerdem möchte ich Euch hiermit die Belohnung überreichen, die Euch für die Beseitigung einer großen Gefahr für Holzstadt zusteht.«

Sie reichte Rustan, der leicht überrumpelt wirkte, einen schweren Beutel Goldstücke. Applaus brandete um uns herum auf, als sie dem großen Helden sowie Nelia, Baro und Allira zujubelten. Und zum ersten Mal beneidete ich die anderen nicht um den Ruhm ihrer großen Namen. Es hatte zwar Spaß gemacht, während des Erzählens für kurze Zeit im Mittelpunkt zu stehen, doch ich glaubte nicht, dass mir die Aufmerksamkeit dauerhaft gefallen würde. Auch Rustan war sie unangenehm, während sich die anderen in der Bewunderung sonnten.

»Ich danke Euch, Renira Ipso Holzstadt«, sagte der junge Krieger schließlich. »Auch im Namen meiner Gefährten. Sehr gerne nehmen wir die Einladung zum Festmahl an.

Wenn es Euch recht ist, würden wir uns bis dahin gerne waschen und etwas ausruhen.«

Die Rätin von Holzstadt nickte und führte uns dann höchstpersönlich zum Rathaus, wo sie vier Gästezimmer vorbereitet hatten, und ging danach sofort, um die Vorbereitungen für das Festmahl zu überwachen. Ich war irritiert. Klar, ich hatte gesagt, dass ich nicht im Mittelpunkt stehen musste, aber übersehen werden wollte ich auch nicht.

»Du kannst in meinem Zimmer schlafen, Tir«, bot Rustan mir an, als Baro, Allira und Nelia in ihren Zimmern verschwanden und ihm klar wurde, dass wir eins zu wenig hatten. Es schien ihn wirklich wütend zu machen.

»Danke, Rustan.«

Es war später Nachmittag und auch wenn mein Magen beim Gedanken an das bevorstehende Festmahl bereits knurrte, so forderte mein Körper nun seinen Tribut. Nach dem viertägigen Marsch und dem Angriff war ich müde wie nie zuvor und hätte eine Woche lang durchschlafen können. Wenn Rustan unterwegs nicht hin und wieder mein Gepäck und mich getragen hätte, ich wäre nie bis nach Holzstadt gekommen. Auch wenn ich Bücher liebte, so hätte ich Gerunders Geschenk beinahe ein halbes Dutzend Mal an einem unserer Rastplätze zurückgelassen, um es nicht mehr schleppen zu müssen.

Während ich zum Bett schlurfte, meinen Rucksack abnahm und mich fallen ließ, merkte ich, dass mich Rustan beobachtete.

»Was ist?«

»Weißt du, was ich nicht verstehe, Tir?«

»Nein.«

»Woher wusstest du, dass der Namenlose mit dem Hammer einmal ein Jurto gewesen ist?«, wollte er wissen. »Ich meine, die Namenlosen haben so viel gestohlen, es hatte doch nichts zu bedeuten, dass er einen Hammer in der Hand gehalten hat. Er hätte ihn von überallher haben können.«

»Ich weiß es nicht«, sagte ich überrascht und richtete mich wieder auf. Mir war das gar nicht aufgefallen. »Es war einfach nur so ein Gefühl. Glaube ich. Vielleicht täusche ich mich auch.«

Rustan schwieg einen Moment. »Und was ist dann mit den Kämpfen, die du gar nicht sehen konntest, weil du um dein eigenes Leben kämpfen musstest?«, fragte er. »Klar, wir haben uns ein bisschen darüber unterhalten, während wir unterwegs waren, aber ich könnte nicht mehr sagen, was die anderen gemacht haben, während ich gegen die Namenlosen gekämpft habe. Ich würde nicht einmal mehr auf die Reihe bringen, was *ich* alles gemacht habe. Woher wusstest du das alles?«

»Keine Ahnung«, erwiderte ich verwirrt. »Es ergab einfach Sinn.«

»Tir, kann es sein, dass du ein Chronist oder Geschichtenerzähler bist? Wieso sonst könntest du Ereignisse oder Taten wahrheitsgetreu wiedergeben, die du nicht selbst gesehen oder getan hast?«

Ich starrte Rustan an, während mir das Blut bei seinen Fragen durch den Kopf rauschte. *Konnte es sein, dass dies meine Namensmagie war?*

Plötzlich umfing mich eine Sicherheit, wie ich sie seit meiner Namensgebung nicht mehr verspürt hatte. Ein Hochgefühl durchströmte mich und ich keuchte, da es mich auf einmal am ganzen Körper schüttelte, als hätte ich Fieber und mein Körper wäre plötzlich zu klein für mich.

Ich beugte mich vornüber und schloss die Augen, als mir beim Einsetzen meiner Namensmagie plötzlich schwindelig wurde. Im nächsten Augenblick war Rustan da und stützte mich, als ich vom Bett rutschte.

Als ich aufsah, sagte er ehrfürchtig: »Tir, du bist gerade um einen halben Kopf gewachsen!«

8 HELDEN UND ERZÄHLER

»Fürchte dich vor den Namenlosen!
Ohne die Magie des Namens sind sie Opfer ihrer niederen
Instinkte. Sie jagen, sie töten, sie sind wollüstig und begehren,
was unser ist: einen Namen und einen Platz
in der Gesellschaft.«

(unbekannt)

Zum Festmahl waren etwa hundert Personen geladen und Rustan, Nelia, Baro und Allira wurden mit Jubel empfangen, als sie den großen Festsaal des Rathauses betraten. Kunstvolle Holzvertäfelungen, Schnitzereien und Skulpturen zierten jeden Quadratzentimeter des Raumes. Holzstadt war für seine Kunstwerke aus Holz berühmt. Ich betrachtete den Saal daher staunend und blieb ein bisschen hinter den anderen zurück – auch, weil ich mich für meinen Aufzug schämte. Durch meinen Wachstumsschub waren mir nun die Ärmel meines Hemdes und meine Hose zu kurz.

Auf die Schnelle etwas Passendes zum Wechseln aufzutreiben, hatte sich als unmöglich herausgestellt, uns war nur wenig Zeit bis zum Festmahl geblieben. Zu wenig. Rustan hatte mir zwar Kleidung von sich angeboten, aber mir fehlten mit meinen nun 1,65 Meter immer noch etliche Zentimeter zu seiner Größe und zudem war er auch doppelt so breit wie ich. Ich hätte wie ein Kind in den Kleidern eines Erwachsenen gewirkt. Es blieb mir also nichts anderes übrig, als weiterhin meine alte Freizeitkleidung zu tragen.

Unter dem Applaus der Gäste eilte Renira Ipso Holzstadt auf Rustan zu und schüttelte ihm die Hand, während sie über das ganze Gesicht strahlte.

»Verehrte Gäste!«, rief sie. »Begrüßt mit mir die großen Helden! Rustan Polliander! Baro Derada! Nelia Wabloo und Allira Varianda!«

Die Gäste jubelten und stampften mit den Füßen, während Rustans Gesicht vor Verlegenheit rot anlief. Als er sich kurz zu mir umwandte, um meinen Blick zu suchen, musste ich lächeln.

»Vielen Dank«, erwiderte er.

Wir wurden an eine lange Tafel geführt. Rustan bekam einen Platz neben der Rätin und bestand darauf, dass ich auf seiner anderen Seite saß, was dazu führte, dass die Gäste auf unserer Seite jeder einen Platz weiterrücken mussten. Ein paar murrten leise in meine Richtung, verstummten aber, als Rustan ihnen einen kurzen Blick zuwarf.

»Ich glaube, wir wurden uns noch nicht vorgestellt«, wandte sich Renira Ipso Holzstadt an mich, da sie mich anscheinend nicht wiedererkannte.

»Tirasan Passario«, stellte ich mich vor. »Ich reise mit Rustan und den anderen. Wir waren bis vor Kurzem Klassenkameraden in Tummersberg.«

»Wie interessant!«, erwiderte die Rätin halbherzig und begann kurz darauf, Rustan nach seinen Plänen für die Zukunft auszufragen. »Wir könnten einen Helden wie Euch gut gebrauchen, wenn wir das Problem mit den Namenlosen ein für alle Mal in den Griff bekommen wollen. Die Reise zwischen Holzstadt und Tummersberg ist inzwischen so gefährlich geworden, dass die ersten fahrenden Händler bereits Reiserouten um den Holzwald und das Dollgebirge herum wählen.«

Baro, der uns gegenüber saß, hielt im Kauen inne. »Wirklich? So schlimm? Ein solcher Umweg verschlingt schließlich gut und gerne das Drei- bis Vierfache der Kosten!«

Während Baro und die Rätin über Handel und Politik diskutierten und Renira Ipso dabei immer wieder versuchte, Rustan ins Gespräch mit einzubeziehen, schweiften meine Aufmerksamkeit und mein Blick ab. Einige Plätze weiter sah ich Nelia und Allira, die inmitten einer Schar von Männern jeden Alters saßen, welche allesamt Allira gebannt lauschten. Allira trug eines ihrer neuen Kleider – dessen kühler Blauton die vornehme Blässe ihrer Haut unterstrich – und sah einfach atemberaubend aus. Ich konnte Alliras helles Lachen bis zu meinem Platz hören und fragte mich, ob sie die Männer verzaubert hatte. Falls ja, schien Nelia dieses Mal keine Einwände zu haben, denn sie lachte ebenfalls.

»Ein Lied, ein Lied!«, forderten die Bewunderer von Allira schließlich lautstark. Der erste Gang wurde gerade abgetragen und den Gästen stand der Sinn nach Unterhaltung.

Allira errötete ganz zauberhaft, als sie nun langsam aufstand. »Ist vielleicht ein Teeries im Saal?«, fragte sie und lächelte einem Mann Ende zwanzig zu, der mit seiner Laute vortrat.

»Hervorragend!«, sagte sie lächelnd. »Ich würde mich freuen, wenn Ihr mich begleiten würdet.«

Die beiden einigten sich auf ein paar Lieder und Allira begann zu singen. Es waren Liebeslieder und ich ertappte mich dabei, wie ich seufzte und sehnsüchtig zu ihr hinüber starrte. Noch vor wenigen Tagen hätte ich alles getan, wenn sie diese Lieder für mich gesungen hätte. Doch da sie mich in den letzten Tagen weitestgehend ignoriert hatte, wusste ich, wie vergeblich meine Hoffnungen und Träume gewesen waren.

Ich war noch ganz in Gedanken versunken, als Allira meinen Blick plötzlich erwiderte. Für einen schockierten Moment vergaß ich das Atmen, bevor ich begriff. Das stimmte nicht, sie sah Rustan neben mir an!

Ich wandte mich zu ihm um und erkannte überrascht, dass Rustan geistesabwesend wirkte und nicht in Alliras Richtung sah. Bekam er überhaupt mit, dass Allira ihm ein Liebeslied sang?

Schließlich endete das erste Lied und der Saal brach in tosenden Beifall aus. Allira sonnte sich in ihrem Erfolg und schenkte Rustan während der nächsten beiden Lieder keinen einzigen Blick mehr. Stattdessen lächelte sie einen jungen Meran in ihrer Nähe an, der ihr schmachtend an den Lippen hing.

Während Allira sang, rechnete ich mit einem Stich der Eifersucht, doch dieser blieb aus. Ich bewunderte immer noch ihre Schönheit und die Magie in ihrer Stimme, doch ich verspürte keinen Eifer mehr, ihre Gunst zu erringen, nachdem ich sie in den letzten Tagen ein bisschen besser kennen gelernt hatte. Hatte mein Herz endlich ebenfalls erkannt, dass meine Zuneigung zu ihr vergebens war?

Gedankenverloren verfolgte ich, wie Allira die Bewunderung genoss und sich nach dem dritten Lied wieder auf ihren Platz setzte. Der nächste Gang wurde aufgetragen und ich begann mechanisch zu essen, als ich die eisigen Blicke bemerkte, die Allira Rustan bisweilen zuwarf.

»Ich glaube, Allira ist sauer auf dich«, flüsterte ich ihm leise zu.

Mein Freund zuckte unangenehm berührt mit den Schultern. »Daran kann ich nichts ändern«, erwiderte er leise. »Sie versteht nicht, dass wir keine Nummern mehr sind und dass wir uns verändert haben. Mein Eid dir und Nelia gegenüber hat Vorrang vor allem anderen. Ich darf mich nicht von ihr ablenken lassen.«

Während wir uns unterhielten, schweifte sein Blick erneut durch den Saal. Doch was ich zuvor noch für Geistesabwesenheit gehalten hatte, entpuppte sich nun beim näheren Hinsehen als versteckte Wachsamkeit.

»Hast du einen Feind entdeckt?«, fragte ich so leise, dass sich Rustan zu mir herüber beugen musste, um mich zu verstehen.

»Bislang nicht, aber ich habe ein ungutes Gefühl«, antwortete Rustan ebenso leise und lächelte, aber es wirkte in meinen Augen aufgesetzt. »Wir werden beobachtet. Bleib am besten immer in meiner Nähe.«

Ich nickte beklommen. Schlagartig hatte ich jede Lust am Festmahl verloren. Appetitlos schob ich den Teller von mir und beobachtete unauffällig die anderen Gäste, die sich weiter munter unterhielten und ausgelassen lachten.

Nach dem vierten Gang wurde die Tafel aufgelöst und zum Tanz aufgespielt. Der Teeries holte wieder seine Laute hervor und ließ sich von einem Angeri auf der Flöte begleiten. Kaum ertönten die ersten Klänge, standen die Bewunderer vor Allira Schlange, um sie, aber auch Nelia, zum Tanz aufzufordern.

Während sich die beiden amüsierten und Baro sein Gespräch mit der Rätin vertiefte, das nun die ersten geschäftlichen Details enthielt, lotste mich Rustan unauffällig an den Rand des Saals, während er mit einem Auge Nelia beobachtete.

»Sollten wir sie nicht warnen?«

»Und wovor?«, fragte Rustan und klang leicht frustriert. »Ich weiß nicht, von wo uns Gefahr droht und ob sie ebenfalls in Gefahr ist oder nur ich.«

Rustans Haltung war wachsam, verriet aber dennoch nur wenig von der Anspannung, die in seiner Stimme mitklang. Auch wenn er sich nicht mehr an seine früheren Leben erinnerte, so kam ihm nun zugute, dass er sich bereits in vielen ähnlichen Situationen befunden hatte. Rustan war kein Anfänger, sondern ein kampferprobter Krieger.

Plötzlich sah ich jemanden, mit dem ich nicht gerechnet hatte. »Schau mal, Rustan! Ist das nicht Nummer 17?«

Ich zeigte auf unseren früheren Klassenkameraden, der uns mit einem breiten Lächeln entgegen kam.

»Rustan und Tirasan!«, rief er überschwänglich. »Ich hätte nicht erwartet, euch hier zu begegnen!«

»Werbero Kurbabu«, sagte Rustan und ein kurzer Anflug von Misstrauen huschte über sein Gesicht. Kein Wunder! Der letzte Kurbabu, dem wir begegnet waren, war schließlich niemand anderes als der Attentäter gewesen. Und auch ich konnte mich nicht erwehren, an die ungewöhnlichen Umstände zu denken, unter denen ich Nummer 17 das letzte Mal gesehen hatte.

»Was machst du hier?«, fragte ich vorsichtig. »Ich hätte erwartet, dass du schon längst in Seestadt bist. Hat dein Pferd schlappgemacht?«

»Wie? Du hast ein Pferd?!«

Rustans Augenbrauen hoben sich, als er Werbero musterte. »Wie kannst du dir das denn leisten?«

Der junge Söldner lachte gekünstelt. »Nun, jedenfalls kein gutes Pferd«, sagte er und winkte ab. »Ich habe es günstig von einem Bekannten gekauft, doch damit waren die Gelder von der Schule auch erschöpft. Also dachte ich mir, ich bleibe eine Weile in Holzstadt und mache Jagd auf die Namenlosen, bis ich genug Sold beisammen habe, dass ich weiterreisen kann.«

Ich konnte nicht genau benennen, warum, aber ich mochte Werbero nicht. Vielleicht lag es daran, dass er uns offensichtlich anlog oder dass er so leichtfertig über die Jagd und Ermordung von Namenlosen sprach. Aber seine bloße Gegenwart ließ mich schaudern. Wieder drängte sich mir der Verdacht auf, dass er in zwielichtige Geschäfte verwickelt sein könnte. Warum sonst würde er uns belügen?

Auf Werberos Versuch hin, ein Gespräch anzufangen und an die alten Zeiten anzuknüpfen, antworteten daher sowohl ich als auch Rustan nur einsilbig und schon bald gab er es auf und wanderte weiter. Als er uns den Rücken zuwandte und ein paar Schritte weg war, sodass er uns nicht mehr hören konnte, schüttelte ich mich.

»Bin ich froh, dass er weg ist!«

»Ich glaube, er hat uns angelogen. Der führt etwas im Schilde«, verkündete Rustan düster.

»Den Eindruck hatte ich auch. Sollten wir nicht etwas unternehmen?«

»Und was? Wir wissen weder, was er vorhat, noch haben wir einen Beweis«, sagte Rustan und klang dabei genauso frustriert, wie ich mich fühlte.

Allira kam mit geröteten Wangen auf uns zu und lächelte sinnlich. Sie war an diesem Abend in ihrem Element und blühte sichtlich auf. Sie wirkte so glücklich wie auf der ganzen Reise noch nicht.

»Was steht ihr denn hier nur in der Ecke herum?«, wollte sie wissen. »Komm, Rustan, tanz mit mir!«

Ihr Strahlen hätte mit der Sonne wetteifern können, doch Rustan beeindruckte es nicht. »Ich muss wachsam bleiben«, erklärte er ernst. »Man weiß nie, wer sich von den Anwesenden möglicherweise als Feind entpuppt. Und außerdem kann ich nicht tanzen.«

Alliras gute Laune verschwand schlagartig. Sie blitzte uns wütend an. »*Kann* nicht? Oder *will* nicht?«, fragte sie spitz. »Baro hat Recht! Du bist seit der Namensgebung ein echter Langweiler geworden! Was ist so toll daran, auf Tirasan und Nelia aufzupassen? Du könntest ein richtiger Held sein! Und nicht der Beschützer von einer zweitklassigen Nummer!«

Auch wenn sich ihr Spott und ihr Zorn gegen Rustan richteten, so taten die Worte doch weh. Ich wusste genau, dass mit der zweitklassigen Nummer niemand anderes gemeint war als ich.

»Denk, was du willst!«, erwiderte Rustan grob. »Es gibt wichtigere Dinge im Leben als Spaß! Mein Verständnis von Spaß ist jedenfalls ein anderes als eures!«

»Dann versauere doch hier im Schatten!«, zischte Allira mit einem hässlichen Gesichtsausdruck. Sie wandte sich auf dem Absatz um und war im nächsten Moment in der Menge verschwunden.

Besorgt sah ich Rustan an, als sich Allira einem jungen

Großhändler an den Hals warf und ausgelassen mit ihm tanzte. »Bist du in Ordnung?«

»Warum sollte ich es nicht sein?«, fragte Rustan überrascht. Ich nickte zu Allira hinüber und dann schien er zu begreifen. Er lachte laut. »Bei den großen Namen, Tir! Allira und ich sind doch kein Paar! Ich empfinde Freundschaft für sie, mehr nicht. Warum also sollte es mich kümmern, wenn sie andere Männer bezirzt?«

Mir klappte der Unterkiefer herunter. Rustan hatte kein Interesse an Allira?

Zugegeben, wenn ich etwas länger darüber nachdachte, dann hatte er nie ihre Gesellschaft gesucht. Es war umgekehrt gewesen. Rustan hatte sie genauso behandelt wie Nelia. Irgendwie seltsam, dass selbst ein so großer Name und eine Schönheit wie Allira mit unerwiderter Zuneigung zu kämpfen hatte.

Ich grübelte immer noch, als wir eine Stunde später das Festmahl verließen. Nelia begleitete uns zu unserem Gästezimmer, während Baro und Allira beschlossen, weiter zu feiern. Ich erzählte ihr von unserem Wiedersehen mit Werbero Kurbabu.

»Hättet ihr vermutet, dass Nummer 17 zu einem Kurbabu werden würde?«, fragte sie kopfschüttelnd. Ihre Wangen waren vom Tanzen und vom Wein leicht gerötet. »Aber es überrascht mich nicht, dass er gleich die Gelegenheit beim Schopf ergriffen hat, sich etwas dazuzuverdienen.«

»Ich traue ihm nicht!«, brummte Rustan, während wir

die Treppe hinaufgingen. »Du solltest vorsichtig sein, falls du ihn siehst.«

»Entspann dich, Rustan! Nicht jeder Kurbabu trachtet uns nach dem Leben. Und im Übrigen kann ich gut selbst auf mich aufpassen! Schließlich habe ich meine Magie.«

Sie wirkte unbekümmert und ungewöhnlich heiter, versprach auf Rustans Drängen aber genervt, vorsichtig zu sein. Wir verabredeten uns mit ihr für den nächsten Morgen, bevor wir erschöpft ins Bett fielen und sofort einschliefen.

Um acht Uhr saßen wir alle bereits wieder am Frühstückstisch und genossen die Reste des gestrigen Festmahls. Selbst Allira und Baro waren zum Frühstück erschienen, obwohl sie übernächtigt wirkten.

»Auf geht's!«, meinte Baro. »Es wird Zeit, dass wir über unsere finanzielle Situation sprechen und den nächsten Reiseabschnitt bis Seestadt planen. Wenn wir heute nicht zu lange für unsere Einkäufe brauchen, können wir innerhalb von drei Tagen dort eintreffen. Wie viel Geld ist im Beutel, den du von der Rätin bekommen hast?«

Rustan holte das Säckchen hervor und öffnete ihn. Wir bekamen große Augen, als wir hundert Goldmünzen zählten.

»Das sind fünfundzwanzig Goldmünzen für jeden von uns!«, rief Allira aufgeregt.

»Äh, hundert durch fünf ergibt zwanzig«, korrigierte Rustan sie.

»Ich denke nicht, dass Tirasan eine Belohnung verdient hat«, erklärte Allira schnippisch. »Er hat sich ja nicht gerade mit Ruhm bekleckert.«

»Allira hat Recht«, stimmte Baro ihr zu.

Rustan wollte erneut protestieren, aber dieses Mal war seine Loyalität fehl am Platz. »Sie haben Recht, Rustan«, sagte ich mit einem dünnen Lächeln. »Ich habe im Kampf gegen die Namenlosen nichts getan. Die Belohnung steht euch zu.«

Also teilten meine Freunde den Schatz unter sich auf. Danach wies Baro jedem von uns eine Aufgabe zu. Allira wollte sich neue Kleidung und weitere Nahrungsmittel für uns alle kaufen. Nelia sollte sich um Medizin kümmern und sich dann Allira anschließen, während Baro versuchen würde, die Habseligkeiten der Namenlosen zu verhökern. Da sie diese nicht instand gehalten hatten, wollte Rustan nur ein einziges Messer behalten und für sich neue Waffen kaufen.

»In Ordnung, dann besorge ich noch neue Zelte«, entschied Baro. »Die alten sind nach dem Überfall der Namenlosen hinüber. Die Kosten rechnen wir dann später gegeneinander. In zwei Stunden treffen wir uns beim Lebensmittelgeschäft wieder. Dann müssen Allira und Nelia unsere Vorräte nicht durch die Gegend schleppen.«

Baro, Allira und Nelia schienen unsere Bedenken wegen Werbero nicht ernst zu nehmen, sodass sie getrennt losgingen, während Rustan darauf bestand, mich zu begleiten. Es dauerte nicht lange und Rustan und ich betraten das erste Geschäft, die Schneiderei eines Lakonitas. Die Ausstellungsstücke im Schaufenster hatten mir gefallen, waren sie doch gut geschnitten, schrien aber nicht nach Aufmerksamkeit. Zum Glück hatte der Lakonita auch einige vorgefertigte Kleider in verschiedenen Größen im Angebot, so dass wir nicht mehrere Tage warten mussten, bis der Schneider sie für uns angefertigt hatte.

»Du brauchst drei Garnituren«, meinte Rustan, der sich zusammen mit mir aufmerksam im Geschäft umsah, »damit du ausreichend Wechselkleidung hast. Wie wäre es denn mit dem hier?«

Er zeigte auf ein rotes Hemd und ich schüttelte sofort den Kopf. Dann könnte ich mir ja gleich mein Wappen aufnähen lassen!

»Vielleicht etwas weniger auffällig? Ich mag Blau.«

Schließlich fand ich ein blaues Hemd und eine schwarze Hose – nie wieder Braun –, die mir gefielen und mir passten. Rustan überredete mich zu einem grünen Hemd und einer grünen Jacke, die mir überraschenderweise recht gut standen. Nachdem ich noch zwei graue Hosen und ein graues Oberteil gekauft hatte, fiel mein Blick auf einen Umhang mit Kapuze.

»Sowas brauchen wir auch noch«, meinte ich. »Schau nach, ob du auch einen in deiner Größe findest. Wir hatten Glück, dass wir in den letzten vier Tagen vom Regen verschont wurden.«

Eine knappe Stunde nach Betreten des Geschäfts war mein Gepäck um einiges schwerer und meine Geldbörse um einiges leichter, aber ich trug mein neues grünes Hemd, meine neue Jacke und eine graue Hose und fühlte mich zum ersten Mal wieder wie ein normaler Mensch, als uns der Lakonita unter Verbeugungen zur Tür hinaus begleitete.

Als wir durch die Straßen gingen, um einen Jurto zu finden, nickten uns die Leute zu. Ich wäre beinahe über meine eigenen Füßen gestolpert, als ich bemerkte, dass eine junge Frau sogar mir zuwinkte und nicht Rustan. Es war das erste Mal in Gesellschaft meiner Freunde, dass ich gesehen wurde, und ein warmes Gefühl breitete sich in meiner Brust aus.

Als wir das Geschäft des Jurtos erreichten, in dem es wegen der Hitze aus der Schmiede recht stickig war, übernahm Rustan die Verhandlungen. Er inspizierte die Schwerter, führte unter der Aufsicht des Schmieds ein paar Hiebe aus und hielt das Metall gegen das Licht, bevor er sich schließlich für eine Waffe entschied. Danach wählte er noch eine Armbrust und zwei Dolche aus.

»Und wir brauchen noch Wurfmesser für Tirasan«, sagte Rustan zum Abschluss dann überraschend.

Ich sah ihn panisch an. Erstens hatte ich keine Ahnung von Waffen und zweitens nicht genug Geld, um mir welche zu kaufen! Rustans kleines Arsenal belief sich schon auf über fünfzehn Goldmünzen!

»Ich glaube nicht, dass das nötig ist«, sagte ich daher rasch.

»Unsinn, Tir!«, fuhr mir Rustan in die Parade. »Jeder

von uns sollte mindestens ein Messer haben. Hier, was hältst du denn von diesem?«

Ich hatte keine Meinung und ich wollte keine Waffen. Doch das zählte mal wieder nicht. Schließlich wählten Rustan und der Jurto sechs Wurfmesser für mich aus und ich schluckte schon bei dem Preis, als Rustan darauf bestand, sie zu bezahlen.

»Warum machst du das?«, fragte ich verwirrt.

»Ich finde es nicht gerecht, dass du keinen Anteil an unserer Belohnung bekommen hast«, erklärte der junge Krieger. »Daher finde ich es nur richtig, dass ich einen Teil der Belohnung nun für deine Waffen verwende.«

Das war Rustan. Ehrlich und loyal bis zum Tod. Wenn er einmal dein Freund geworden war, dann konntest du tun, was du wolltest, und Rustan würde dich nie im Stich lassen, auch wenn du das eigentlich verdient hattest. Und zum ersten Mal begriff ich auch, warum zwei so ungleiche Persönlichkeiten wie Baro und Rustan beste Freunde geworden waren.

Ich zog meine neue Mütze tiefer ins Gesicht, als Rustan, Baro, Nelia, Allira und ich Holzstadt hinter uns ließen. Den größten Teil unseres Proviants trugen wieder Rustan und Baro, doch auch mein Rucksack war jetzt um einiges schwerer als noch auf dem Weg von Tummersberg nach Holzstadt. Daher schauten mich meine Freunde auch recht überrascht an, als ich dieses Mal nicht nur mühelos mit ihnen Schritt halten konnte, sondern dabei auch noch nicht einmal aus der Puste kam. Ich fühlte mich großartig!

Nach dem Mittagessen, das aus Brot und Käse bestanden hatte, begann sich die Landschaft zu verändern und ich genoss unseren Marsch mit neuer Energie. Der Wald lichtete sich und ging bald in Wiesen und Felder über. Vögel zwitscherten in der Frühlingssonne und ich machte hin und wieder ein paar glückliche kleine Hüpfer und seufzte begeistert, als wir eine Gruppe von Rehen sahen. Rustan und Nelia lachten, doch Baro gefiel meine gute Laune nicht.

»Werden wir jetzt langsam übermütig?«, fragte er und funkelte mich wütend an. »Du magst zwar etwas gewachsen sein, doch du bist immer noch der Kleinste und Unbedeutendste in unserer Gruppe, vergiss das nicht!«

Er hatte Recht, dass ich immer noch der Kleinste war, doch zu Nelia und Allira fehlten mir nur noch ein paar wenige Zentimeter und nicht mehr eine halbe Kopfgröße. Und dass ich nun endlich auch etwas Kraft und Ausdauer hinzugewonnen hatte, machte mich so glücklich, dass noch nicht einmal Baros Gemeinheiten meine gute Laune trüben konnten.

»Sei nicht so fies zu Tir!«, mischte sich nun Nelia ein und ich bemerkte, dass auch Rustan eine finstere Miene aufsetzte. Seine Hand lag sogar auf dem Schwertgriff, was ich nun doch etwas übertrieben fand.

»Mich stört es nicht, was Baro von mir denkt«, beschwichtigte ich, konnte aber nicht umhin hinzuzufügen:

»Baro ist ein Aufschneider und häufig auch ein Lügner. Warum also sollte mich irgendetwas kümmern, das er sagt?«

»Wen nennst du hier einen Lügner, du Wicht?!«

»Er hat Recht, Baro«, mischte sich nun Rustan ein. »Du hast schon immer gerne große Reden geschwungen und geprahlt. Ob es wahr ist, was du erzählst, hat dich wenig gekümmert.«

»Da war ich aber noch eine Nummer!«, empörte sich Baro. Er war beleidigt, dass wir ihn noch immer als Kind ansahen. Eigentlich hatte er auch Recht. Namen und Nummern hatten nicht viel gemeinsam.

Jedenfalls normalerweise. Ich erkannte erstaunt, dass sich meine Freunde und ich relativ wenig verändert hatten seit unserer Namensgebung. Körperlich, das ja. Einige von uns hatten erstaunliche magische Fähigkeiten entwickelt, andere beeindruckendes Wissen erworben, aber die Persönlichkeit war relativ unverändert geblieben. Rustan und Nelia hatten sich schon immer gerne im Hintergrund gehalten, während Baro und Allira es genossen, im Mittelpunkt zu stehen.

Während ich über Namensmagie und die Bedeutung der Namensgebung nachdachte, verging der Nachmittag. Am frühen Abend überraschte uns ein Regenschauer und Rustan und ich holten schnell unsere Kapuzenumhänge hervor und zogen sie an. Als der Schauer zehn Minuten später aufhörte, waren wir daher die Einzigen, die nicht bis auf die Knochen durchnässt waren. Zum Glück schien

Nelia viele praktische magische Tricks auf Lager zu haben, denn ihr gelang es, die Kleidung innerhalb kürzester Zeit wieder trocken zu kriegen. Dennoch war die Stimmung am Lagerfeuer an diesem Abend getrübt. Nur ich konnte nicht aufhören, in mich hineinzulächeln, als ich das Notizbuch und die Schreibfeder hervorholte, die Nelia mir besorgt hatte, und anfing, die Abenteuer der vier Helden und ihres Erzählers niederzuschreiben.

9 SEESTADT

*»Und daher erklären wir folgende Taten
zu den verabscheuungswürdigsten Verbrechen,
die wir mit dem Verlust des Namens bestrafen werden:
Einen falschen Namen tragen, sein Wappen fälschen,
sich selbst einen Namen geben oder seinen Namen ändern,
einer Nummer vor der Namensgebung einen Namen geben,
einem Tier einen Namen geben und der Mord
an einem großen Namen oder an einem Kind.«*

(Paragraph 2 aus dem Gesetzbuch von Mirabortas)

»Nochmal, Tir!«

»Warte es nur ab, bald bin ich besser als du!«, rief ich Rustan übermütig zu, als ich mein Wurfmesser wieder aus dem Baum zog.

Es war später Nachmittag an unserem dritten Reisetag von Holzstadt nach Seestadt und Rustan, Nelia und ich nutzten die Rast in einem kleinen Wäldchen abseits der Straße, um Messerwerfen zu üben. Nach unserem ersten Training hatten die jungen Frauen Interesse an unseren

Kampfübungen gezeigt. Allira hatte es jedoch schnell wieder verloren, als sie sich versehentlich an einem Wurfmesser geschnitten hatte, sodass Rustan nun abwechselnd mich und Nelia trainierte. Baro hingegen schien Wurfmesser nicht als Waffen zu betrachten, denn er verfolgte nur dann unsere Übungsstunden, wenn Rustan mit seinem Schwert oder seiner Armbrust trainierte, und ließ sich dann ein paar Tricks beibringen.

Inzwischen war ich richtig gut, wenn man bedachte, dass ich vor einer Woche noch nicht einmal die Zielscheibe aus zehn Meter Entfernung getroffen hatte. Aber ich war nicht so gut wie Nelia, die nach zwei Tagen Training den Bogen raus hatte und nun jedes Mal den Baum traf, den wir uns zum Üben auserkoren hatten.

»Wir müssen weiter, Leute!«, ermahnte uns Baro nach einer halben Stunde ungewöhnlich nachsichtig. »Ich würde gerne heute Nacht mal nicht in einem Zelt, sondern in einem richtigen Bett schlafen.«

Ich seufzte bei der Vorstellung. Ein Bett, das wäre wirklich schön! Auch wenn wir inzwischen bereits eine Woche unterwegs waren, hatte ich mich noch immer nicht an die unbequemen Nachtlager gewöhnt. Da es Allira und Nelia ähnlich ging, hatten wir beschlossen, dass wir uns in Seestadt eine Nacht den Luxus gönnen würden, uns in einem billigen Gasthaus einzuquartieren.

Zum Glück war Seestadt nicht mehr weit. In der Ferne konnten wir bereits die Dächer der Häuser erkennen und zu unserer Linken sahen wir alle paar Minuten die Fischerhütte eines Kesuas, die mit ihrem Bootsanleger in den Kromba-See hineinragte.

Seit dem Morgen war der See nie weit von der Straße entfernt und ich hatte festgestellt, dass mir der Anblick des glitzernden Wassers in der Sonne und der Geruch nach See und Seegras gefielen. Ob ich wohl später einmal in der Nähe eines Sees oder des Meeres leben würde?

Ich war in den letzten Tagen zum echten Grübler geworden. Früher hatte ich nie über den Tag der Namensgebung hinaus gedacht und geplant. Mein einziges Ziel war es gewesen, ein großer Name und Held zu werden. Doch nun begann ich die ersten Pläne für mein Leben als Tirasan Passario zu machen. Ich wusste zwar immer noch nicht, wer ich war, aber seit Rustan und ich festgestellt hatten, dass ich ein Talent fürs Geschichtenerzählen hatte, war ich ein eifriger Anhänger des Tagebuchs geworden, in dem ich abends die wichtigsten Ereignisse des Tages und meine Beobachtungen zu Rustan, Nelia, Allira und Baro festhielt. Vielleicht würde ich irgendwann einmal die Heldentaten großer Namen im Auftrag des großen Namenarchivs von Himmelstor dokumentieren.

Ich war so in Gedanken vertieft, dass ich nicht mitbekommen hatte, dass wir am äußeren Rand von Seestadt angelangt waren, doch Alliras Ausrufe der Begeisterung rissen mich aus meinen Gedanken.

Seestadt war ... gewaltig. Während Tummersberg nur knapp siebentausend Einwohner hatte – und Holzstadt auch nicht viel mehr –, war Seestadt gut und gerne dreimal so groß. Ich wusste zwar bereits, dass Seestadt über zwanzigtausend Einwohner hatte, aber was das bedeutete, war mir nicht klar gewesen. Seestadt erstreckte sich über Kilometer entlang des Kromba-Sees.

Während die meisten Namen es vorzogen, am Ufer des Sees zu leben, wo das Geld gemacht wurde, so gab es doch auch einige wohlhabendere Bürger, die lieber ein bisschen mehr Platz hatten und daher etwas weiter vom Ufer entfernt ihre Anwesen gebaut hatten. Dazwischen lagen die Häuser derjenigen, die sich weder den einen noch den anderen Wohnort leisten konnten, und so standen vornehme Villen neben kleinen, eher schäbigen Holzhütten und schäbige Holzhütten neben großen Lagerhäusern und prächtigen Pfahlbauten, die zum Teil weit in den See hineinragten.

Während Allira und Baro die Prachtbauten bewunderten, hatten es mir die Pfahlhäuser angetan. »So etwas hätte ich auch gerne«, seufzte ich leise. »Morgens aufzuwachen und als Erstes das Sonnenlicht auf dem Wasser glitzern zu sehen, muss herrlich sein.«

Rustan nickte zustimmend. »Du hast Recht, das würde mir auch gefallen.«

»Als ob Tirasan sich so etwas leisten könnte!«, höhnte Allira.

Seit Rustan sie in Holzstadt zurückgewiesen hatte, war sie ziemlich gemein zu Nelia und mir geworden, sobald Rustan uns zu viel Aufmerksamkeit schenkte. Den ersten Tag hatte ich noch Mitleid mit ihr gehabt, aber inzwischen war meine Geduld mit ihr ziemlich erschöpft. Liebeskummer gab ihr nicht das Recht, alle anderen zu verletzen. Und mittlerweile war auch Nelia recht kurzangebunden Allira gegenüber. Nur Baro, dem die Situation nicht entgangen war, hatte überraschenderweise Verständnis für ihr Verhalten.

»Sie braucht nur etwas Zeit, um darüber hinwegzukommen«, versprach er nun, als Allira allein vorneweg stolzierte und wir anderen etwas zurückgefallen waren. »Wartet es nur ab! Sobald sie wieder ein aufmerksames Publikum hat, geht es ihr besser.«

»Wenn du meinst«, sagte Rustan skeptisch.

Offenbar näherten wir uns nun dem Stadtkern mit dem Hafen, denn ich konnte die ersten Holzmasten über die Dächer ragen sehen. Mein Herz pochte vor Aufregung, nun die ersten Segelschiffe und Boote meines Lebens aus der Nähe zu sehen.

Es war in der Tat ein denkwürdiger Anblick, an den ich mich auch Jahre später noch gerne erinnern würde. Mich packte zum ersten Mal die Abenteuerlust und das Fernweh, als ich mir vorstellte, wie es wäre, auf einem solchen stolzen Schiff unterwegs zu sein und die Welt zu sehen. Unzählige Wunder, große Abenteuer, Heldentaten, die in die Geschichte eingehen, all dies nahm oft seinen Anfang mit dem Auslaufen eines Schiffes aus Seestadt.

Doch meine Träume waren vergessen, als nicht weit von uns entfernt eine Gruppe Grekasols eine gut gekleidete Frau durch die Straßen zerrte. Ich traute meinen Augen kaum, als ich erkannte, dass es eine Ebruan war. Die Botschafterin wehrte sich mit Händen und Füßen gegen ihre Behandlung, schrie aber nicht nach ihren Wachen, obwohl ich nicht weit entfernt zwei Polliander in ihrer Livree entdeckte. Der Krieger und die Kriegerin ließen die grobe Behandlung ihrer Herrin durch die Soldaten zu und schauten immer wieder betreten zu Boden.

»Was ist denn hier los?«, fragte Nelia überrascht, während Rustan sie und mich hinter sich zerrte.

»Das gefällt mir nicht«, murmelte er. Seine rechte Hand ruhte auf seinem Dolch. »Bleibt dicht hinter mir und zusammen.«

Ich hatte gelernt, dass es sinnlos war, mit Rustan zu diskutieren, wenn er anfing Befehle zu geben. Erstens hörte er nie zu und zweitens änderte er sein Verhalten bei der nächsten Situation nicht, die er als mögliche Gefahr einstufte. Er war Leibwächter. Dieses Verhalten war tief in seiner Namensmagie verankert.

Die Grekasols brachten die Ebruan auf einen großen Platz, der zum Teil von einem Markt in Beschlag genommen wurde. Auf der anderen Seite des Platzes stand das Rathaus, das mit einer großen Empore beeindruckte. Die Soldaten führten die Frau nun die breite Treppe hinauf, während die Zuschauer sich hinter uns drängelten und mich und meine Freunde immer dichter zusammenschoben und in Richtung Rathaus drängten.

Ich schrie auf, als mich plötzlich eine kräftige Hand packte und nach vorne zerrte. Es war zum Glück nur Rustan.

»Wo ist Nelia?«, rief er mir besorgt zu, während er nach unseren Freunden Ausschau hielt. Verdammt, wir waren im Gedränge getrennt worden!

»Keine Ahnung!«, schrie ich über das Geschnatter der Menge hinweg.

Es herrschte ohrenbetäubender Lärm auf dem Platz. Es schien eine gewaltige Sensation zu sein, was hier passierte, denn noch nicht einmal die Ankunft des Rats auf der Empore des Rathauses und die gebrüllten Befehle der Soldaten konnten für Ruhe sorgen.

Plötzlich blitzte es am Himmel und ein kurzer, nur wenige Sekunden dauernder Regenschauer fiel auf uns herab. Im nächsten Moment herrschte geschockte Stille.

»Vielen Dank, Humena Wellbann«, verkündete ein imposanter Mann von gewaltiger Statur nun laut auf der Empore und nickte der Wettermagierin neben sich dankbar zu.

»Meine lieben Mitbürger«, wandte sich der Mann, der anscheinend der Anführer des Rats von Seestadt war, nun der Menge zu. »Ihr habt es wahrscheinlich inzwischen gehört und seid genauso schockiert wie ich, dass eine so illustre Persönlichkeit wie Faris Ebruan eine so schreckliche Tat begehen konnte.«

Einige Menschen begannen zu flüstern, verstummten aber schnell wieder, als ihnen der Redner einen strafenden Blick zuwarf.

»Ihr glaubt es nicht?«, fragte er. »Nun, ich wollte es auch nicht glauben, hatte ich Faris Ebruan doch seit ihrer Ankunft in Seestadt vor drei Monaten als eine liebenswürdige, scharfsinnige und rechtschaffene Frau kennen gelernt. Wie hatte ich mich so von ihr täuschen lassen können, frage ich mich. Doch dass sie uns alle getäuscht hat, steht nun leider zweifelsohne fest.

Die Zeugen mögen vortreten!«, rief er und gab den Grekasols, die vor den großen Glastüren standen, einen Wink. Sie traten beiseite und ließen einen jungen Mann aus dem Inneren des Rathauses auf die Empore treten.

Als die Botschafterin ihn sah, begann sie verzweifelt zu schluchzen und streckte flehentlich die Arme aus. Doch nicht nach dem Mann, sondern nach dem kleinen Kind auf seinen Armen.

»Bei den großen Namen!«, sagte Rustan erschüttert und auch mir fiel die Kinnlade herab. Das Kind war zu groß, um noch jünger als ein Jahr zu sein.

»Hier seht ihr den Beweis für Faris Ebruans Verbrechen!«, donnerte der Ratsherr und übertönte das entsetzte Gemurmel der Menge. »Sprich!«

Der junge Mann zögerte und warf der Botschafterin einen kurzen Blick zu. Als er zu sprechen begann, waren seine ersten Worte noch leise, doch dann gewann er an Selbstvertrauen.

»… ich konnte nicht länger schweigen«, sagte er, als ich ihn endlich verstehen konnte. »Ich liebe Faris, doch was sie getan hat, ist falsch. Und das weiß sie auch. Denn als sich der erste Geburtstag des Kindes näherte, wurde sie geheimniskrämerisch und verschlossen.

Ich dachte, sie hätte es weggeschickt und wäre deshalb so schlecht gelaunt. Als sie dann kurz darauf ihre Versetzung bewirkte, nahm ich an, sie wollte nur Abstand zwischen sich und den Ort bringen, an dem unser Kind geboren wurde. Doch das war ein Irrtum.

Ich sah Faris kaum noch. Ständig schickte sie ihre Andertis auf irgendwelche Botengänge und wollte mir nicht verraten, wohin.

Und gestern Abend habe ich dann begriffen, wieso sie sich so merkwürdig verhielt. Als Faris im Schutz der Dunkelheit heimlich das Haus verließ, folgte ich ihr bis an den Rand der Stadt. Dort sah ich sie ein abgelegenes Haus betreten und für lange Zeit nicht wieder herauskommen.

Ich dachte, sie betrügt mich. Doch als ich durchs Fenster sah, musste ich etwas viel Schlimmeres beobachten. Ich sah sie mit dem Kind, von dem sie mir weisgemacht hatte, es wäre vor sechs Monaten auf die Schule geschickt worden! Und sie streichelte es und küsste es!«

Er machte eine kurze Pause, um tief Luft zu holen, bevor es aus ihm herausbrach: »Und sie nannte es Bilmos!«

Die Menge um uns herum keuchte erschrocken. Das war wirklich schlimm!

Doch noch während ich das dachte, fiel mein Blick auf das verzweifelte Gesicht von Faris Ebruan, die nun leise weinte, aber ihren Blick nicht von ihrem Kind abwenden konnte. Es lag eine solche Verzweiflung, aber auch so tiefe Liebe darin, dass ich gar nicht anders konnte, als Mitleid mit ihr zu empfinden. Es war nicht gerecht, dass ihre Liebe vor dem Gesetz von Mirabortas und den vier anderen Ländern des Kontinents als Schwerverbrechen galt.

»Faris Ebruan«, wandte sich der Ratsherr nun an die Botschafterin. »Versteht Ihr, welches Verbrechen Euch zur Last gelegt wird?«

»Verbrechen?!«, schluchzte sie laut. »Wie kann es ein Verbrechen sein zu lieben? Ich habe immer gut für mein Kind gesorgt, ihm hat es an nichts gemangelt. Die beste Schulbildung hätte er von mir bekommen und irgendwann hätte ich ihn zur Namensgebung an eine Schule geschickt. Warum konnte man ihn bis dahin nicht einfach bei mir lassen? Warum? Erklär mir doch einer, warum das so falsch sein soll!«

Mit trotzigem, tränenüberströmtem Gesicht sah sie die Ratsmitglieder von Seestadt einen nach dem anderen an. Wut, Trauer, Schmerz und Herausforderung sprachen aus ihrer Stimme, ihrem Blick und ihrer Haltung. Dies war keine Frau, die klein beigeben würde.

»Weil so das Gesetz lautet!«, donnerte der Anführer des Rats empört zurück. »Das GESETZ! Das Gesetz, das Ihr geschworen habt zu respektieren!«

»Das Gesetz?« Sie lachte. »Eine treffliche Antwort! Das ist kein Grund! Wenn Namensmagie so stark ist, dass sie jeden jungen Erwachsenen bei ihrem Erwachen am Tag der Namensgebung verändert, was *schadet* es denn, wenn mein Sohn bei mir aufwächst?! Verratet es mir!«

Eine Ratsherrin neben ihnen mischte sich nun ein. »Es ist besser für das Kind. Jede Nummer gleicht den anderen und hat nicht anders behandelt zu werden! Versteht Ihr das? Es ist eine Nummer, nicht Euer Sohn!«

»Genau!«, pflichtete ihr der Ratsherr bei. »Schlimm genug, dass Ihr die Nummer den Schulen vorenthalten habt. Allein dadurch habt Ihr Euch schon strafbar gemacht. Aber dem Kind dazu noch einen *Namen zu geben*!«

Wieder murmelte die Menge um uns herum schockiert. Dieses Verbrechen wurde mit Namensverlust bestraft. Doch Faris Ebruan schien den Ernst der Lage nicht zu begreifen.

»Was ist so schlimm daran? Es ist nicht sein richtiger Name, das weiß ich. Ich hätte dafür gesorgt, dass auch er es weiß. Und dass er auf den Tag vorbereitet wird, an dem er seinen wahren Namen erfährt«, erklärte sie ernst und ohne Reue.

»Dann leugnet Ihr es also nicht?«, fragte der Ratsherr. Als sie daraufhin schwieg, nickte er schließlich.

»Ellusan!«, rief er über den Platz hinweg. Die Soldaten bahnten eine Gasse durch die Menge und eskortierten einen alten Mann zur Empore.

Mir graute es, als mir klar wurde, was sie beabsichtigten, nun als Nächstes zu tun. Ich bemerkte erst, dass ich zitterte, als Rustan den Arm um mich legte.

»Tir?«, fragte er und ich konnte ihn bei dem Lärm, den die Menge macht, kaum verstehen. »Bist du in Ordnung?«

»Das ist nicht gerecht«, antwortete ich und war überrascht, wie wütend ich war. »Sie hat Recht. Es macht am Ende keinen Unterschied für einen Namen, ob er vor der

Namensgebung eine Nummer trägt oder einen Spitznamen hat. Die Namensmagie wird davon nicht beeinflusst.«

»Still!«, zischte Rustan erschrocken und drückte mich enger an sich. »Hier sind überall Soldaten und Zeugen, die dich hören können! Ich kann nicht alle bekämpfen, um dich vor dem Gefängnis zu bewahren! Verstehst du?«

Ich starrte ihn an. Ich hatte keinen Zweifel, dass Rustan dennoch genau dies tun würde und zwar bis zu seinem letzten Atemzug. Rustan würde sterben, wenn ich gegen das protestierte, was der Rat nun als Nächstes vorhatte. Und das konnte ich nicht zulassen.

Ich nickte mühsam beherrscht und wandte den Blick wieder zur Empore, wo der alte Ellusan die letzten Stufen erklomm. Meine Unterlippe blutete, so fest hatte ich auf sie gebissen, um meinen Protest zu unterdrücken.

Der alte Mann wirkte müde, als er die Botschafterin musterte, während die Frau zitternd einen Schritt vor ihm zurückwich und bleich wurde. Doch sie konnte ihrem Schicksal nicht entkommen. Es waren zu viele Grekasols da, die sie in Schach hielten.

»Ihr habt nach mir gerufen?«, wollte der alte Mann nun wissen, und sobald er den Mund öffnete, wurde es auf dem gesamten Platz totenstill.

»Ja, das habe ich«, sagte der Ratsherr ernst. »Wir haben das Geständnis für ein Kapitalverbrechen, und was die Strafe betrifft, so kann es keine Zweifel geben. Namenlosigkeit!«

»Namenlosigkeit!«, brüllte die Menge zustimmend.

Wussten sie denn nicht, was das bedeutete? Hatten sie denn noch nie gesehen, was Namenlosigkeit einem Menschen antat? Hatten sie nie in diese trostlosen, verzweifelten, hungernden Augen der Namenlosen gesehen? Es wäre gnädiger, die Frau zu töten, statt sie über Jahre, womöglich sogar über Jahrzehnte hinweg, so leiden und sie für eine Gefahr für die restliche Bevölkerung des Landes werden zu lassen. Ja, die Wahrheit war, dass wir selbst schuld an der Gefahr durch die Namenlosen sind.

Der Namensfinder nickte nun. »Wenn so das Urteil lautet«, sagte er langsam.

Er wirkte nicht glücklich, sondern resigniert, als er nun langsam vor Faris Ebruan trat. War das Bedauern? Die Botschafterin wehrte sich nun verzweifelt, doch sie konnte nicht verhindern, dass der Ellusan ihr die Hand auf den Arm legte und ihr in die Augen sah.

»Faris Ebruan«, sprach er und Magie lag in seiner Stimme. Man konnte ihn auf dem gesamten Platz deutlich hören. »Ihr seid von heute an nicht länger Faris Ebruan. Ihr werdet nicht länger wissen, was es bedeutet, Faris Ebruan gewesen zu sein. Nie wieder werdet Ihr einen Namen tragen und ein Teil dieser Gesellschaft sein. Denn Ihr seid *namenlos*!«

Als er »namenlos« sagte, packte seine Magie die Frau. Etwas Dunkles strömte in ihren Körper, drang durch ihre Haut in sie ein und erfüllte sie von Kopf bis Fuß.

»Bei den großen Namen!«, flüsterte ich entsetzt, als ich erkannte, wie die Dunkelheit Faris Ebruans Namensmagie einfach *auffraß* und sich dann tief in ihren Körper zurückzog. Das war die dunkle Magie, die ich in dem Namenlosen gespürt hatte, der mir beinahe meinen Namen gestohlen hätte! Dunkle Namensmagie, von der der Elluren in Holzstadt behauptet hatte, dass es sie nicht gab!

»Was ist?«, fragte Rustan mich besorgt.

»Die dunkle Magie! Sie ist entsetzlich!«

»Dunkle Magie?«, wiederholte Rustan verständnislos. »Wovon sprichst du?«

Die ehemalige Faris Ebruan war bewusstlos zusammengesackt und wurde nun von den Grekasols vom Platz getragen. Bald würde sie neue Kleidung bekommen, die keinen Hinweis mehr darauf enthielt, wer sie einst gewesen war. Niemand würde sie jemals wieder mit ihrem Namen ansprechen. Ihr ehemaliger Lebenspartner drückte seinen Sohn einem Nivian in die Arme, der das Kind zu einer Schule bringen würde, und wandte sich von der bewusstlosen Namenlosen ab. Er verließ den Platz in die entgegengesetzte Richtung zu den Soldaten.

»Hast du es denn nicht gesehen?«, erwiderte ich ungläubig. »Die dunkle Magie hat ihre Namensmagie *aufgefressen*! Es war ein schrecklicher Anblick!«

Rustan holte tief Luft und packte mich fest an beiden Schultern. Ich wollte mich gerade beschweren, als ...

»Tir, heißt das, dass du Namensmagie *sehen* kannst?«, fragte er eindringlich. Ich sah ihn verwirrt an.

»Tir, begreifst du nicht? Namensmagie können nur Magier sehen!«

10 ÜBERRASCHUNG!

Namen bergen Macht.

In der nächsten Woche kamen wir gut voran. Nach dem Chaos durch die Verurteilung der Botschafterin hatte es eine Weile gedauert, bis sich die aufgeregte Menge zerstreut und Rustan und ich unsere Freunde wiedergefunden hatten. Nelia, Allira und Baro hatten den ganzen Abend nur über die Ereignisse reden wollen, aber mir war nicht danach gewesen. Ich hatte auch unsere ersehnte Übernachtung im Gasthaus nicht genießen können, sondern hatte mich den größten Teil der Nacht nur unruhig von einer Seite zur anderen gewälzt. Am nächsten Morgen waren wir alle froh gewesen, Seestadt hinter uns lassen und weiterreisen zu können, sodass wir bereits kurz nach dem Morgengrauen aufgebrochen waren.

Von Seestadt ging es am Ufer des Kromba-Sees weiter, bis wir den Zufluss, die Kromba, erreichten und sie über die Brücke in Richtung Raube überqueren konnten. Von dort waren es nur noch drei Tage bis nach Grobiere, wo wir uns einen ganzen Tag Rast gönnten.

Grobiere war eine kleine Stadt, vergleichbar mit Holzstadt oder Tummersberg, doch es wurde gerade das Frühlingsfest gefeiert, was den Ort sehenswert machte. Die ganze Stadt war feierlich geschmückt und ich gewann den Eindruck, als würden die Bewohner um den schönsten Blumenschmuck an ihren Häusern wetteifern. Es war ein zauberhafter Anblick und noch nicht einmal Baro protestierte gegen die Pause.

Die Blumen erinnerten mich an unsere Namensgebung vor sechzehn Tagen und es fühlte sich beinahe unwirklich an, wie sehr sich mein Leben seitdem verändert hatte. Nie hätte ich gedacht, dass Baro und ich einmal Freunde sein würden, doch erstaunlicherweise hatten seine Sticheleien gegen mich nachgelassen und er schien mich auch nicht länger als Belastung für die Gruppe zu empfinden, seit ich gut mit den anderen mithalten und mein Gepäck selbst tragen konnte. Ich hätte zufrieden sein können, wenn nicht …

»Tir, wir müssen reden«, wandte sich Nelia an mich. Ihre goldbraunen Augen funkelten herausfordernd und versuchten meinen Protest im Keim zu ersticken. Nicht zum ersten Mal in dieser Woche, möchte ich bemerken. »Du kannst mich doch nicht einfach so ignorieren!«

»Ach? Kann ich nicht?«

Natürlich konnte ich! Sie ignorierte ja schließlich auch meinen Wunsch, nicht weiter über das Thema zu sprechen!

»Tir, wenn du ein Magier bist und Namensmagie sehen kannst und nicht nur ihre Auswirkungen, dann müssen wir herausfinden, was dein magisches Talent ist.«

»Wie oft soll ich es denn noch sagen? Ich habe KEIN magisches Talent!«, fauchte ich gereizt zurück. »Gerunder hat mit mir die Tests durchgeführt, am Tag nach der Namensgebung, und ich habe keine einzige magische Fähigkeit gezeigt!«

Sie seufzte, während die Gäste in der Schankstube nun vereinzelt zu uns herüber sahen. Wir hatten uns an diesem Abend in einem gemütlichen, nicht zu teuren Gasthaus in Grobiere niedergelassen, das uns empfohlen worden war. Die Stube war gut besucht und es war nicht gerade leise. Doch unser Streit war hitzig und sorgte daher für Aufmerksamkeit.

»Bist du dir wirklich sicher?«, nervte Nelia weiter. »Ich würde die Tests gerne wiederholen.«

»Nein und nochmals NEIN!«, beharrte ich und verschränkte die Arme vor der Brust, während ich den Blick abwandte. Inzwischen war ich ganz gut darin geworden, Nelias Stimme auszublenden.

Nach einer Weile seufzte sie und fuhr mit dem Essen fort. Der Eintopf und das frisch gebackene, knusprige Brot, das dazu gereicht wurden, waren köstlich und wärmten nach dem langen Marsch mit gelegentlichen kalten Frühlingsschauern gut durch. Auch ich hatte das Abendessen bislang genossen, bis Nelia unbedingt unsere Diskussion zum gefühlt hundertsten Mal von Neuem hatte beginnen müssen. Jetzt war mir der Appetit gründlich vergangen.

Warum konnten die anderen nicht einmal meinen Wunsch respektieren und mich in Ruhe lassen? Ich verfluchte Rustan, weil er noch am selben Abend in Seestadt Nelia von meiner neuen Gabe hatte erzählen müssen. Seitdem war sie hinter mir her wie ein Hund, der einen Knochen wittert, und wollte reden.

Ich schob meinen Teller von mir weg, erhob mich abrupt und ging die Treppe hinauf, auf mein Zimmer. Zum ersten Mal, seit wir Seestadt verlassen hatten, war ich allein und hatte Zeit zum Grübeln. Nicht dass es geholfen hätte.

Es dauerte nicht lange und es klopfte an meine Tür. Bevor ich reagieren konnte, wurde sie auch schon geöffnet. »Kann ich reinkommen, Tir?«, fragte Rustan. Wer auch sonst?

»Nein!«, fauchte ich.

»Oh«, sagte er und es klang so geknickt, dass ich ihn unwillkürlich ansehen musste. Rustans hünenhafte Gestalt sackte tatsächlich ein paar Zentimeter in sich zusammen. Doch es war die Tatsache, dass er sich umdrehte und die Tür langsam wieder ins Schloss ziehen wollte, die mich meine Meinung ändern ließ.

»Na schön!«, brummte ich. »Komm rein!«

Rustan ließ sich das nicht zweimal sagen. Sofort kam er ins Zimmer und schloss die Tür hinter sich. Während er zum Bett ging und sich setzte, beobachtete er mich, wie ich durch das Zimmer tigerte.

»Was ist los mit dir, Tir?«, fragte er schließlich ratlos. »Ich hatte gedacht, du würdest dich über die Tatsache freuen, dass du ein Magier bist. Du wolltest doch immer ein großer Name sein.«

Ich hielt inne und drehte mich zu ihm um. Ein bitteres Lachen sprudelte aus mir heraus. Rustan verstand gar nichts!

»Weißt du, wie das ist, Rus, wenn du fast dein ganzes Leben lang einen einzigen großen Traum hast?«, fragte ich spitz. »Seit meinem sechsten Lebensjahr habe ich davon geträumt, ein Polliander zu sein – so wie du – und endlich einmal respektiert und beachtet zu werden, statt immer der kleine Schwächling zu sein, der verspottet und ausgelacht wird! Und dann an meinem Namensgebungstag ist dieser Traum zerplatzt. Nicht ich wurde ein Polliander, sondern du! Ich bin weder gewachsen, noch stärker geworden! Und meinen Namen kennt kein Mensch!«

Ich hatte mich ereifert und war mit jedem Satz ein bisschen mehr auf Rustan zugegangen. Wütend mit den Armen rudernd, stand ich nun vor ihm.

»Hasst du mich, Tir?«, fragte Rustan leise.

»Wie kommst du denn darauf?«, entgegnete ich überrascht.

»Nun, es ist ja, als ob ich dir deinen großen Traum gestohlen hätte, nicht?«, meinte er und sah mich traurig an. »Und außerdem habe ich Baro nie öffentlich gesagt, er soll dich in Ruhe lassen, als wir noch Nummern waren, oder?«

Das wäre auf jeden Fall schön gewesen. Doch dann stolperte ich über seine Formulierung.

»Nie *öffentlich* gesagt?«

Er seufzte. »Tir, ich würde niemals einen Freund öffentlich schlecht machen, auch wenn ich mit seinem Verhalten nicht einverstanden bin. Verstehst du das? Das macht man als Freund einfach nicht. Und abgesehen davon wusste ich ja auch, warum Baro es gemacht hat. Er wollte Aufmerksamkeit von unseren Mitschülern und den Ungabas. Doch leider ist ihm das weder durch seine schulischen Ergebnisse noch durch seine Taten gelungen. Also hat er irgendwann angefangen, Geschichten zu erfinden und zu prahlen. Doch jedes Mal, wenn er das tat, hast du ihn durchschaut und ihn auffliegen lassen. Darum hat er sich gewehrt. Es war zwar gemein, aber er wusste sich nicht anders zu helfen.«

Ich blinzelte ihn verwirrt an. So hatte ich meine Auseinandersetzungen mit Nummer 2 nie gesehen. Wäre mein Erzfeind vielleicht nicht mein Erzfeind geworden, wenn es mir gelungen wäre, einfach die Klappe zu halten?

Ich setzte mich nachdenklich neben ihn aufs Bett und kaute unterbewusst auf meiner Unterlippe, während mir Rustan Zeit zum Nachdenken ließ. Als ich ihn schließlich ansah, war sein Blick eindringlich auf mich gerichtet. Ich wusste nicht warum, aber es war mir unangenehm, so im Mittelpunkt seiner Aufmerksamkeit zu stehen.

»Ich konnte nicht anders«, versuchte ich ihm daher mein Verhalten von damals zu erklären und rutschte ein bisschen von ihm weg. »Jedes Mal, wenn Baro sich aufgespielt hat, ging es mir dermaßen gegen den Strich, dass es mir nie gelang, nichts zu sagen.«

Rustan lächelte. »Weißt du, das habe ich schon immer an dir bewundert«, sagte er dann zu meiner großen Überraschung. »Du hast dir von nichts und niemandem etwas einreden lassen, sondern immer das getan und gesagt, was du für richtig hieltst. Beinahe so, als wärst du schon ein Name.«

Nun fiel mir aber wirklich nichts mehr ein. Von den ganzen Enthüllungen schwirrte mir der Kopf. Ausgerechnet Rustan bewunderte mich? *Mich?* Ich mochte es kaum glauben, aber ich sah, dass er nicht log.

Ich musste ihn wohl ziemlich fassungslos angestarrt haben, denn Rustan grinste breit. »Ist es wirklich eine solche Überraschung für dich, dass ich dich mag?«, fragte er und ich nickte. »Ach, Tir! Ich wünschte, du würdest mehr an dich glauben!«

Wir schwiegen ein paar Minuten, bevor Rustan das Thema ansprach, weswegen er mich aufgesucht hatte. »Warum willst du denn kein Magier sein?«

»Das ist es nicht«, gestand ich. Oh, und *wie sehr* ich ein Magier sein wollte! »Aber ich habe schon einmal mein ganzes Leben auf einen törichten Traum ausgerichtet, aus dem nichts geworden ist. Ich kann das nicht nochmal machen! Was ist, wenn ich mich jetzt in der Hoffnung verliere, eine seltene magische Fähigkeit zu haben, die bei Gerunders Tests nicht vorkam, und es stellt sich dann wieder als falsch heraus? Hast du schon mal daran gedacht, dass ich zwar Namensmagie sehen kann, aber trotzdem kein Magier bin? Ich meine, so etwas muss es doch auch geben!«

»Möglich«, stimmte Rustan mir zu. Er wirkte nun seinerseits nachdenklich. »Weißt du, was mir durch den Kopf gegangen ist? Wann genau ist deine Namensmagie eigentlich erwacht? In Tummersberg? Oder in Holzstadt, wo du endlich gewachsen bist? Denn wenn es erst in Holzstadt war, dann können die Tests von Gerunder gar nichts bei dir ausgelöst haben.«

Ich weiß nicht genau, wieso mich seine Äußerung so traf, aber sie war wie ein Donnerschlag, der mich aufs Tiefste erschütterte. Der Schock ließ mich zittern, als ich meine Knie an meine Brust zog und mich ganz klein machte. Ich konnte jetzt nicht darüber nachdenken, *nicht jetzt!*

Ich schloss die Augen, weil mein Körper nirgendwohin fliehen konnte – doch auch mein Geist war wie erstarrt. Nur undeutlich bekam ich mit, dass Rustan mir die Schuhe auszog, mich dann in eine Decke wickelte und bei mir blieb, bis ich mich vom Schlaf einfangen ließ. Irgendwann riss mich ein geflüstertes Gespräch kurz aus dem Schlaf, doch bevor ich ganz wach werden konnte, war Nelia auch schon wieder verschwunden.

Als ich am nächsten Morgen aufwachte, fühlte ich mich wie gerädert. In meinem Kopf pochte es wie verrückt, doch vermutlich ging es mir besser als Rustan, der an diesem Tag sicher ganz steif sein musste. Es konnte nicht bequem sein, wie er da auf dem Stuhl neben meinem Bett saß und schlief.

Ich war seltsam gerührt, dass er offenbar die ganze Nacht über mich gewacht hatte.

»Rustan? Bist du wach?«

Er blinzelte wie eine Eule, bevor er mich erkannte und mit einem Schlag wach war. »Wie spät ist es?«, fragte er.

»Noch früh«, murmelte ich. Die Sonne war gerade erst aufgegangen und wurde an diesem Tag endlich mal nicht von Wolken bedeckt. Die anderen würden unseren freien Tag zum Ausschlafen nutzen. Und so war es auch.

Während Rustan und ich nach dem reichlichen Frühstück durch die Stadt schlenderten und unsere Vorräte auffrischten, damit sie für drei weitere Reisetage reichen würden, schliefen die anderen. Vielleicht hätten wir nicht so viele Vorräte kaufen müssen, denn zwischen Grobiere, Ebistal und Himmelstor gab es zahlreiche kleine Dörfer, aber nach unseren Erfahrungen im Holzwald hatten wir lieber zu viel zu essen als zu wenig.

Das Gute am Frühlingsfest und dem guten Wetter war, dass alle bester Laune waren und Nelia wohl beschlossen hatte, mich einmal nicht mit ihren Fragen zu piesacken. Allira konnte wieder lachen, nachdem sie von unserem Wirt gebeten wurde, für die Gäste zu singen. Bald war seine Kneipe gut gefüllt mit neuen Bewunderern.

Ich musste mehr als einmal erzählen, wie es war, mit ihr, Rustan, Baro und Nelia unterwegs zu sein. Doch das machte ich gerne und wie schon in Holzstadt verbreitete sich der Ruhm ihrer Taten in Windeseile.

Baro überredete Rustan am späten Nachmittag sogar zu einem Wettstreit mit den ansässigen Jurtos, die ein Kräftemessen veranstalteten. Sie wollten herausfinden, wer am meisten tragen, am härtesten zuschlagen und am weitesten werfen konnte. Beim Hammer-Weitwurf schlug Rustan sich ganz passabel und beim Hau-den-Lukas war er unter den besten drei. Die Aufgabe, Nelia und mich bei einem Hindernisrennen über unwegsames Gelände und Hürden zu tragen, erwies sich für Rustan nach all der Übung, die er darin in den ersten Tagen unserer Reise gesammelt hatte, als Leichtigkeit. Am Ende war er zwar nicht Erster, sondern Dritter, aber Baro wirkte trotzdem zufrieden. Er hatte auf Rustan gewettet und ein kleines Vermögen gewonnen, das er nun gerecht mit ihm teilte.

Als wir am nächsten Tag weiterreisten, waren wir daher so fröhlich und unbekümmert wie seit dem Tag unserer Namensgebung nicht mehr. Was sich als Fehler herausstellen sollte.

Wir lachten, als wir an diesem Abend unsere Zelte aufbauten. Allira sang für uns ein paar fröhliche Lieder, und da wir so viele Vorräte gekauft hatten, kochte ich ein kleines Festmahl für uns alle. Nach dem Essen saßen wir noch gemütlich beisammen am Lagerfeuer. Als ich mein Buch mit den Geschichten aufschlug, um endlich mal wieder ein bisschen darin zu stöbern, fiel mir ein Kapitel ins Auge und ich widmete mich mit Begeisterung der Lektüre der Geschichte. Kaum fünf Minuten später konnte Rustan seine

Neugier nicht mehr im Zaum halten und fragte: »Was liest du da, Tir?«

Ich lächelte ihn an. »Eine Geschichte über dich«, antwortete ich.

Rustan wirkte erst überrascht, dann peinlich berührt und im nächsten Moment wand er das Buch aus meinen Händen und begann zu lesen.

»He!«, protestierte ich.

»Eine Geschichte über Rustan?«, fragte Baro und seine Augen funkelten neugierig. »Na los, Rus, lies vor!«

Rustans Blick huschte über die Seiten. Er sagte nichts, während er umblätterte. Baro verlor die Geduld und wollte ihm über die linke Schulter schauen, doch der junge Krieger hielt das Buch zur anderen Seite, so dass sein Freund nicht mitlesen konnte.

»Ach, komm schon!«, beschwerte sich Baro. »Ist die Geschichte so peinlich, dass du sie nicht vorlesen willst?«

Rustan warf ihm einen kurzen, finsteren Blick zu und schwieg. Die ganze Situation war ihm unangenehm. Ich wunderte mich, wie jemand ein so berühmter Name sein konnte und selbst nach fünfzehn Leben als Legende immer noch peinlich berührt sein konnte, wenn jemand zu ihm aufsah und ihm zu viel Aufmerksamkeit schenkte.

»Die Geschichte ist nicht peinlich«, erklärte ich Baro schließlich. »Sie handelt davon, wie er dir in eurem letzten gemeinsamen Leben einmal das Leben gerettet hat, als ihr in einen Hinterhalt der Wallori geraten seid.«

»Ah!«, machte Baro. »Die Geschichte kenn ich, die Ungabas haben sie uns im Unterricht erzählt. Erinnerst du dich, Rus? Sie haben gesagt, dass niemand ein besserer Leibwächter wäre als Rustan Polliander.«

Er lächelte, als Rustan verlegen aus dem Buch aufschaute. »Ich verstehe nicht, warum die Leute so viel Aufhebens darum machen«, gestand der Elitekämpfer schließlich. »Ich bin ein Polliander. Das ist es, was wir tun. Wir beschützen unsere Schutzbefohlenen und Unschuldige und halten die Ordnung aufrecht. Darin unterscheide ich mich nicht von meinen Namensvettern. Und ja, ich bemühe mich, gut darin zu sein, denn wenn ich es nicht bin, *dann sterben Leute!* Was ich aber nicht verstehe, ist, warum mich alle für etwas Besonderes halten. Bin ich etwas Besseres, nur weil ich vielleicht ein kleines bisschen geschickter mit dem Schwert umgehen kann als andere aus meiner Dynastie? Die anderen Polliander setzen sich doch nicht weniger für ihre Schützlinge ein als ich! Viele von ihnen sterben sogar dabei! *Sie* sind diejenigen, die man erwähnen und lobpreisen sollte, nicht mich! Ich finde es viel heldenhafter, in dem sicheren Wissen zu kämpfen, dass man gegen die Übermacht wahrscheinlich keine Chance hat und sterben wird, um seinem Schützling die Flucht zu ermöglichen oder ihn so lange wie möglich zu verteidigen. Wenn man weiß, dass man wahrscheinlich den Kampf überleben wird, dann ist das kein Heldenmut! Tapfer sein im Angesicht des Todes und dennoch niemals aufgeben, *das* ist es!«

Verdutzt sahen wir ihn an. Ich hatte Rustan noch niemals so lange am Stück reden und sich dermaßen ereifern hören. Er errötete, als er unsere Blicke bemerkte, und reckte dann herausfordernd das Kinn. Als ob wir ihm widersprechen würden!

»Sehr gut gesagt, Rus«, meinte Nelia schließlich mit einem bedächtigen Lächeln und unterbrach so das Schweigen. »Du hast absolut Recht.«

Wir nickten zustimmend und Rustan entspannte sich. Prompt wand ihm Baro das Buch aus den Händen.

»He!«

»Entschuldige, mein Freund.« Baro grinste. »Ich werde die Geschichte dennoch lesen. Und wenn nicht hier, dann spätestens im großen Namensarchiv in Himmelstor. Es bringt also gar nichts, mir das Buch jetzt wieder wegzunehmen.«

Rustan ließ die Hände resigniert sinken und seufzte, während Baro zum Inhaltsverzeichnis blätterte, um die richtige Seite zu finden.

»He!« rief er überrascht. »Nelia, du stehst hier auch drin!«

»Wie?«, fragte Allira. »Zeig her!«

»Ähm«, machte Nelia, als Allira das Buch beinahe gewaltsam aus Baros Händen riss. Langsam bekam ich Angst um mein schönes Geschenk.

»Wenn du es mir schon wegnimmst, dann musst du die Geschichte auch vorlesen«, grummelte Baro.

Ein verschmitztes Grinsen huschte über Alliras Züge, während Nelia aufstöhnte und ihr Gesicht in ihren Händen vergrub. »Muss das sein?«, murmelte sie undeutlich.

»Nelia Wabloo und die Regentin mit den drei Wünschen«, las Allira mit ihrer schönen Stimme vor und andächtige Stille machte sich breit. Es war wieder wie in der Schule, wenn die Ungabas von den großen Namen erzählt hatten.

»Es war im Herbst des Jahres 628, als eines Tages ein Nivian vor dem Geschäft der jungen Zauberin Nelia Wabloo in Bolsanis stand. Die Regentin Vani Nateri war gerade zu Besuch in der Stadt, um den großen Ziglos Ellusan zu ehren, der durch seine weise Führung einen Angriff der Namenlosen auf die Stadt abgewehrt hatte.

Vani Nateri reiste nicht viel durch das Land, tatsächlich war dies ihre erste Reise seit ihrer Namensgebung vor fünfzehn Jahren, denn sie fürchtete sich vor Überfällen durch Namenlose, Söldner, Diebe und andere Schurken.

Daher achtete sie darauf, sich mit mehreren Dutzend Grekasols und einem halben Dutzend Polliander zu umgeben, während sie mit ihrer Kutsche durch das Land reiste. Doch das war ihr immer noch nicht genug. Denn obwohl die schiere Anzahl der Krieger die meisten Gauner vor einem Überfall zurückschrecken ließ, so wusste sie, dass die Gefahr weniger durch einen direkten Angriff drohte als vielmehr durch Unachtsamkeit, Habgier und Tücke.

Vani Nateri war eine schöne Frau und sie liebte Schmuck. So hatte sie in ihrem Leben die teuersten Juwelen angehäuft. Rubine, Smaragde, Saphire, Diamanten und viele weitere Edelsteine zierten Ketten, Diademe, Broschen, Ringe, Armreifen und ihre Kleidung. Stets trug sie einen Großteil ihres Schmucks, denn ihre Angst, ausgeraubt zu werden, war so stark, dass sie ihren Schmuck nicht in ihrem Palast in Himmelstor zurücklassen konnte. Nun fürchtete sie allerdings, einer der Grekasols, Polliander, Andertis oder Lottarus in den edlen Gasthäusern, wo sie übernachtete, könnte sie bestehlen. Daher ließ sie ihre große Schmucktruhe niemals aus den Augen.«

Ich warf einen kurzen Blick auf Nelia, während Alliras Stimme uns immer weiter in ihren Bann schlug, und bemerkte, dass die junge Zauberin diese Geschichte über sich noch nicht kannte.

»*Irgendwann war ihre Furcht so groß, dass die Regentin der Nateris beschloss, einen Wabloo zu engagieren, der einen Schutzzauber über ihre Kostbarkeiten legen sollte. Und so schickte sie nach Nelia Wabloo, der einzigen Zauberin aus der Dynastie der Wabloos, die zu dieser Zeit im kleinen Küstenstädtchen Bolsanis lebte.*

Als die junge Zauberin vor ihr stand, erklärte ihr Vani Nateri ihre Wünsche. Sie sollte einen Zauber wirken, der verhinderte, dass jemand anderes als sie des Nachts ihr Zimmer betreten und sich der Schatzkiste nähern konnte. Sie bezahlte der jungen Wabloo ein kleines Vermögen in Gold und so machte sich die Zauberin an die Arbeit. Die Regentin war zufrieden mit dem Werk der Magierin und schickte sie nach Hause.

Doch bereits ganz früh am nächsten Morgen stand schon wieder ein Nivian in Nelia Wabloos Geschäft, der im Auftrag der Regentin gekommen war. Die Zauberin hatte Sorge, dass diese aus irgendeinem Grund unzufrieden war, und ging daher sofort ins Gasthaus, wo sie ihre Auftraggeberin in einer sehr schlechten Laune vorfand.

Vani Nateri hatte am vergangenen Tag einen jungen Liebhaber gefunden, doch statt einen vergnüglichen Abend zu zweit mit ihm zu verbringen, war es dem Jüngling unmöglich gewesen, ihre Gemächer nach Sonnenuntergang zu betreten. Weder das Wohnzimmer noch das Schlafzimmer noch das Ankleidezimmer, in dem die Regentin ihren Schmuck verwahrte, waren jetzt nachts noch für eine andere Person als Vani Nateri zugänglich. Und so waren der Regentin die Freuden der jungen Liebe verwehrt geblieben und auch die Andertis, die sie zu später Stunde zu sich gerufen hatte, um ihr eine Flasche Wein und ein paar Naschereien zu bringen, hatten ihre Gemächer nicht betreten können. Stattdessen waren sie gezwungen gewesen, ihre Tabletts vor der Tür der Regentin abzustellen, und diese hatte aufstehen müssen, um sie sich selbst zu holen. Dass Vani Nateri mit dieser Lösung unzufrieden war, war eine Untertreibung. Sie schäumte vor Wut.

Nelia Wabloo, die den Zauber wunschgetreu ausgeführt hatte, hörte sich die harschen Worte ruhig an. Es geschah in ihrem Leben nicht oft, dass ihre Kunden unzufrieden waren, weil ihre Zauber zu gut wirkten. Sie bot der Regentin der Nateris an, den Zauber wieder aufzuheben und einen neuen zu weben, der mehr ihren Wünschen entsprach. Und so geschah es. Statt jede andere Person aus ihren Räumlichkeiten fernzuhalten, sollte der neue Zauber fortan jede Person außer der Regentin selbst daran hindern, die Truhe zu berühren und zu öffnen. Nelia Wabloo wirkte den Zauber und kehrte dann in ihr Geschäft zurück.

Drei Tage später stand erneut ein Nivian vor ihrer Tür und bat sie, ins Gasthaus der Regentin zu kommen. Und erneut traf sie ihre vornehme Kundin in rasender Wut an. Was sie sich dabei gedacht hätte, warf die Regentin ihr statt einer Begrüßung an den Kopf. Noch nie habe sie einen derartig unfähigen Zauberer getroffen.

Nelia Wabloo befürchtete schon das Schlimmste, nämlich, dass der Schmuck der Regentin gestohlen worden sei. Doch dem war nicht so. Stattdessen stand die Truhe noch immer im Ankleidezimmer der Regentin und auch der Zauber, den sie über sie gelegt hatte, war intakt. Doch was war dann das Problem?

Es war die Abreise ihrer Kundin. Am frühen Morgen hatte Vani Nateri nach Himmelstor zurückkehren wollen, nur um festzustellen, dass niemand die Truhe berühren und somit auch niemand sie in die Kutsche verladen konnte. Ob sie denn die Truhe selbst tragen oder im Gasthaus zurücklassen sollte, ereiferte sich die Regentin erbost.

Die junge Zauberin, deren zweiter Zauber genauso gut funktioniert hatte wie der erste, seufzte und bot der Regentin an, den Zauber aufzulösen und einen neuen zu wirken. Natürlich kostenlos, um Vani Nateri für die Unannehmlichkeiten zu entschädigen. Doch dieses Mal sollte ihr die Auftraggeberin bitte ganz genau sagen, was der Zauber bewirken sollte, denn sobald sie sich auf der Rückreise befand, würde Nelia Wabloo keine Möglichkeit mehr haben, ihn aufzuheben oder ihn zu verändern.

Die Regentin überlegte einen Moment und forderte dann, sie solle einen Zauber auf die Truhe legen, der verhindere, dass sich jemand mit bösen Absichten der Truhe nähern und Schmuck herausnehmen könne. Stattdessen solle sich das Herz des Übeltäters in Stein verwandeln. Dadurch erhoffte sich die Regentin, zukünftige Diebe abzuschrecken.

Nelia Wabloo lauschte beunruhigt Vani Nateris Ansinnen. Es entsprach nicht ihrer Natur, tödliche Zauber zu weben, obwohl sie dies hin und wieder schon getan hatte, wenn die Namenlosen die Stadt und ihre Bewohner angegriffen hatten. Ob die Regentin sich ganz sicher sei, dass dies der Zauber war, den sie wünschte, fragte sie die Regentin und diese bestätigte es. Also wirkte die junge Magierin ihren dritten Zauber über der Schmucktruhe und kehrte in ihr Geschäft zurück.

Ein paar Stunden später befand sich ganz Bolsanis in heller Aufregung. Nelia Wabloo fragte ihre Nachbarn, was denn geschehen sei. Und diese erzählten ihr, dass Vani Nateri ihren Liebhaber vor ihrer Abreise noch einmal aufgesucht und diesen in den Armen einer Anderti gefunden habe. Außer sich vor Wut war die Regentin in ihre Gemächer gestürmt, um den Ring zu holen, den ihr der Jüngling ein paar Tage zuvor geschenkt hatte. Die Truhe sollte gerade in ihre Kutsche verladen werden, doch Vani Nateri stoppte die Andertis und berührte den Deckel. In diesem Moment entfuhr ihr ein schauerliches Ächzen und ihr Gesicht wurde grau. Die Andertis erschraken. Als sie die Regentin schließlich berührten, stellten sie fest, dass sich ihre Haut eiskalt und wie poröses Gestein anfühlte. Niemand wusste, was die Regentin in ihrer Wut und rasenden Eifersucht beabsichtigt hatte, aber der Zauber hatte ihre bösen Absichten erkannt und ihr Herz in Stein verwandelt, so wie sie es gefordert hatte.«

Ich schnappte nach Luft. Nelias Zauber hatte eine Regentin getötet? Unsicher, wie sie auf diese Enthüllung reagieren würde, starrten ich und die anderen sie an. Womit ich nicht gerechnet hatte, war, dass Nelia plötzlich anfing zu lachen, bis ihr die Tränen kamen.

»Nel?«, fragte Allira verwirrt.

»Bei den großen Namen!«, keuchte unsere Freundin schließlich. »Ich glaube, das ist das erste Mal, dass ich mir wünsche, wir könnten uns an unsere früheren Leben erinnern! Wie gerne hätte ich das Gesicht der Regentin gesehen. Ein Herz aus Stein! Und sie war selbst schuld an ihrem ganzen Unglück!«

Es war eigentlich nicht lustig. Oder vielleicht doch ein wenig, denn ich ertappte mich dabei, wie ich mit ihr lachte. Auch die anderen stimmten nach und nach darin ein, selbst Rustan.

Satt, zufrieden und gut gelaunt zogen wir uns schließlich in unsere Zelte zurück und gingen zu Bett.

Es war nicht viel später, als sich eine große Hand auf meinen Mund legte und mich jäh aus dem Schlaf riss.

»Da draußen ist jemand!«, flüsterte Rustan an meinem Ohr, was natürlich nicht dazu beitrug, meinen galoppierenden Herzschlag wieder zu beruhigen.

Gab es hier Namenlose? Wir waren von Grobiere den ganzen Tag lang direkt auf das Himmelsgebirge zugelaufen und inzwischen waren die ersten Ausläufer nicht mehr weit von uns entfernt, ein ideales Versteck für Gesetzlose! Sofort fühlte ich mich in die Nacht im Holzwald zurückversetzt und Todesangst erfasste mich.

Ich bekam nur am Rande mit, wie Rustan aus dem Zelt huschte und die anderen weckte. Panisch begann ich in der Dunkelheit meine Wurfmesser zusammenzusuchen, doch meine Hände zitterten so stark, dass ich bezweifelte, heute Nacht etwas treffen zu können, geschweige denn jemanden.

Als ich aus dem Zelt kroch und in das bläuliche Licht des magischen Lagerfeuers blinzelte, bemerkte ich überrascht, dass Allira aus Baros Zelt kam. Wann war *das* denn passiert?

Doch im nächsten Moment war alles vergessen, als ein ohrenbetäubendes Brüllen von allen Seiten ertönte. Ich machte vor Schreck unwillkürlich einen Luftsprung. Wir waren umzingelt!

Sofort war Rustan bei mir und schenkte mir ein grimmiges Lächeln. »Ich lasse nicht zu, dass dir etwas passiert!«, sagte er. Das half, um meine Furcht etwas in den Griff zu bekommen.

Wir stellten uns auf seine Anweisung hin schnell in einem Kreis auf, Rücken an Rücken, um uns gegenseitig Deckung zu geben, und warteten darauf, dass unsere Gegner auf die kleine Lichtung stürmten. Nelia wirkte wieder ihren Feuerzauber, der uns einen ersten Blick auf unsere Angreifer ermöglichte. Es waren keine Namenlosen.

»Scheiße!«, fluchte Baro, dem der Schweiß auf die Stirn trat. Seit Seestadt hatte er ein eigenes Schwert, aber damit gegen zwanzig kampferprobte Kurbabus antreten zu müssen, darauf hätte er wohl lieber verzichtet. Wir hatten zwar alle seit dem Überfall der Namenlosen trainiert und waren viel besser geworden, doch mit so vielen kampferprobten Söldnern konnten wir es dennoch nicht so einfach aufnehmen.

Rustan, Nelia und Allira warteten gar nicht erst, bis uns die Angreifer erreicht hatten, sondern eröffneten den Kampf. Rustan erschoss mit seiner Armbrust zwei unserer Feinde, ließ sie fallen und griff nach seinem Schwert. Unterdessen öffnete Allira den Mund zu einem markerschütternden Schrei und fixierte dabei einen der Söldner, der daraufhin tot zusammenbrach. Sie wollte einen weiteren Todesschrei ausstoßen, doch stattdessen wurde sie von einem fürchterlichen Hustenanfall geschüttelt und bekam keinen Ton heraus. Anscheinend hatte sie diese Attacke viel Kraft gekostet.

Ich wusste nicht, wann Nelia gelernt hatte, Blitze zu beschwören, aber es war eindrucksvoll, wie sie in den Boden einschlugen. Hin und wieder traf sie einen unserer Feinde, doch die Kurbabus waren schnell und kämpften schmutzig. Einer von ihnen schleuderte Nelia eine Handvoll Schlafpuder ins Gesicht und sie schrie auf. Ihr gelang es nicht mehr, den Puder abzuwischen, bevor sie ohnmächtig wurde.

Ich schluckte mühsam, als ich mich das erste Mal selbst unseren Gegnern im Kampf stellte. Meine Messer fühlten sich glitschig in meinen Händen an, doch ich konnte mir keine Fehlwürfe leisten. Das wusste ich. Und so zielte ich auf den Hals eines Kurbabus, der sich in Rustans totem Winkel befand und zum Schlag ausholte.

Übelkeit überkam mich, als seine Namensmagie flackerte und erlosch. *Ich hatte gerade zum ersten Mal getötet!* Dabei wusste ich noch nicht einmal, warum es die Söldner auf uns abgesehen hatten. Doch ich hatte keine Wahl und griff zum nächsten Messer.

Einem der Kurbabus gelang es, Allira mit dem Schlafpuder außer Gefecht zu setzen. Auf wen auch immer sie es abgesehen hatten, es waren nicht die beiden jungen Frauen, denn die Kurbabus ignorierten Allira wie auch die bewusstlose Nelia, da sie nun keine Gefahr mehr darstellten.

Rustan hatte indessen noch zwei weitere Gegner ausschalten können, sodass es jetzt vierzehn gegen drei stand. Und so langsam wurde uns allen klar, dass wir verlieren würden.

Mein nächster Wurf verletzte einen Kurbabu am Bein, tötete ihn aber nicht. Ich hatte nur noch vier Messer, aber ich wusste nicht, was ich mit ihnen machen sollte. Rustan war zwei Meter vor mir und bewegte sich blitzschnell, um seine Gegner zurückzudrängen und mich zu decken. Ich konnte nicht riskieren, ihn zu treffen.

Baro wehrte sich bereits seit Beginn der Schlacht gegen zwei Kurbabus, die den Kampf aber nicht besonders ernst zu nehmen schienen, denn sie lachten und verspotteten seine Technik. Die übrigen zwölf hatten Rustan und mich umzingelt.

»So sieht man sich also wieder«, höhnte jemand und die

Erkenntnis traf mich wie ein Blitz, als ich unseren früheren Klassenkameraden Werbero erkannte. War er uns die ganze Zeit gefolgt?

»Hallo, Tirasan.«

Er ignorierte Rustan, der verzweifelt versuchte, zu mir durchzukommen. Doch die Kurbabus hatten sich geschickt zwischen mich und ihn geschoben. Wir wussten beide: Auch wenn es ihm gelingen sollte, all seine Gegner zu besiegen, würde er niemals rechtzeitig bei mir sein. Ich musste allein zurechtkommen.

»Was willst du?«, fragte ich.

Werbero lachte. »Weißt du, dass ein Vermögen auf deinen Kopf ausgesetzt ist, Tirasan?«, fragte er schadenfroh. »Ich weiß nicht, warum jemand so ein Interesse an einem Wicht wie dir hat, doch wenn ich unserem Auftraggeber deinen Kopf bringe, werde ich so reich sein, dass mir die Welt zu Füßen liegt! Und mal ehrlich, deinen Kopf abzuschlagen wird mir eine besondere Freude sein.«

Ich starrte ihn fassungslos an. Ich war das Ziel? Nicht Rustan oder Baro? *Das konnte nicht sein!*

Werbero lachte erneut. Er war euphorisch und siegessicher, sodass er sich Zeit ließ, als er auf mich zu stolzierte, den Dolch fest in der Hand.

»TIR!«, brüllte Rustan und Werbero sonnte sich in seiner Verzweiflung.

»Wenn ich bedenke, dass ich dich schon in Holzstadt ausschalten und die Belohnung allein hätte kassieren können, wenn dieser Trottel nicht die ganze Zeit an dir geklebt hätte wie eine Klette! Es wird mir eine Freude sein, ihm nachher die Kehle durchzuschneiden.«

»Halt die Klappe!«, fauchte ich und griff ohne nachzudenken an. Ich packte das Wurfmesser in meiner rechten Hand fester und holte aus. Es traf meinen ehemaligen Mitschüler mitten in die Kehle.

Ich verschwendete keine Sekunde mit dem Gedanken an den sterbenden Söldner. Stattdessen schaltete ich gezielt drei von Rustans Gegnern aus. Ich wusste nicht wieso, aber ich hatte keinen Zweifel daran, dass jeder meiner Würfe tödlich sein würde.

Rustan hatte nur noch fünf Gegner, als ich auf Werbero zustürzte, der mit glasigen, toten Augen am Boden lag, mir mein Wurfmesser zurückholte und dann seinen Dolch entwendete.

Ich tötete einen von Baros Gegnern mit einem gut gezielten Wurf in den Rücken, weil mein Reisegefährte inzwischen in ernsten Schwierigkeiten steckte, und stürzte mich dann mit dem Dolch auf Rustans verbliebene Gegner.

Eine Weile später kotzte ich mir das Abendessen aus dem Leib, während Rustan und Baro sich gegenseitig die Wunden versorgten und vergebens versuchten, die Frauen zu wecken.

»Tir?«, fragte Rustan zaghaft und legte mir vorsichtig die Hand auf die Schulter.

Ich wischte mir den Mund ab. Dann drehte ich mich um,

warf mich an seine Brust und weinte bitterlich. Nichts ergab mehr einen Sinn.

»Bei den großen Namen, Tir!«, sagte Baro leise. »Du warst großartig! Wir wären alle tot, wenn du nicht gewesen wärst.«

»Still!«, ermahnte ihn Rustan beinahe sanft. »Das will Tir jetzt gerade nicht hören.«

Baro kam näher und ich fühlte seinen prüfenden Blick, während ich den seinen mied. »Also, eines wissen wir jetzt: Wer auch immer Tirasan Passario ist, er hat verdammt mächtige Feinde, wenn die uns zwanzig Kurbabus auf den Hals hetzen können!«

Ich zitterte. Ich wollte nicht länger Tirasan Passario sein.

11 HIMMELSTOR

> »Es ist verboten, Nummern einen Spitznamen zu geben
> oder sie in irgendeiner Form zu benennen. […]
> Spitznamen für Namen dürfen den ersten Namensteil
> verkürzen, aber nicht verfälschen.
> Spitznamen, die keine Namen sind,
> sind jedoch nach Belieben verwendbar.«
>
> (Auszug aus dem Regelbuch für Spitznamen)

An die Reise nach Ebistal erinnere ich mich nicht gerne zurück. Ich war ein nervliches Wrack. Es hätte mir peinlich sein müssen, wie ich mich an Rustan klammerte und nicht aufhören konnte zu zittern, sobald er mich losließ.

Zum Glück war Nelia und Allira nichts passiert. Es dauerte ein paar Stunden, bis die beiden wieder zu sich gekommen waren und unsere schlaflose Wache beendeten. Nicht dass einer von uns in dieser Nacht noch Schlaf gefunden hätte. Sobald ich die Augen schloss, sah ich wieder die Männer vor mir, die ich ermordet hatte. Ich aß die nächsten beiden Tage keinen Bissen, weil mir schon allein der Gedanke an Essen Übelkeit bereitete.

Es erschreckte mich, wie sehr sich Baros und Alliras Verhalten mir gegenüber nun änderte. Sie musterten mich stets wachsam und respektvoll. Baro hatte den beiden Frauen erzählt, was passiert war, da weder Rustan noch ich uns hatten überwinden können, über die Ereignisse der Nacht zu sprechen.

Allira, die mich zuvor nie als ebenbürtig wahrgenommen hatte, lächelte mich nun an und war nett zu mir, auch wenn sie, seitdem sie mit Baro zusammen war, mit keinem anderen Mann mehr flirtete. Weder Rustan, Nelia noch ich erwähnten die Beziehung der beiden oder äußerten uns dazu, dass sie sich jetzt nachts ein Zimmer teilten.

Ja, ein Zimmer. Rustan hatte beschlossen, dass die Zeit der Zelte vorbei war. Ab sofort wollte er nachts Mauern um uns wissen und Schlösser an den Türen, damit es weitere mögliche Attentäter nicht so leicht haben würden, zu uns zu gelangen. Wir übernachteten nun nur noch in größeren Dörfern oder Städten, die eine Stadtwache hatten. Und das auch nur, nachdem Rustan sich vergewissert hatte, dass keine Kurbabus in der Nähe gesichtet worden waren.

Die Reise von Grobiere nach Ebistal hätte drei Tage dauern sollen. Wir brauchten sechs. Die ersten beiden Tage nach dem Angriff der Kurbabus stand ich unter Schock und war gelähmt vor Angst. Rustan musste mich tragen, wenn wir vorankommen wollten, doch auch wenn ich mich in seinen Armen am sichersten fühlte – mir war klar, dass er so nicht kämpfen konnte. Daher riss ich mich zusammen und zwang mich, selbst zu laufen, was mir am dritten Tag nach dem Attentat gelang.

Doch ich aß nur wenig und an Schlaf war kaum zu denken. Ich war völlig ausgezehrt und fing an, jeden Spiegel zu meiden, an dem ich vorbeikam. Rustan und Nelia machten sich Sorgen, das sah ich, aber ich fühlte mich nicht imstande, mit ihnen zu reden.

»Tir?«, begann Rustan irgendwann. Auf Tirasan reagierte ich nicht mehr. Ich hasste meinen Namen. »Wir haben im Dorf gerade ein paar kandierte Früchte gekauft. Möchtest du welche probieren?«

Er sah mich so hoffnungsvoll an, dass ich tatsächlich eine probierte. Sie schmeckte nach nichts, was eine Verbesserung im Vergleich zu den ersten Tagen war, denn da war mir bei jedem Bissen, den meine Freunde mir aufgedrängt hatten, schlecht geworden.

Am Abend des sechsten Tages nach unserem Aufbruch aus Grobiere erreichten wir Ebistal. Die kleine Stadt, die in meinen Augen kaum mehr als ein größeres Dorf mit unverhältnismäßig vielen Gasthäusern für die zahlreichen Reisenden und fahrenden Händler war, wirkte vor den hoch aufragenden Bergen des nahen Himmelsgebirges besonders winzig. Ich fühlte mich der Stadt sonderbar verbunden und musterte mit neu erwachter Neugier die hübschen kleinen, bunt gestrichenen Holzhäuser der Gastwirte, die um die Aufmerksamkeit der Reisenden wetteiferten. Wir entschieden uns für ein gemütliches Gasthaus mit einem grünen Anstrich, besorgten uns Zimmer für die Nacht und setzten uns dann in eine kleine Gaststube. Es war hier, dass ich zum ersten Mal wieder mit den anderen sprach.

»Nein!«, fuhr ich Allira entsetzt an.

»Aber, Tir!«, protestierte sie. »Willst du dir es nicht wenigstens einmal anhören?«

»Ich will kein Lied über mich hören, egal wer es geschrieben hat oder ob es gut ist! Bitte lass mich damit in Ruhe!«

Wie sie überhaupt auf die Idee hatte kommen können, ein Lied über mich zu schreiben, verstand ich nicht. Ich konnte mir nichts Schlimmeres vorstellen, als zu hören, wie sie mich in den Himmel lobte und noch einmal unseren Kampf gegen die Kurbabus erwähnte.

»Nun hör es dir wenigstens *einmal* an, Tir«, bat Nelia und Baro und Rustan sahen mich flehend an. Das war eine Intrige gegen mich. Ich war erstaunt, dass sogar Rustan und Nelia dabei mitmachten.

Nervös sah ich zur Tür des Gastraums. Rustan hatte auf ein privates Zimmer nur für uns fünf bestanden. Ich wusste nicht, was das kostete, aber keiner meiner Freunde hatte sich bislang über die zusätzlichen Kosten für die Übernachtungen oder die verringerte Reisegeschwindigkeit beschwert.

Ich seufzte. Mir war klar, dass ich in meinem jetzigen Zustand eine Belastung für meine Freunde war, aber ich schien von selbst nicht mehr aus meinem Tief herauszukommen. Vielleicht sollte ich mir von ihnen helfen lassen, auch wenn ich nicht wusste, was das mit einem Lied zu tun haben sollte.

»Also schön«, seufzte ich.

Doch was ich dann zu hören bekam, erstaunte mich. Keine einzige Zeile erwähnte die Kurbabus oder den Überfall. Stattdessen mussten sich meine Freunde heimlich zusammengesetzt haben, während ich schlief, um ihre Eindrücke und ihre Lieblingssituationen mit mir zusammenzufassen.

Mir kamen die Tränen, als Nelia schilderte, wie ich am Tag der Namensgebung zum Festmahl gekommen war. Verschwitzt, mit einer Wappenkette, die mir bis zum Bauch hing, und trotzdem hatte ich jeden herausfordernd angesehen, der es wagte, sich über mich lustig zu machen.

Baros Strophen schilderten eines unserer legendären Wortgefechte als Nummern, in dem er behauptet hatte, ein großer Jäger zu sein und dass er nicht weit von der Schule entfernt und lediglich mit seiner selbstgebastelten Schleuder bewaffnet einen gefährlichen Bären erlegt habe. Ich hatte der vor unwahrscheinlichen Zufällen strotzenden Lügengeschichte natürlich sofort widersprochen und Baro hatte unser Wortgefecht spektakulär verloren. Doch nun schien es ihn gar nicht mehr zu stören, dass er sich an jenem Tag blamiert hatte. Stattdessen grinste er mich an und deutete den Wurf mit einer Schleuder an, während Allira sang.

Alliras Schilderung von mir ließ mich rot anlaufen. War ich ihr die ersten Tage wirklich wie ein liebeskranker Welpe hinterher gelaufen? Wie peinlich! Doch ich war gerührt, als sie zugab, dass sie mich zuerst schlecht behandelt hatte, weil sie eifersüchtig auf mich gewesen war, da Rustan seine Zeit lieber mit mir verbrachte als mit ihr, und mich erst später kennen und schätzen gelernt hatte.

Doch die wahre Überraschung war Rustans Strophe, die als Letztes kam. Hatte er tatsächlich verzweifelt versucht, mein Freund zu werden und mich zu beeindrucken, sodass er sogar Gerunders Tests mitgemacht hatte, obwohl sie ihn überwiegend in einem schlechten Licht hatten dastehen lassen?

Als das Lied endete, wusste ich eine Weile lang nichts zu sagen. »Danke«, flüsterte ich am Ende, doch das schien auszureichen.

Auf dem Weg von Ebistal nach Himmelstor, dem letzten Abschnitt unserer Reise, ging es mir langsam wieder besser. Ich zuckte nicht mehr bei jedem kleinen Geräusch zusammen oder versteckte mich furchtsam hinter Rustan, sobald wir einem anderen Reisenden oder einem Bauern auf der Straße begegneten. Und ich bekam auch nicht mehr Panik, sobald ich mehr als zwei Meter von ihm entfernt war.

Nachdem wir während der letzten vier Tage nicht einen einzigen Kurbabu gesehen hatten und am fünfundzwanzigsten Tag unserer Reise endlich Himmelstor erreichten, gelang es mir endlich, nicht ununterbrochen an mögliche Attentäter zu denken.

Und Himmelstor selbst? Nun, beim Anblick der Hauptstadt verschlug es mir erst einmal die Sprache.

Himmelstor war gewaltig. Kein anderes Wort konnte die Stadt beschreiben, die fünfzigtausend Einwohner hatte und die in die Ausläufer des Himmelsgebirges gebaut war. Stufenförmig angelegt schaute die Stadt auf die Giabella hinab, auf der bei unserer Ankunft ein reger Schiffsverkehr herrschte.

Der Strom war so breit, dass jeder, der ihn überqueren wollte, auf ein Schiff oder die Brücke knapp zwei Tagesreisen flussaufwärts angewiesen war.

Staunend betrachteten wir die Metropole von Weitem. Besonders die Paläste auf den oberen Terrassen waren eindrucksvoll. Ein ausuferndes Anwesen aus gelbem Stein lenkte als Erstes unsere Blicke auf sich.

»Der Palast der Nateris«, sagte Allira ehrfürchtig. Die Nateris gehörten zu den fünf großen Herrscherdynastien des Kontinents und regierten gemeinsam mit den anderen vier Dynastien die fünf Länder. Wie die Regentin Vani Nateri aus Nelias Heldengeschichte liebten sie teuren Schmuck und die schönen Seiten des Lebens. Sie galten als Liebhaber der Künste und veranstalteten jede Woche Theateraufführungen, Opern, Konzerte, Ausstellungen und vieles mehr. Alliras Traum war es, einen von ihnen als Gönner zu gewinnen und im Palast auftreten zu dürfen.

Ein Stückchen weiter im Osten erhob sich eine massive, befestigte Burg. Angeblich war sie das älteste Gebäude von Himmelstor und existierte seit dem Beginn der Dynastien.

In ihr lebte die zweite große Dynastie, die über Himmelstor und Mirabortas herrschte. Doch während die Nateris als lebenslustig galten, führten nur wenige Tolbos ein ausschweifendes Leben. Sie schätzten die Disziplin und befehligten die Grekasols mit eiserner Hand.

Die Imlandas waren die dritte große Dynastie. Anders als die Nateris und die Tolbos hatten sie kaum Kontakt zur normalen Bevölkerung, sodass nur wenig über sie bekannt war. Ihren Palast hatten sie in den Berg hineingebaut, sodass von außen nur wenig mehr als die Fassade zu sehen war. Angeblich lebten die Imlandas in einem Tunnellabyrinth, das sie über die Jahrhunderte ausgehoben hatten und das über einen unterirdischen Zugang zu jedem wichtigen Gebäude der Stadt verfügte. Ich wusste nicht, ob das wahr war, aber ich konnte es mir gut vorstellen.

Die Rernbers waren die einzige der großen Dynastien, die auf einer der mittleren Terrassen wohnte. Das hatte sie aber nicht daran gehindert, eine Terrasse vollständig für sich zu beanspruchen und dort ihre Stadtpaläste zu errichten, von denen einer wunderlicher wirkte als der nächste. Die Rernbers waren, wie jedermann wusste, exzentrisch und für jede neue Idee, jede neue Kunstrichtung und jede neue Erfindung zu haben. Und das zeigten sie auch gerne. Die Namensarchive und Universitäten standen unter ihrer Leitung. Die Ellutors waren davon nicht sonderlich begeistert, nachdem die Rernbers einmal einen Brunnen in die Mitte eines der Namensarchive hatten bohren lassen und die Luftfeuchtigkeit aus der Tiefe viele kostbare Bücher in der Nähe des Brunnens beschädigt hatte. Gerunder zufolge gab es zwischen den Ellutors und den Rernbers immer wieder Anlass zu heftigen Debatten.

Gerunder!

Ich hatte in den vergangenen drei Wochen kaum an meinen Freund aus Tummersberg gedacht und in der letzten Woche sogar überhaupt nicht. Doch nun erinnerte ich mich mit schlechtem Gewissen, dass ich ihm schreiben wollte, sobald ich in Himmelstor angekommen war. Doch was sollte ich ihm mitteilen? Wie konnte ich ihm erklären, was für ein Durcheinander in meinem Leben herrschte? Oder wer ich war? Ich verstand es ja selbst nicht.

Während meine Freunde den Palast der Kligheros, der fünften großen Dynastie, bewunderten, versuchte ich im Kopf einen Brief an meinen besten Freund zu formulieren. Es gelang mir nicht. Alles, was ich schreiben wollte, klang entweder so dramatisch, dass sich Gerunder garantiert sofort auf den Weg nach Himmelstor machen würde, oder so pathetisch, dass er ebenfalls hierher eilen würde, um mir eine Schulter zum Ausweinen zu bieten.

Ich seufzte und Rustan drehte sich zu mir um. In diesen Tagen konnte ich kaum etwas tun, ohne dass es der junge Krieger sofort bemerkte. Nie verließ er meine Seite. Seit dem Angriff der Kurbabus hatte er zudem Nelias Schutz vorübergehend eingestellt, da ich derjenige war, auf den man ein Kopfgeld ausgesetzt hatte.

»Alles in Ordnung, Tir?«, fragte er.

»Ich weiß nicht, was ich Gerunder schreiben soll«, gestand ich.»Ich hatte ihm versprochen, sofort zu schreiben, sobald ich in Himmelstor angekommen bin.«

»Ich helfe dir, wenn du magst.«

»Was machen wir jetzt?«, fragte Allira, die wie wir alle etwas ratlos wirkte. Jetzt, da wir unser Ziel erreicht hatten, wusste niemand, was wir als Erstes tun sollten.

»Nun, morgen suchen wir das große Namensarchiv auf und lassen uns offiziell als neue Träger unserer Namen registrieren«, sagte Baro. »Danach möchte ich mir ansehen, was in den Archiven über mich in Erfahrung zu bringen ist. Es ist wichtig zu wissen, wer Feind und wer Freund ist. Und danach müssen wir zur Erbverwaltung, um die angelaufenen Zahlungen seit unserem Tod und den Zustand unserer Besitztümer einzusehen.«

»Das schaffen wir nicht an einem Tag«, wandte Nelia vernünftig ein, »selbst wenn wir morgen ganz früh beim großen Namensarchiv sind. Also schlage ich vor, dass wir uns erst einmal ein Gasthaus für die nächsten Tage suchen und dann nachsehen, ob jemand von uns Häuser in Himmelstor hat. Wenn dem so ist, können wir nach der Registrierung bei der Erbverwaltung in einem von ihnen wohnen und Pläne für die Zukunft schmieden.«

Damit waren alle einverstanden. Wir betraten die Stadt über die unterste Ebene und suchten uns dann ein günstiges Gasthaus. Nach dem Essen waren wir alle erschöpft und zogen uns früh auf unsere Zimmer zurück, um uns auf die aufregenden neuen Eindrücke am nächsten Tag vorzubereiten.

Und so verbrachten Rustan und ich einen ruhigen Abend auf unserem Zimmer und brüteten über meinem Brief an Gerunder. Am Ende schrieb ich nur wenige Zeilen und erzählte ihm, dass ich mit Rustan, Nelia, Allira und Baro unterwegs war und wir nach ein paar Tagen Verzögerung endlich in Himmelstor angekommen waren. Alles Weitere wollte ich ihm in meinem nächsten Brief schreiben.

»Vermisst du sie?«, fragte mich Rustan irgendwann, als ich schon kurz vor dem Einschlafen war.

»Was?«, murmelte ich.

»Na, die Schule in Tummersberg.«

Und wie! Auch wenn ich niemals vermutet hätte, wie stark dieses Gefühl mal sein würde. Damals war alles noch viel einfacher und leichter gewesen. Besonders die Fröhlichkeit und Unbeschwertheit der kleinen Nummern vermisste ich.

»Ja«, antwortete ich daher leise.

»Ich auch. Meinst du, wir werden irgendwann einmal dorthin zurückkehren?«

»Um Gerunder und die Schule zu besuchen?« Die Idee gefiel mir und zum ersten Mal seit dem Angriff der Kurbabus schlief ich wieder mit einem Lächeln auf den Lippen ein.

12 DER VERBOTENE NAME

»Manche Namen sind so gefährlich, dass wir es nicht wagen,
sie laut auszusprechen oder sie auch nur zu flüstern,
aus Angst, ihre dunkle Magie zu wecken.
Nur Narren fürchten sich nicht vor einem Namen.«

(unbekannt)

An meinem ersten Morgen in Himmelstor erwachte ich mit neuer Energie. Über Nacht war mir endlich in vollem Umfang klar geworden, dass die Antworten auf all meine Fragen nun zum Greifen nahe waren. Zwar wusste ich bislang nicht, wer einen Preis auf meinen Kopf ausgesetzt hatte, aber zusammen mit meinen Freunden würde ich jedes Problem bewältigen und endlich die Wahrheit über meinen Namen erfahren.

Meine gute Laune schien anstechkend zu sein, denn beim Frühstück alberten wir wie Nummern herum und spielten uns gegenseitig kleine Streiche. Zum Glück speisten wir in einem separaten Raum der Schankstube, sonst hätten wir wohl schiefe Blicke geerntet – aber keiner von uns konnte seine Aufregung verbergen, nun endlich das große Namensarchiv zu besuchen.

Als wir nach dem Essen durch die Straßen gingen, war Rustan der Einzige, der nicht neugierig die Gegend bestaunte. Mit einer Hand auf dem Schwertgriff begleitete er uns zum Geschäft eines Nivians, wo ich meinen Brief an Gerunder aufgab.

Das große Namensarchiv lag auf der dritten Terrasse von unten, was bedeutete, dass wir zwei Ebenen hinaufsteigen mussten. Bald atmete ich schwer vor Anstrengung und fragte mich, wie die Bewohner von Himmelstor die Höhenunterschiede in der Stadt jeden Tag bewältigen konnten. Ob sie sich daran gewöhnt hatten? Oder hielten sie sich überwiegend nur auf einer Ebene auf?

Auffällig war, dass die Terrassen offenbar verschiedene Funktionen erfüllten. Ganz unten lag der Hafen zusammen mit den Lagerhäusern und Geschäftsgebäuden der Ipsos, Deradas und der anderen Händler.

Auf der Ebene darüber hatten sich viele kleine Geschäfte angesiedelt, die direkt oder indirekt mit dem Hafen zu tun hatten. Hier fanden wir auch den Nivian, der Gerunders Brief überbringen sollte.

Die dritte Terrasse wurde von öffentlichen Gebäuden dominiert. Hier befanden sich die Erbverwaltung, das Rathaus, das Gerichtsgebäude, das Gefängnis und viele weitere größere und kleinere Ämter.

Das imposanteste Gebäude auf dieser Ebene war das

große Namensarchiv von Himmelstor. Es war riesig und bestand aus vielen Stockwerken über und unter der Erde und unzähligen Anbauten. Da das Namensarchiv jedes Jahr stetig wuchs, wurde auch momentan ein neuer Gebäudeflügel ausgehoben.

»Beeindruckend«, musste selbst Rustan zugeben, der bislang der Einzige von uns war, der noch nicht mit offenem Mund auf etwas gezeigt hatte.

Der Besuchereingang des großen Namensarchivs war zum Glück nicht schwer zu finden. Das Gelände war nämlich von hohen Zäunen und Wachtürmen umgeben. Nur ein einziges großes Tor bot Besuchern Einlass.

Die Grekasols unter der Leitung eines Pollianders beäugten uns misstrauisch, als wir näher kamen. Ich wusste nicht, woran sie sahen, dass wir bewaffnet waren. Der Polliander kam uns entgegen und musterte Rustan eindringlich.

»Biras Polliander«, stellte er sich vor.

»Rustan Polliander.«

Wie auf ein unsichtbares Zeichen hin lächelten sich die beiden Krieger plötzlich an.

»Deine Schützlinge?«

»Ja, zwei von ihnen. Und zudem meine Freunde«, sagte Rustan.

»Ich muss dich nicht darauf hinweisen, dass Kämpfen auf dem Gelände des großen Namensarchivs streng verboten ist, oder? Ich würde dir ungern die Waffen abnehmen müssen«, erklärte Biras Polliander ernst.

»Keine Sorge. Ich verspreche, dass wir keinen Kampf beginnen werden. Sollte allerdings jemand versuchen, gegen meine Schützlinge handgreiflich zu werden, kann ich für nichts garantieren.«

Die beiden einigten sich und schüttelten einander die Hand. Nach all den Sicherheitsmaßnahmen war ich überrascht, dass sie uns andere noch nicht einmal auf Waffen untersuchten. Anscheinend galt Rustans Versprechen für uns alle.

Wir schlenderten durch das Tor und erhaschten nun zum ersten Mal einen unverstellten Blick auf das große Namensarchiv. Ich seufzte, als ich die hohen Mauern hinaufstarrte und die vielen Fenster sah. *So viel Wissen!* Gerunder hatte mir häufig erzählt, wie beeindruckend das Archiv war, aber es jetzt mit eigenen Augen zu sehen, war großartig.

Irgendwo in diesem Gebäude würde auch etwas über meinen Namen stehen. Wieder fragte ich mich, ob es wohl noch andere lebende Passarios in Mirabortas gab. Ich würde zu gerne mehr über sie erfahren, sie vielleicht sogar kennen lernen, um sie über unsere Magie auszufragen.

»Willkommen im großen Namensarchiv«, tönte uns eine laute Stimme entgegen, als wir uns dem überdachten Haupteingang näherten. Sie gehörte einem Mann von etwa vierzig Jahren, der das Wappen eines Ellusans um den Hals trug. Flankiert wurde er von einer kleinen Schar Ellubis und Elluren, die sich unter dem großen Vorbau zusammendrängten. Die Seiten waren mit Holzbrettern gegen den Wind geschützt und wiesen lange Sitzbänke mit bequemen Kissen für die Wartenden auf.

Weshalb wurden wir von einem Ellusan begrüßt?

Der Namensfinder lächelte, als er unsere Verwunderung bemerkte. »Ja, davon erzählen sie einem nie etwas an der Schule, nicht wahr?«, meinte er gut gelaunt.

»Nun, Ihr habt bereits einen meiner Namensvettern bei Eurer Namensgebung kennengelernt. Ich bin Najedo Ellusan, der oberste Namensfinder Mirabortas'. Jeder neue Träger eines Namens muss von mir bestätigt werden, bevor er offiziell in das große Namensarchiv eingetragen werden kann. So verhindern wir den Missbrauch von Namen. Das kommt zwar selten vor, aber es wurden schon Wappen gestohlen und Namen auf dem Weg nach Himmelstor ermordet, müsst ihr wissen. Nun, wer von Euch möchte anfangen?«

Das Vorgehen machte Sinn, auch wenn mir nicht klar war, wie der Missbrauch eines Namens nach dem Eintrag ins große Namensarchiv verhindert werden sollte. Die Gefahr endete schließlich nicht an der Schwelle des Namensarchivs.

Doch meine Frage sollte sich in Kürze beantworten. Als Baro entschlossen als Erster vortrat, streckte ihm Najedo Ellusan die Hand entgegen und Baro ergriff sie.

»Baro Derada«, stellte sich unser Freund vor.

Der Ellusan sah ihm in die Augen und seine Namensmagie griff tief in Baro hinein. Dann lächelte der Namensfinder und nickte.

»Ich grüße Euch, Baro Derada«, sagte er und einer der Ellubis an seiner Seite griff zur Feder und notierte seinen Namen. »Woher kommt Ihr?«

»Wir kommen aus Tummersberg.«

»Ah.«

Interessiert schenkten uns die Elluren nun ebenfalls einen Blick. Einer von ihnen hatte begonnen zu schreiben, anscheinend witterte der Namensforscher ein Abenteuer, das es wert war, notiert zu werden.

»Bitte, gebt mir Euer Wappen«, verlangte der Ellusan und lenkte unsere Aufmerksamkeit wieder auf sich.

Baro gehorchte. Ich verstand nicht ganz, was er machte, aber der Ellusan zog etwas aus Baro heraus – es schien ein Stück seiner Namensmagie zu sein – und legte es auf Baros Wappen.

»Jetzt sagt noch einmal, wer Ihr seid, und haltet dabei Euer Wappen in der Hand, sodass wir es sehen können«, forderte der Namensfinder ihn auf.

»Ich bin Baro Derada.«

Baro und wir übrigen keuchten überrascht, als das Wappen nun magisch leuchtete und einen hellen blauen Lichtschein ausstrahlte. Staunend starrte ich den Ellusan an. So also verhinderten sie den Namensmissbrauch nach dem Eintrag ins große Namensarchiv!

»Es kann vorkommen, dass Ihr in Zukunft aufgefordert werdet, Euch auszuweisen, zum Beispiel, wenn Ihr für ein Amt kandidiert oder wichtige Geschäfte abwickelt. Haltet Euer Wappen in der Hand und nennt Euren Namen. Auf diese Weise könnt Ihr Euch als der ausweisen, der Ihr seid. Wer möchte als Nächstes?«

Nacheinander traten Allira, Nelia und Rustan vor. Ich hatte ihnen den Vortritt gelassen. Dann war ich an der Reihe. Ich stellte mich vor den Ellusan und nannte ihm meinen Namen.

»Ich bin Tirasan Passario.«

Der Ellusan keuchte und wurde blass. »Wachen!«, brüllte er. »Zu mir!«

»Was geht hier vor?«, fragten Rustan und sein Namensvetter, der neugierig unseren Empfang verfolgt hatte, schockiert.

»Dieser Mann ist ein Betrüger!«, rief der Ellusan empört. »Wir wurden gewarnt, dass jemand kommen und versuchen würde, sich als Tirasan Passario auszugeben! Verhaftet ihn!«

Ich verstand die Welt nicht mehr. »Aber ich bin wirklich Tirasan Passario!«, protestierte ich, obwohl ich mir in der letzten Woche oft genug gewünscht hatte, dass dem nicht so wäre.

Rustan stellte sich schützend vor mich, als Biras Polliander mich misstrauisch musterte. »Denk an dein Versprechen, Bruder!«, mahnte Biras ernst.

»Tir ist kein Betrüger!«, erwiderte Rustan hitzig. »Ich will nicht gegen dich kämpfen, aber ich habe bei meinem Namen geschworen, ihn zu beschützen!«

»Dann haben wir ein Problem«, sagte Biras traurig. »Denn meine Pflicht ist es, die Sicherheit und Integrität des Archivs zu gewährleisten. Ich muss deinen Schützling daher leider verhaften.«

»Das könnt Ihr doch nicht machen!«, protestierten Nelia und Baro.

»Ich muss. Das Gericht wird die Vorwürfe untersuchen und die Wahrheit herausfinden. Doch bis dahin muss ich den jungen Mann ins Gefängnis bringen«, sagte Biras.

Rustans rechte Hand zuckte. Ich wusste, dass er kurz davor war, zum Schwert zu greifen.

»Na schön«, sagte ich und machte gute Miene zum bösen Spiel. »Ich begleite Euch. Es wird sich schon noch herausstellen, dass ich nicht gelogen habe.«

»Aber, Tir!«

Rustan wirkte zutiefst entsetzt. Und den anderen erging es anscheinend nicht anders. Nur ich blieb seltsamerweise ruhig. Ich wusste schließlich, dass ich nicht gelogen hatte. Also hatte ich doch auch nichts zu befürchten, oder?

Biras brachte mich höchstpersönlich ins Gefängnis, während Rustan nicht von meiner Seite wich. Die anderen hatten versprochen, mir den besten Juristen von ganz Himmelstor zu besorgen, und waren daher sofort zur Erbverwaltung aufgebrochen, um schnellstmöglich Zugriff auf ihre Vermögen zu erlangen. Doch ich bezweifelte, dass das so schnell gehen würde, wie die drei dachten.

Als ich die dicken Mauern des Gefängnisses sah, stellte sich zum ersten Mal ein mulmiges Gefühl bei mir ein. Die Zellen befanden sich in den oberen Etagen und hatten nur winzige Fenster, um eine Flucht zu verhindern. Nicht, dass ich fliehen wollte!

Wir wurden von einem Mann mit strengem Gesicht, grauen Schläfen und schwarzer Uniform empfangen. Er schien im Gefängnis das Sagen zu haben, denn Biras salutierte vor ihm, während der Blick des Mannes von Rustan zu mir wanderte.

»Warum haben diese beiden noch ihre Waffen, Biras?«, fragte er den Polliander mit sanftem Tadel in der Stimme.

»Die Umstände waren etwas ungewöhnlich, Herr«, sagte Biras und kratzte sich den Kopf. »Ich wusste nicht, was ich mit ihnen machen sollte. Seht, dieser junge Mann hier«, er zeigte auf mich, »wurde beschuldigt, nicht der zu sein, für den er sich ausgibt. Er ist aber der Schützling von Rustan Polliander und wir haben uns darauf geeinigt, erst einmal friedlich hierherzukommen.«

»Nun gut, Rustan«, meinte der Offizier. »Ich werde deinen Schützling nun in seine Zelle bringen und ihm die Waffen abnehmen. Ich hoffe, du machst uns dabei keinen Ärger.«

Rustan atmete tief ein und aus, um seine Beherrschung nicht zu verlieren. »Wenn Ihr Tir in eine Zelle sperrt, dann könnt Ihr mich gleich dazu sperren«, erklärte er und ich starrte ihn fassungslos an. War Rustan denn verrückt geworden?

»Ich werde ihn nämlich nicht allein lassen, wenn ich nicht weiß, wer ihm schaden will. Erst vor einer Woche wurden wir von Kurbabus überfallen und ich glaube nicht, dass

Tir im Gefängnis sicher ist, wenn jemand offenbar dafür gesorgt hat, dass er als Betrüger beschuldigt wird.«

»Ein Überfall, sagst du? Wo?«

»Etwa einen Tagesmarsch von Grobiere nach Ebistal. Es waren zwanzig Kurbabus.«

»Ich lasse das überprüfen.« Der Offizier wirkte nachdenklich und tippte sich mit dem Finger gegen das Kinn. »Mitkommen!«

Er brachte uns in eine leere Zelle mit zwei Betten. »Schwört Ihr, mich, Biras und die Grekasols nicht anzugreifen?«

Wir nickten und legten unseren Eid ab. Ich hatte nie zuvor darüber nachgedacht, wie praktisch der Ehrenkodex der Polliander war, denn der Offizier glaubte uns und ließ uns sogar unsere Waffen behalten. Nach einer Weile brachte uns eine der Wachen etwas zu essen und zu trinken.

Und dann warteten wir. Nach ein paar Stunden hätte ich die Wände hochgehen können vor Langeweile. Die Wachen behandelten uns zwar beinahe wie Gäste, nur änderte das nichts an der Tatsache, dass wir eingesperrt waren. Ich hasste die Untätigkeit, denn sie brachte mich dazu, in Grübeleien zu versinken.

Baro, Nelia und Allira kamen nicht an diesem Tag. Ich wusste nicht, ob sie es versucht hatten und nur nicht zu uns vorgelassen worden waren, aber sie kamen auch nicht am zweiten Tag. Langsam wurde auch Rustan unruhig. Die

Wachen hatten uns auf meine Bitte hin zwar etwas zum Lesen und zum Schreiben gebracht, aber ich konnte mir nicht erklären, was unsere Freunde aufhielt.

Am dritten Tag suchte uns jedoch der Offizier in der schwarzen Uniform auf und sprach die erlösenden Worte. »Ihr habt Besuch.«

Und da waren sie.

Ich hätte beinahe vor Erleichterung geweint, als Baro und Nelia die Zelle betraten. Nur Allira fehlte, dafür hatte eine gut gekleidete Frau von etwa Mitte vierzig mit kurzen schwarzen Haaren, strengen Gesichtszügen mit ihnen die Zelle betreten. Sie trug die Robe einer Hero.

»Tirasan, Rustan, das ist Kandara Hero, die beste Juristin von Himmelstor«, erklärte Baro. »Entschuldigung, dass wir euch erst jetzt besuchen können. Das Hin und Her mit der Erbverwaltung hat gestern den ganzen Tag in Anspruch genommen und ich konnte Kandara Hero erst heute Morgen beauftragen, dich zu vertreten, Tir.«

»Tirasan Passario, nehme ich an?«, fragte die Anwältin und musterte mich eindringlich. Aus ihrer Miene konnte ich nicht ablesen, was sie von mir hielt. Ich jedenfalls war froh, sie zu sehen.

»Ja.«

»Sehr erfreut. Und nun zum Juristischen«, fuhr sie geschäftsmäßig fort und nahm ohne Umschweife neben mir auf der Pritsche Platz. »Ihr wurdet von einer Ellusan in Tummersberg als Tirasan Passario erkannt?«

»Ja. Von Lorina Ellusan.«

»Gut«, sagte die Hero und notierte sich den Namen mit einer Schreibfeder in ihrem Notizbuch, das sich in den nächsten Minuten und Stunden noch gut füllen sollte. »Die Ellusan hat einen tadellosen Ruf, das spricht für uns. Wann war die Namensgebung?«

Wir nannten ihr das Datum. Dann wollte sie wissen, ob seitdem jemand meine Identität angezweifelt hatte, und als Baro verschämt die Hand hob, landete er im Kreuzverhör. Jeder von uns kam wenigstens einmal dran, denn Kandara Hero wollte alles wissen, selbst unbedeutende Kleinigkeiten. Besonders aber interessierten sie die Angriffe auf Rustan und mich sowie der beinahe tödliche Unfall mit dem Blumentopf.

»Könnt Ihr Euch vorstellen, dass die beiden Vorfälle in der Schule möglicherweise Attentate auf Tirasan gewesen sein könnten?«

»Aber wie soll das möglich sein?«, fragte ich verstört. »Niemand weiß, wer ich bin! Noch nicht einmal *ich* weiß, wer ich bin. Mein Name scheint so selten und unbekannt zu sein – und ausgerechnet mein Feind soll bei meiner Namensgebung anwesend gewesen sein? Ich halte das nicht für sehr wahrscheinlich.«

»Ich würde die Möglichkeit noch nicht von der Hand weisen, junger Mann«, entgegnete die Hero ernst. »Ich und meine Mitarbeiter werden versuchen, bis zur Gerichtsverhandlung mehr darüber zu erfahren.«

Es war später Nachmittag, als uns unser Besuch verließ. Ich war erschöpft. Die Anwältin hatte mit Ideen und Vermutungen um sich geworfen und Fragen gestellt, bei denen sich mir Abgründe aufgetan hatten.

»Wer auch immer dein Widersacher ist, Tir, er ist ziemlich mächtig«, seufzte Rustan leise und danach schwiegen wir beide für den Rest des Tages.

Von nun an besuchten uns unsere Freunde regelmäßig, aber die Anwältin sahen wir kein weiteres Mal. Sie war sehr umtriebig, erklärte uns Baro beeindruckt, der sie bezahlte. Ich hoffte inständig, dass ich genug Geld besitzen würde, um ihm seine Unkosten nach der Verhandlung zu erstatten. Die beste Juristin von Himmelstor war bestimmt nicht billig.

Eine Woche nach meiner Verhaftung war es so weit. Mein Fall wurde vor dem Gericht von Himmelstor verhandelt. Am frühen Morgen kamen Grekasols, um uns abzuholen. Rustan und ich durften noch unsere beste Kleidung anlegen, mussten unsere Waffen aber in der Zelle lassen, damit sie uns unter Bewachung zum Gericht bringen konnten.

Wir fuhren in einer geschlossenen Kutsche, sodass wir erst beim Aussteigen einen Blick auf das Gerichtsgebäude werfen konnten. Und auf die Menge, die davor wartete.

Kandara Hero empfing uns vor dem Gebäude und bemerkte meinen verstörten Blick. »Euer Fall hat für große Aufmerksamkeit gesorgt, Tirasan«, erklärte sie uns. »Es ist Jahre her, seit die letzte Person beschuldigt wurde, nicht die zu sein, für die sie sich ausgab. Seid darauf gefasst, während des gesamten Prozesses unter Beobachtung zu stehen.«

Ich nickte, doch ich hatte nicht wirklich verstanden, was sie meinte. Als wir den Gerichtssaal betraten, zuckte ich unwillkürlich zusammen. Der Saal bot Platz für vierhundert Zuschauer und jeder Stuhl war besetzt. In der ersten Reihe saßen unsere Freunde neben einer Gruppe von Heros, die anscheinend alle zu Kandaras Leuten gehörten, denn sie trugen die gleiche schlichte schwarze, amtlich wirkende Kleidung mit silbernen Knöpfen und Schnallen. Nelia und Allira winkten mir zu, während Baro lediglich kurz zur Begrüßung nickte.

Dahinter saßen die Elluren, die über den Prozess berichten wollten, sowie Zuschauer jeden Alters, die die Neugier hierher geführt hatte.

»Bitte nehmt auf dem Stuhl vor dem Richterpult Platz, Tirasan«, bat mich die Hero. »Rustan, Ihr sitzt neben mir.«

Ich spürte, wie vierhundert Augenpaare sich in meinen Rücken bohrten, als ich langsam auf meinen Platz zuging. Ich wusste nicht, was mich heute hier erwarten würde.

»Bitte erhebt Euch für das oberste Gericht!«, rief einer der Gerichts-Andertis und wir gehorchten.

Im nächsten Moment wurden die großen Türen aufgerissen und fünf Personen betraten den Saal, die kaum unterschiedlicher hätten sein können.

Die erste war ein junger Mann von Ende zwanzig, der mit einem breiten Lächeln energisch den Saal betrat und sofort zu allen Seiten hin winkte. Er trug edle Gewänder aus Samt und Seide und wirkte fröhlich und lebenslustig.

»Begrüßt Molli Nateri!«

Alle Anwesenden neigten respektvoll den Kopf und ich schluckte, als mir klar wurde, dass meine Richter Vertreter der fünf großen Dynastien waren, denn es standen fünf Stühle hinter dem Richterpult. Dies hier war nicht einfach irgendein Gericht, es war das höchste Gericht in ganz Mirabortas.

»Lostaria Imlanda.«

Die Vertreterin der geheimnisvollsten Dynastie des Landes machte ihrem Ruf Ehre, denn sie war in eine lange Kutte mit Kapuze gekleidet, die sie auch beim Betreten des Saals nicht zurückschlug. Ich vermutete, dass sie mittleren Alters war, was sich bestätigte, als sie Platz nahm. Von allen Leuten im Saal war ich der Einzige, der einen Teil ihres Gesichts erkennen konnte und das auch nur, weil mein Stuhl direkt vor dem Richterpult stand.

»Bicker Rernber.«

Ich sog scharf die Luft ein, als ein Mann von Mitte sechzig den Saal betrat. Und nicht nur ich, leises Murmeln im Raum bestätigte mir, dass Bicker Rernber selbst nach Himmelstorer Maßstäben unangemessen gekleidet war. Er trug eine Mischung aus Kleid, Kettenhemd und Hose. Es passte nicht zusammen, was noch dadurch unterstrichen wurde, dass das Kettenhemd bunt angemalt war.

»Fingua Klighero.«

Die nächste Vertreterin war eine große Überraschung, denn sie wirkte so jung, dass sie bestimmt keine zwei, drei Jahre älter als ich sein konnte. Sie lächelte mich nervös an, als hätte sie vergessen, dass ich der Angeklagte war. Vermutlich war das ihr erster Gerichtsprozess.

»Und Gilmaja Tolbo.«

Der letzte Richter betrat den Saal und ich starrte ihn mit offenem Mund an, als ich ihn wiedererkannte. Es war der Offizier mit der schwarzen Uniform und dem strengen Gesicht aus dem Gefängnis. Ich hätte ihn nie und nimmer für einen Vertreter der großen Dynastien gehalten.

Die Richter nahmen Platz, die Zuschauer setzten sich und bevor ich ihrem Beispiel folgen konnte, begann bereits die Verhandlung.

»Der Angeklagte soll stehen bleiben«, forderte Molli Nateri mich leicht gelangweilt auf. »Nennt Euren Namen.«

»Ich bin Tirasan Passario.«

»Ah«, machte der Saal und kurz sahen sich die Zuschauer gegenseitig mit gespannter Erwartung an, was mich etwas befremdete, offen gesagt. Wussten sie etwas, das ich nicht wusste?

»Nun, das ist das Problem. Ihr seid nicht Tirasan Passario. Uns liegt jedenfalls eine Anklage wegen Namensanmaßung vor. Dies ist ein Verbrechen, das mit Namenlosigkeit bestraft wird«, erläuterte Molli Nateri, der nun nicht mehr so jovial wie am Anfang wirkte und anscheinend die Rolle des Anklägers übernommen hatte. Er musterte mich verächtlich.

»Euer Ehren, das ist nicht erwiesen«, warf Kandara Hero ruhig ein. »Wir werden heute beweisen, dass dieser junge Mann in der Tat Tirasan Passario ist.«

Fingua Klighero beugte sich interessiert vor und musterte meine Anwältin gespannt. Die junge Richterin verhielt sich, als wäre sie eine Zuschauerin. Würde Kandara sie vielleicht auf meine Seite ziehen können?

»Ruf den ersten Zeugen der Anklage, Molli«, bat Bicker Rernber. »Ich werde auch nicht jünger, je länger ich hier sitzen muss.«

Während er sprach, holte er verschiedene kleine Glasfläschchen und Tiegel hervor und begann, sich die Nägel zu lackieren. Der exzentrische Richter hatte sichtbar kein Interesse daran, hier zu sein.

»Nun gut, ich rufe Uster Horin Nateri«, erklärte Molli Nateri gereizt.

Noch ein Nateri? Doch als ein junger Mann von etwa zwanzig Jahren flotten Schrittes den Saal betrat, begriff ich. Diesen Mann hatte ich schon einmal gesehen. Langsam machte sich ein mulmiges Gefühl in meiner Magengegend breit.

»Uster, berichte uns, was du in Tummersberg erlebt hast«, forderte ihn sein Namensvetter auf. Plötzlich ergab es einen Sinn, warum Molli Nateri die Rolle der Anklage übernommen hatte.

»Es war vor etwa einem Monat, als ich als Ehrengast für die Namensgebung der Frühlingsgruppe 1276 nach Tummersberg eingeladen wurde. Da es sich ganz vergnüglich anhörte, hatte ich die Einladung angenommen. Zunächst lief die Namensgebung auch wie erwartet«, erklärte er.

»Die Namensfinderin war Lorina Ellusan?«, fragte Molli Nateri.

»Ja, das stimmt. Sie hatte bereits einige große Namen wie Rustan Polliander und Baro Derada erkannt, als dieser junge Mann nach vorn gerufen wurde. Lorina Ellusan nannte ihn Tirasan Passario.«

»Doch das wurde angezweifelt, nicht wahr?«

»Ja«, sagte Uster Horin Nateri und leckte sich nervös über die Lippen. »Ich konnte es selbst kaum glauben, aber dies war das erste Mal, dass bei einer Verkündung, bei der ich zugegen war, keine Namensmagie wirkte.«

Die Zuschauer im Saal begannen zu wispern und unruhig auf ihren Stühlen hin und her zu rutschen und auch die Richter beugten sich nun interessiert vor.

»Was meint Ihr mit ›keine Namensmagie wirkte‹?«, fragte Fingua Klighero. »Das ist unmöglich! Die Namensgebung ist per definitionem das Wirken und Entfalten der Namensmagie beim Übergang einer Nummer zu einem Namen.«

»Nun, dieses Mal geschah ... gar nichts«, antwortete Uster Horin Nateri. »Der junge Mann veränderte sich nicht. Er wuchs nicht, veränderte nicht die Gestalt oder erlangte die Attribute seiner Dynastie. Er ließ nicht auch nur den Funken einer Namensmagie erkennen. Es war, als hätte man ihn mit einem beliebigen Namen angesprochen.«

»Mit einem Namen, der nicht der Seine ist«, stellte Molli Nateri noch einmal klar, als wäre die Formulierung seines Namensvetters missverständlich gewesen.

»Ja. Es war *das* Gesprächsthema nach der Zeremonie, kann ich dir sagen. Auffällig war auch, dass der Name Tirasan Passario allen Anwesenden unbekannt war. Wie kann das sein? Ein zweiteiliger Name, der niemandem etwas sagt und von dessen Dynastie noch niemals jemand etwas gehört hat? Das konnte nur Betrug sein!«

»Habt Ihr den Vorfall zur Sprache gebracht, um ihn aufzuklären?«, ergriff die noch immer verhüllte Lostaria Imlanda das Wort.

»Nein«, gab der Zeuge zu. »Das tat ein anderer. Nämlich Baro Derada, der heute ebenfalls hier im Saal sitzt.«

Wieder gab es Getuschel und viele Zuschauer beugten sich neugierig vor, um den bekannten reisenden Händler im Saal ausfindig zu machen.

»Bitte erhebt Euch, Baro Derada!«

Bei Molli Nateris Aufforderung drehte ich mich leicht zu meinem Freund um. Kandara Hero hatte uns gewarnt, dass die Anklage versuchen könnte, Baro als Zeugen gegen mich zu verwenden, daher kam dies nicht überraschend.

»Bitte weist Euch aus!«

»Ich bin Baro Derada«, sagte er und legte zum Beweis die Hand auf sein Wappen, das magisch glühte.

»Ihr wart ebenfalls bei der Namensgebung anwesend und habt als Erster den Verdacht geäußert, es wäre bei der Namensgebung von Tirasan Passario nicht mit rechten Dingen zugegangen. Verstehe ich das richtig?«, fragte Molli Nateri.

»Ja«, gab Baro widerwillig zu. »Das stimmt. Doch dies geschah nur aufgrund eines Streits, den ich mit Tirasan Passario hatte. Ich wollte ihn verletzen, aber keinesfalls die Ellusan der Korruption bezichtigen.«

»Euer Verhältnis zu Tirasan Passario war zu der Zeit angespannt, verstehe ich das richtig?«, warf Kandara Hero beiläufig ein.

»Ja, wir waren zusammen aufgewachsen und als Nummern ständig zerstritten. Als Namen haben wir jedoch unsere Zwistigkeiten von einst beilegen können. Ich schätze Tirasan Passario mittlerweile als Freund.«

Das war nicht das, was Molli Nateri hatte hören wollen. »Aber Tirasan Passario zeigte keinerlei Namensmagie, sagt Ihr?«

»Nun ja, nicht zu dieser Zeit«, sagte Baro.

»Ihr dürft Euch wieder setzen«, erklärte Molli Nateri. »Wir werden als nächste Zeugin Lorina Ellusan hören, die die Namensgebung durchgeführt hat.«

»Entschuldigt, aber ich hätte noch eine Frage an den Zeugen, wenn Ihr gestattet«, warf Kandara Hero höflich ein. »Darf ich?«

»Natürlich.«

»Uster Horin Nateri. Seid Ihr Euch sicher, dass der anwesende Tirasan Passario und der junge Mann, dessen ausbleibende Namensmagie in Tummersberg für eine derartige Aufregung gesorgt hat, ein und dieselbe Person sind? Könnt Ihr das bezeugen?«

Worauf wollte die Anwältin hinaus?

»Ja«, sagte Uster, der anscheinend genauso verwirrt war wie ich. »Das kann ich bezeugen.«

»Gut«, sagte Kandara zufrieden. »Schließt nun die Augen und beantwortet meine Frage: Wie groß war der Tirasan Passario aus Tummersberg?«

»Nun, er war ziemlich klein. Wenn ich schätzen muss... vielleicht 1,50 Meter?«, sagte Uster unsicher und ich begriff, worauf meine Anwältin hinaus wollte. »Keinesfalls größer als 1,60 Meter.«

»Gut, vielen Dank, dann könnt Ihr nun wieder die Augen öffnen. Tirasan, hättet Ihr bitte die Freundlichkeit, Euch zu erheben?«

Ich tat es und Gilmaja Tolbo kniff sofort die Augen zusammen. »Wie groß bist du, Tirasan?«

»1,65 Meter«, antwortete ich. »Ich hatte vor einiger Zeit einen Wachstumsschub durch das verzögerte Einsetzen meiner Namensmagie.«

»Ein verzögertes Einsetzen der Namensmagie?«, echote Molli Nateri ungläubig. »Davon habe ich noch nie gehört! Könnte es nicht eher im Zuge der Tatsache geschehen sein, dass Ihr in der Zwischenzeit Euren wahren Namen erfahren habt?«

»Ich würde gerne Lorina Ellusan zu dieser Angelegenheit hören«, warf Gilmaja Tolbo ein.

»Sie ist hier?«, fragte Bicker Rernber überrascht. Er hörte auf, sich die Nägel zu lackieren, und schaute interessiert zur Tür.

»Ja, wir haben sie rufen lassen.«

Leises Murmeln brach unter den Zuschauern aus, als Lorina Ellusan den Saal betrat. Sie wirkte ernst. Das warmherzige Lächeln, mit dem sie mich bei der Namensgebung bedacht hatte, war aus ihren Zügen gewichen. Aber dafür, dass sie eigentlich zusammen mit mir angeklagt war, wirkte sie ziemlich gelassen. Ihre Namensmagie ließ nur ein sanftes Wispern erklingen.

»Lorina Ellusan«, begann Molli Nateri langsam. »Ihr habt damals die Namensgebung durchgeführt. Könnt Ihr schwören, dass Ihr Eure Aufgabe gewissenhaft erfüllt habt und dass dieser junge Mann hier vor uns Tirasan Passario ist?«

»Ja.«

»Seid Ihr Euch tatsächlich sicher? Ein Irrtum ist ausgeschlossen? Es gibt keinen … Fehler, den Ihr vielleicht nachträglich berichtigen möchtet?«

Lorina Ellusan kniff kurz die Augen zusammen, als der Nateri sie indirekt der Unfähigkeit und der Korruption beschuldigte, blieb aber ruhig. »Ich bin mir sicher. Dies ist Tirasan Passario«, bekräftigte sie.

»Lorina Ellusan«, sagte Kandara Hero und erhob sich. »Wie erklärt Ihr Euch als Namensfinderin das Fehlen sichtbarer Anzeichen von Tirasans Namensmagie bei seiner Namensgebung?«

»Das ist richtig, die *sichtbaren* Anzeichen fehlten«, stellte die Namensfinderin klar. »Aber für mich als Ellusan und für jeden anderen Magier im Saal war das Erwachen von Tirasans Namensmagie deutlich erkennbar.«

»Aber hätten dann nicht alle die Namensmagie sehen müssen?«, fragte Kandara verwirrt.

»Nein. Wie ich den Leuten immer wieder gerne erkläre, ist Namensmagie nicht laut oder bunt wie ein Feuerwerk. Namensmagie ist Erkenntnis. Wissen, das sich entfaltet. Das macht die Namensgebung bedeutsam. Alles andere sind nur unwichtige Begleiterscheinungen der Namensmagie.«

»*Unwichtige Begleiterscheinungen?*«, fragte Molli Nateri ungläubig.

»Das habe ich gerade gesagt. Hört Ihr nicht zu?« Langsam konnte Lorina Ellusan ihre Gereiztheit nicht mehr verbergen. »War es das? Oder wollt Ihr mich noch der Korruption und des Amtsmissbrauchs beschuldigen? Falls nicht, würde ich mich nämlich wieder zurück in meine Heimat begeben, um die Namensgebungen nachzuholen, die ich wegen Eurer lächerlichen Anklage verschieben musste!«

»Wir haben keine weiteren Fragen. Du kannst gehen. Danke«, erklärte Gilmaja Tolbo und Molli Nateri schnappte neben ihm empört nach Luft. Bevor er jedoch protestieren konnte, hatte die Namensfinderin den Saal verlassen.

»Nun, bislang habe ich keinen Beweis gesehen oder gehört, dass Tirasan Passario nicht derjenige ist, der er zu sein behauptet«, erklärte Kandara Hero. »Worauf stützt Ihr Eure Anklage? Und falls dieser junge Mann nicht Tirasan Passario ist, wer soll er dann sein?«

»Eine gute Frage«, meinte Gilmaja Tolbo. Der Leiter des Gefängnisses sah zu seinem Mit-Richter Molli Nateri hinüber. »Wo ist Najedo Ellusan, der die Anklage ausgesprochen hat?«

»Nun, er ist hier im Saal.«

Ein paar Reihen hinter mir rutschte ein Stuhl über die Dielen, als er zurückgeschoben wurde.

»Bitte komm nach vorn, Najedo«, bat Gilmaja Tolbo. Der oberste Namensfinder wirkte leicht pikiert angesichts dieser vertraulichen Anrede und vereinzelt kam Gekicher im Saal auf. »Du hast vor einer Woche Tirasan Passario angeklagt und verhaften lassen.«

»Wir hatten eine Warnung aus verlässlicher Quelle erhalten, dass ein Betrüger unterwegs zum großen Namensarchiv war, der sich fälschlicherweise als Tirasan Passario ausgeben würde«, erklärte der Leiter der Ellusans. Aber für mich klang er selbst nicht mehr so überzeugt von seiner Anklage. Der bisherige Prozess hatte Zweifel in ihm aufkommen lassen.

»Bitte schildert uns, was geschah, als Tirasan Passario zum großen Namensarchiv gekommen ist«, bat Kandara Hero. »Ihr habt versucht, ihn zu identifizieren, und dann festgestellt, dass er ein Betrüger ist. Verstehe ich das richtig?«

Najedo Ellusan zögerte mit seiner Antwort, während der gesamte Saal ihn gespannt beobachtete. »Nun, das nicht«, gab er schließlich zu.

»Du hast seinen Namen nicht mithilfe deiner Magie überprüft?«, fragte Gilmaja Tolbo scharf. »Du hast einfach wild mit Anklagen um dich geworfen?«

»Nun, ich hatte Informationen ...«

»Aus einer verlässlichen Quelle. Ja, ja!«, schnaubte der Offizier, der nun wenig erfreut wirkte. »Die Quelle würde ich gerne mal befragen!«

»Zunächst einmal geht es hier um die Aussage von Najedo Ellusan«, versuchte Molli Nateri den Prozess wieder an sich zu reißen.

»Das stimmt«, pflichte ihm meine Anwältin bei. »Ich möchte gerne, dass Najedo Ellusan nun zweifelsfrei erklärt, wer dieser junge Mann ist. Namensfinder, waltet Eures Amtes!«

Zustimmendes Gemurmel ertönte und die Richter begannen nacheinander zu nicken.

Es war merkwürdig, Najedo Ellusan nun in die Augen zu sehen. Wir hätten beide den Blickkontakt am liebsten vermieden. Dies war der Mann, der beinahe mein Leben ruiniert hätte! Ich versuchte, meine Wut zu unterdrücken, als ich ihm nun die Hand reichte.

Ich spürte, wie der Namensfinder seine Magie nach mir ausstreckte und tief Luft holte. »Dies ist in der Tat Tirasan Passario«, erklärte er.

Meine Freunde hinter mir, die schon den Freispruch witterten, jubelten.

»Dann spricht also nichts dagegen, Tirasan Passario offiziell als solchen anzuerkennen?«, hakte Kandara Hero jedoch plötzlich nach. »Der Name Tirasan Passario wurde nicht etwa verboten?«

Der ganze Saal holte erschrocken Luft und ich erschauderte. Ein verbotener Name? Konnte das sein? Hatte ich in einem früheren Leben eine so schreckliche Tat begangen, dass mein Name aus den Archiven aller Länder und aus dem Gedächtnis der Bevölkerung gelöscht worden war? War dies der Grund, dass niemand meinen Namen kannte?

»Nein, der Name Tirasan Passario steht nicht auf der Liste der verbotenen Namen«, antwortete Najedo Ellusan.

»Und seid Ihr Euch ganz sicher? Der Name könnte auch nicht zu einem verfallenen Namen erklärt worden sein?«, wollte meine Anwältin auf Nummer sicher gehen.

»Gute Frau!«, erwiderte der Ellusan nun unwirsch. »Ich bin der Leiter des großen Namensarchivs von Himmelstor! Ich kenne jeden verbotenen Namen und den Grund für sein Verbot! Glaubt mir, wenn ich Euch erkläre, dass Tirasan Passario nicht dazu gehört! Und ein verfallener Name? Das ist doch lächerlich! Namen können nicht *verfallen*! Namensmagie lebt ewig. Kein Gericht der Welt würde jemals einen Namen für verfallen erklären!«

Kandara lächelte breit. »Nicht?«, fragte sie triumphierend und streckte die Hand fordernd zu einem ihrer Assistenten hinter ihr aus, der ihr ein Blatt Papier reichte.

»Wie kommt es dann, dass ich hier in meiner Hand einen Antrag auf Namensverfall halte, der Namen grundsätzlich nach Ablauf einer gewissen Zeit, in welcher der Name keinen Träger hatte, für verfallen erklären will? Und der als Beispiel den Namen Tirasan Passario anführt?«

Die Richter sprangen aufgeregt von ihren Stühlen auf.

Gilmaja Tolbo schwang sich über den Tisch und ging auf meine Anwältin zu. »Zeig her!«, forderte er.

»Was steht da?«, wollte Fingua Klighero wissen.

»Es ist in der Tat ein Antrag auf allgemeinen Namensverfall und den Namensverfall von Tirasan Passario im Speziellen, der vor knapp hundert Jahren vom Gericht in Himmelstor bewilligt wurde«, erklärte der Offizier und Vertreter der großen Dynastie, nachdem er das Blatt überflogen hatte.

Ich fühlte mich, als hätte er mich in den Magen geboxt. Dann war ich *nicht* Tirasan Passario? Wie konnte das gehen? Wer sollte ich dann sein?

»Das verstehe ich nicht«, sagte ich und plötzlich starrten mich alle an.

»Erzählt auch den Rest!«, forderte Kandara Hero ihn auf.

»Es wurde eine Frist für die Vollstreckung des Namensverfalls gesetzt. Sollte der Name Tirasan Passario einhundert Jahre nach der Bewilligung des Antrags keinen neuen Träger gefunden haben, nachdem der Name bereits schon so lange nicht vergeben war, so sollte er offiziell als verfallen und verstorben erklärt und all sein Besitz neu aufgeteilt werden«, erklärte Gilmaja Tolbo. »Und die Frist verstreicht Ende diesen Jahres.«

»Was den Antrag irrelevant macht, da Tirasan Passario ja hier vor uns steht«, schlussfolgerte meine Anwältin zufrieden. »Ich fordere hiermit, die Genehmigung des Antrags für ungültig zu erklären.«

»Dafür«, sagte Gilmaja Tolbo sofort. »Wer ist ebenfalls dafür?«

Die Hände von Fingua Klighero und Bicker Rernber, der wirkte, als hätte er sich köstlich unterhalten, schossen sofort in die Höhe. Die Hand von Lostaria Imlanda folgte langsamer.

»Und damit ist der Antrag ungültig«, sagte Gilmaja Tolbo und richtete dann sein Wort an mich. Zum ersten Mal lächelte er. »Tirasan, du bist frei.«

13 ANTWORTEN UND NEUE FRAGEN

»Der Besitz eines Namens ist ohne dessen Zustimmung unveräußerlich. Dies gilt sowohl zu seinen Lebzeiten als auch zu seinen Todeszeiten.«

(Paragraph 1 des Regelwerks der Erbverwaltung von Mirabortas)

Ich stand da wie betäubt, als der Saal hinter mir in Jubel ausbrach. Das war's? Ich war frei? Irgendwie konnte ich es noch nicht fassen.

Als Nächstes bemerkte ich, wie Rustan mir auf die Schulter klopfte, und plötzlich waren auch meine anderen Freunde da und umarmten mich, während die Richter den Saal nach und nach verließen. Gilmaja Tolbo kam kurz zu mir. »Ich wollte dich darüber informieren, dass ich einen Trupp Grekasols zu deinem Schutz abkommandiert habe«, erklärte er zu meiner Überraschung. »Solange die Gefahr eines erneuten Kurbabu-Überfalls nicht beseitigt ist, gehe ich kein Risiko ein.«

»Äh, vielen Dank«, erwiderte ich verwirrt, während er mir kurz zunickte und anschließend den Gerichtssaal verließ.

»Euch danke ich ebenfalls von ganzem Herzen«, wandte ich mich an Kandara Hero.

»Unsinn, Tirasan, das hätte jeder gute Hero mit gesundem Menschenverstand geschafft!«, wehrte sie ab.

»Aber Ihr habt den Antrag auf Namensverfall gefunden«, wandte Baro ein.

»Steht in dem Antrag vielleicht noch etwas mehr über Tir?«, wollte Nelia wissen und mein Herz begann vor Aufregung schneller zu schlagen.

Die Anwältin seufzte, als sie unsere hoffnungsvollen Gesichter sah. »Nicht wirklich«, meinte sie. »Lediglich, dass Tirasan Passario im Jahr 21 verstorben ist und der Name seitdem keinen Träger mehr hatte. Was eine ungewöhnlich lange Zeit ist, wie mir die Elluren erklärt haben.«

»Das heißt, mein Name stammt aus der Entstehungszeit der Dynastien?«, fragte ich erstaunt. Ich hatte Gerunders Bemerkung, dass mein Name aus dieser Zeit stammen könnte, nicht ernst genommen, weil mein Freund sich nicht sicher gewesen war. Aber anscheinend hatte er doch Recht gehabt.

»Steht auf dem Antrag auch, von wem er gestellt wurde?«, fragte Rustan argwöhnisch.

»Ja«, antwortete Kandara Hero. »Aber ich bezweifle, dass es der Name desjenigen ist, der es auf Tirasan abgesehen hat. Wenn er auch nur einen Funken Intelligenz besitzt, dann hat er den Antrag von einem Mittelsmann stellen lassen.«

Das half uns also auch nicht weiter. Dennoch bedankte ich mich noch einmal bei ihr, bevor sie sich verabschiedete und auch wir den Saal verließen. In dem Moment brach die Erschöpfung über mich herein und ich hätte im Stehen einschlafen können.

»Ich habe draußen eine Kutsche«, meinte Baro stolz und lotste uns zum Ausgang. Ein Dutzend Grekasols begleitete uns, bahnte uns einen Weg durch die jubelnde und singende Menge und stieg draußen auf ihre Pferde, nachdem ich unter den gebrüllten Fragen von gut zwei Dutzend Elluren in die Kutsche gestolpert war.

Meine Freunde lächelten. »Dein Lied hat wirklich sehr gut funktioniert«, sagte Nelia zu Allira und mir wurde klar, dass mir hier gerade etwas entging.

»Was?«

»Hast du gerade nicht zugehört?«, fragte Rustan. »Sie haben den Refrain aus dem Loblied gesungen, das Allira zusammen mit uns geschrieben und noch um ein paar Strophen ergänzt hat.«

»Deshalb war ich auch so selten bei euch im Gefängnis«, erklärte Allira beinahe entschuldigend. »Ich habe versucht, so vielen Leuten wie möglich von dir zu erzählen und ihre Sympathien zu erringen. Was meinst du, warum heute so viele Zuschauer da waren?«

Ich war gerührt. Das hatte ich nicht erwartet. »Danke«, flüsterte ich.

Rustan ließ mich nicht am Fenster sitzen, daher wusste ich nicht, wohin wir fuhren, doch wir mussten zwei oder drei Terrassen über dem Gerichtsgebäude sein, als wir unser Ziel erreichten.

»Willkommen bei mir zu Hause!«, sagte Baro mit stolzgeschwellter Brust. Und er hatte auch allen Grund dazu.

Sein Haus war ein modernes, großzügiges Anwesen aus Backstein und mit einem Ziegel- statt einem Reetdach, das sehr gepflegt aussah und von einem kleinen Park und hohen Mauern umgeben war. Sicherheit schien für die großen Namen in Himmelstor besonders wichtig zu sein. Ich hatte noch kein bedeutendes Gebäude gesehen, das nicht eingezäunt oder bewacht war.

Das Haus selbst hatte nur vier Stockwerke und war damit kleiner als die Paläste auf den obersten Terrassen. Aber was ihm an Prunk fehlte, das machte es durch Stil und Gemütlichkeit wett. Ich seufzte zufrieden, als Baro Rustan und mich durch sein Zuhause führte. Die Grekasols hatten am Tor ihren Posten bezogen.

»Allira, Nelia und ich sind erst gestern eingezogen«, erklärte er. »Es hat ein paar Tage gedauert, bis die Vormieter ihr neues Haus beziehen konnten und wir mit der Erbverwaltung geklärt hatten, wem was gehört. Zum Glück sind die meisten Möbelstücke mein Besitz und auch die Gemälde, so dass ich nur ein paar wenige Einrichtungsstände aus einem Lager herschaffen lassen musste. So ging es dann glücklicherweise doch ganz schnell.«

Baro gab uns eine kleine Führung durchs Haus, doch inzwischen war ich so müde, dass ich mich am nächsten Morgen noch einmal in Ruhe würde umschauen müssen, um mir alles einzuprägen. Das Haus verfügte über sieben Gästezimmer und wir hatten die freie Wahl. Rustan wählte zwei nebeneinander liegende im dritten Stock, in dem auch Nelia wohnte, für uns aus. Anscheinend konnte er auch jetzt, wo wir in Sicherheit waren, nicht aufhören auf mich aufzupassen.

Ich schlief tief und fest in dieser Nacht. Um einiges besser als im Gefängnis, wo mich die Gedanken und Sorgen stets nie lange hatten schlafen lassen.

Am nächsten Morgen fühlte ich mich beinahe wie ein neuer Mensch, als ich mich zu den anderen an den Frühstückstisch in den kleinen Speisesaal im Erdgeschoss begab, auch wenn ich nach all der Aufregung des gestrigen Tages für einen Moment unsicher war, wie es jetzt weitergehen sollte.

»Du musst nochmal zum großen Namensarchiv«, erklärte mir Nelia. »Der Ellusan hat vergessen, dich gestern offiziell zu bestätigen. Und du musst dich ausweisen können, wenn du zur Erbverwaltung willst.«

Ich lächelte aufgeregt. »Vielleicht finde ich ja jetzt endlich heraus, wer ich bin! Hat einer von euch gehört, ob es möglicherweise noch andere Passarios gibt?«, wandte ich mich an meine Freunde.

Sie wussten es nicht, aber ich erhoffte mir Antworten vom großen Namensarchiv. Um dorthin zu gelangen, nahmen wir Baros Kutsche, die unterwegs von meinem Grekasol-Geleitschutz flankiert wurde. Während es alle paar hundert Meter Treppen für Fußgänger gab, welche die Terrassen miteinander verbanden, mussten Kutschen oft kilometerweit fahren, bis sie eine der Straßen erreichten, die eine Ebene hinauf oder hinab führten. Es war somit nicht die schnellste Art, in der Stadt unterwegs zu sein, aber die bequemste.

Wir benötigten etwa eine halbe Stunde bis zum großen Namensarchiv und es war schon fast Mittag, als Biras Polliander unsere Kutsche aufs Gelände des großen Namensarchivs winkte. Offenbar hatte er uns erwartet, denn er wirkte ungeduldig und aus irgendeinem Grund leicht angespannt.

»Rustan und Tirasan, willkommen zurück«, empfing er uns und ignorierte Baro und unsere Freundinnen. »Ich freue mich, dass sich der Verdacht als falsch herausgestellt hat. Aber nun solltet ihr zusehen, dass ihr das Gebäude betretet.«

»Was ist passiert?«, fragte Rustan scharf, der plötzlich die Hand auf seinem Schwert hatte und sich aufmerksam zu allen Seiten hin umsah. »Gab es Morddrohungen gegen Tir?«

»Nein, nicht gegen Tir«, sagte sein Namensvetter. »Aber Najedo Ellusan ist gestern Abend ermordet worden.«

»*Was?*«

»Jemand hat einen Zeugen ausgeschaltet«, vermutete Rustan grimmig und drängte mich sofort zur Eingangstür. »Beweg dich, Tir! Dein Erzfeind ist immer noch da draußen und nun hat er es uns noch schwerer gemacht, ihn zu finden.«

Ich folgte erschüttert seinem Befehl und stolperte ins Gebäude, wo uns zu meiner großen Überraschung Lorina Ellusan erwartete.

»Wolltet Ihr Euch nicht auf den Weg zurück machen?«, fragte ich sie verdutzt.

Sie seufzte. »Das hatte ich eigentlich auch vor. Doch da mein Kollege ermordet wurde, wurde ich heute Morgen zur neuen Anführerin der Ellusans ernannt. Von heute an leite ich das große Namensarchiv«, verkündete sie und klang nicht glücklich.

Doch der Moment der Bitterkeit verflog, als sie mich ansah. »Aber ich freue mich, dass wir uns wiedersehen, Tirasan«, strahlte sie. »Und nun habe ich die Ehre, dich ganz offiziell als Tirasan Passario zu bestätigen.«

Sie gab den Schreibern hinter ihr ein Zeichen. Einer der Ellubis griff zur Feder, während sie mit ihrer Magie in meine Seele griff und ein Stückchen meiner Namensmagie auf mein Wappen legte. Es glühte, als ich ehrfürchtig meinen Namen flüsterte.

»Nirila Ellutor, bitte führe unsere Gäste durch das Archiv«, bat sie eine der anwesenden Namensarchivarinnen.

Eine mollige Frau von Mitte dreißig nahm uns herzlich im Empfang. Ihre Wangen glühten vor Aufregung. »Bitte folgt mir!«, rief sie.

Sie führte uns den Gang entlang, tiefer ins Gebäude hinein. Wir kamen an ein paar Räumen vorbei, in denen

Namensarchivare, Bibliotheksassistenten und Namensforscher eifrig an der Arbeit waren. Ihre Federn kratzten über das Papier, das beim Umblättern raschelte. Der Geruch von frischem Leim aus einer kleinen Buchbinderei, in der anscheinend alte Bände notdürftig repariert wurden, überdeckte kurz darauf den angenehmen Geruch nach altem Papier. Ich hätte nur zu gerne gefragt, was sie alle machten, aber ich traute mich nicht.

»Ich muss gestehen, ich bin wirklich aufgeregt, dass ich es bin, die Euch herumführen darf, Tirasan Passario«, sagte die Ellutor und schenkte mir ein Lächeln. Das hatte ich auch noch nicht erlebt, dass jemand so sehr von meiner Person eingenommen war, dass er Rustan, Baro, Allira und Nelia komplett ignorierte. Es war mir unangenehm und ich wechselte einen Blick mit Rustan, der verständnisvoll lächelte.

»Ihr habt von mir gehört?«

»Aber ja!«, rief sie. »Der Prozess ist *das* Gesprächsthema in Himmelstor. Und unter uns: Es ist erstaunlich, wie sehr Ihr und Lorina Ellusan Euch ähnelt. Ich hatte es bisher nicht geglaubt, aber es scheint doch etwas Wahres an den Berichten der allerersten Elluren zu sein, dass sich Kinder und ihre leiblichen Eltern ähnlich sehen.«

Ich blieb stehen, während ich versuchte, der Plapperei der fröhlichen Ellutor einen Sinn zu entnehmen. »Soll das etwa heißen, dass Lorina Ellusan meine *Mutter* ist?!«, fragte ich schockiert.

Meine Freunde und die Namensarchivarin drehten sich

zu mir um. Verwunderte Blicke wanderten zwischen ihr und mir hin und her.

»Wusstet Ihr das etwa nicht?«, fragte Nirila Ellutor schließlich erstaunt. »Huch! Nun, die Ellusan hat uns heute Vormittag von dem Prozess erzählt und wie sie Euch damals bei der Namensgebung sofort wiedererkannt hat. Wusstet Ihr, dass es nicht ungefährlich ist, wenn ein Ellusan ein Kind bekommt? Denn ein Ellusan kennt ab dem ersten Moment den Namen seines oder ihres Kindes. Sonst wäre sie oder er kein Ellusan. Daher werden Kinder von Ellusans auch viel früher in die Schulen gegeben als alle anderen Kinder. Lorina Ellusan sagte, Ihr wart erst vier Wochen alt, als sie Euch weggeben musste. Doch die Gefahr war mit jedem Tag größer geworden, dass sie Euch mit Eurem Namen ansprechen und Euch dadurch töten würde. Aber sie meinte, dass sie häufig an Euch gedacht und auf den Tag gewartet hat, an dem sie von Tirasan Passario hören würde. Dass sie es selbst sein würde, die Eure Namensgebung vornehmen würde, das hatte sie nicht geahnt.«

»Ich habe eine Mutter«, flüsterte ich überwältigt.

Ich wusste, welches Glück ich hatte. Die Wahrscheinlichkeit, jemals etwas über die eigenen Eltern zu erfahren, ging gegen null. Es bestand normalerweise keine Beziehung zwischen Eltern und Kindern. Aber nun zu erfahren, dass meine Mutter nicht nur von mir wusste, sondern dass sie auch häufig an mich dachte, das war … ich fand keine Worte, um zu beschreiben, was ich fühlte.

Der Ellutor schien es plötzlich unangenehm zu sein, dass

sie die Geheimnisse ihrer Vorgesetzten ausgeplaudert hatte, denn sie drängte uns weiterzugehen und plapperte in einem fort weiter.

»Und nun kommen wir zur Halle der Auskunft«, verkündete sie. »Was wollt Ihr als Erstes wissen?«

Ich wusste nicht, was ich erwartet hatte, aber auf jeden Fall nicht einen riesigen Saal, der sich über alle oberirdischen Stockwerke des Gebäudes erstreckte und voller Aktenschränke mit Karteikarten war. Wer sollte sich denn hier zurechtfinden? Und das hier war lediglich die Auskunft? Wie sah es dann in den anderen Gebäuden aus?

»Ich würde gerne etwas über meinen eigenen Namen erfahren, Rustan Polliander«, bat mein Freund, der sich bisher im Hintergrund gehalten hatte. Ich lächelte ihn kurz an und folgte dann seinem Beispiel.

»Ich würde ebenfalls gerne erfahren, was es zu meinem Namen in den Archiven gibt. Außerdem möchte ich wissen, ob es noch andere Passarios gibt«, sagte ich und meine Hände schwitzten vor Aufregung.

»Sehr gerne«, meinte die Namensarchivarin. »Wollen wir mit Euch anfangen, Tirasan?«

Rustan nickte ergeben und sie führte uns über eine Wendeltreppe mehrere Emporen nach oben. Von hier hatten wir einen noch besseren Überblick darüber, wie tief die Aktenschränke in die Gänge hineinstanden.

»Ist dieses ganze Gebäude nur die Auskunft?«, fragte Rustan verwundert.

»Ja, in der Tat. So, hier sind wir nun bei T-I-R angelangt.

Ihr dürft gerne mit Ausschau halten, ob Ihr den Namen Tirasan Passario entdeckt.«

Nirila Ellutor öffnete den Aktenschrank und zog die Schubladen ganze zwei Meter heraus. Doch ich konnte erkennen, dass sie noch nicht einmal vollständig ausgezogen waren. Jeder einzelne Zentimeter enthielt ein Dutzend großer Karteikarten, deren Einträge alle mit den Buchstaben T-I-R begannen.

Keiner von meinen Freunden wirkte sonderlich motiviert angesichts unserer Aufgabe. Aber zum Glück waren die Karten penibel alphabetisch sortiert und wir fanden meine schon innerhalb der ersten zehn Zentimeter.

»Bitte nicht die Karten aus den Schränken nehmen! Sie müssen in genau dieser Reihenfolge bleiben!« Die Ellutor flatterte aufgeregt um uns herum und nahm dann meine Karte aus dem Schrank, ohne zu bemerken, dass sie eben ihrer eigenen Anweisung zuwider gehandelt hatte.

»Oh!«, rief sie.

»Was ist?«, fragten wir aufregt. »Was steht da?«

»Tirasan Passario: Name aus dem Beginn der Dynastien, verstorben im Jahr 21. Keine Aufzeichnungen vorhanden«, las sie vor und bodenlose Enttäuschung machte sich in mir breit.

»Es tut mir sehr leid«, sagte sie. »Leider reichen unsere Aufzeichnungen nur in Einzelfällen in die Entstehungszeit der Dynastien zurück. Das Namensarchiv wurde im Jahr 10 gegründet und hatte damals noch zu wenige Mitarbeiter, um jeden zu erfassen, der zur damaligen Zeit lebte.«

»Ich verstehe«, sagte ich mit belegter Stimme. Ich schämte mich nicht dafür, dass ich mit den Tränen kämpfte. Damit hatte ich einfach nicht gerechnet.

»Kommt, vielleicht habt Ihr bei Eurer zweiten Suche mehr Glück!«

Sie führte uns in eine andere Etage, die anscheinend nur für die Listen der Mitglieder einer Dynastie reserviert war, und suchte dann persönlich nach der Dynastie Passario. Doch – Überraschung! – die Liste enthielt nur ein Blatt mit einem einzigen Namen: meinem.

»Das habe ich ja noch nie erlebt!«, murmelte die Namensarchivarin ratlos. »Nur ein Name? Wie geht das denn?«

Es war ihr sehr unangenehm, dass sie mir überhaupt nicht helfen konnte, und ich musste mich zwingen, etwas Eifer an den Tag zu legen, als wir uns auf die Suche nach den Aufzeichnungen zu Rustan machten. Doch das fiel mir umso schwerer angesichts der Tatsache, dass die Elluren ganze *acht dicke Bände* zu Rustans früheren Leben vollgeschrieben hatten.

»Kann ich sie mir ausleihen?«, fragte Rustan.

Man hätte glauben können, Rustan hätte die Namensarchivarin etwas Unanständiges gefragt, denn sie wirkte vollkommen schockiert.

»Unmöglich!«, rief sie. »Die Aufzeichnungen müssen zu jeder Zeit – ZU JEDER ZEIT! – im großen Namensarchiv bleiben! Die meisten dieser Bände sind Unikate. Unsere Ellubis kommen gar nicht mit dem Abschreiben hinterher. Nicht ohne Grund beschäftigen wir Dutzende von Wellbanns und Wabloos, die uns vor Feuer und anderen Katastrophen, welche die Aufzeichnungen bedrohen, beschützen. Nicht auszumalen, was passieren könnte, wenn das Namensarchiv zerstört wird!«

»Entschuldigung«, sagte Rustan verlegen. »Das wusste ich nicht. Darf ich dann vielleicht zu einem späteren Zeitpunkt wiederkommen? Das alles kann ich nicht heute lesen.«

»Aber selbstverständlich«, antwortete Nirila Ellutor, die sich nun ein bisschen beruhigte. »Wartet, ich schreibe Euch das Gebäude, das Stockwerk, den Raum, das Regal, das Regalfach und die Nummern auf, wo wir uns befinden. Dann könnt Ihr beim nächsten Mal direkt hierher kommen.«

Als wir zurückgingen, fiel mir nun auch zum ersten Mal das Misstrauen auf, mit dem die zahlreichen Ellubis jeden Besucher beäugten. Ein paar von ihnen stellten sofort jegliche andere Arbeit ein, sobald ein Besucher in der Nähe war, und beobachteten ihn ununterbrochen. Sie schienen wirklich große Angst zu haben, dass jemand etwas mit den Aufzeichnungen anstellen könnte.

Knapp anderthalb Stunden, nachdem wir das große Namensarchiv betreten hatten, verließen wir es auch schon wieder. Baro, Allira und Nelia hatten ja bereits vor einer Woche Nachforschungen über sich selbst angestellt und waren dieses Mal nur aus Neugier mitgekommen. Lorina Ellusan kümmerte sich gerade um neue Namensträger, sonst wäre ich garantiert stehen geblieben, um mit ihr zu sprechen. Ich konnte es immer noch kaum glauben, dass sie meine Mutter war.

»Die Ellutor hat wirklich Recht«, sagte Rustan nachdenklich. »Ihr seht euch ähnlich. Ihr habt dieselben Augen, dieselben Haare und sogar dieselbe Ausstrahlung.«

Auch Baro, Nelia und Allira ließen zweifelnde Blicke zwischen mir und der Namensfinderin hin und her wandern. Sie schienen die Ähnlichkeit nicht zu sehen.

»Ihre Augen und Haare sind halt braun«, wandte Baro skeptisch ein. »Aber wenn das etwas zu bedeuten hätte, dann könnten viele Männer und Frauen Tirasans Eltern sein. Meinst du nicht, dass die Ellutor das Ganze vielleicht erfunden hat? Sie schien ja eine richtige Tratschtante zu sein. Nicht dass du dir wieder vergeblich Hoffnungen machst, Tir.«

»Wahrscheinlich hast du recht«, gab ich leise zu. Ich sollte inzwischen eigentlich gelernt haben, nicht mehr zu hoffen, oder?

»Fahren wir gleich weiter zur Erbverwaltung?«, fragte Allira. »Oder habt ihr Hunger? Dann könnten wir etwas essen gehen. Und ich würde nachher auch noch gerne einkaufen.«

Nelia nickte. Prompt knurrte ihr Magen und sie errötete. Nach kurzer Diskussion beschlossen Rustan und ich, allein mit Baro zur Erbverwaltung zu fahren, während die beiden Frauen erst essen und dann einkaufen gehen wollten. Weder Rustan noch ich hatten so recht Hunger und das Frühstück war auch noch keine drei Stunden her.

Die Kutsche brachte uns zur Erbverwaltung. Wir hätten theoretisch auch zu Fuß gehen können, denn das große Namensarchiv und die Erbverwaltung befanden sich auf derselben Terrasse und waren nicht allzu weit voneinander entfernt. Aber wahrscheinlich hätten Rustan und die Grekasols, die mich bewachten, vehement protestiert, wenn ich das vorgeschlagen hätte. Überhaupt schienen Rustans Hände nie weit von seinen Waffen entfernt zu sein, die wir noch gestern Abend zusammen mit meinen und seinen Sachen von den Grekasols überbracht bekommen hatten.

Es hätte mich nicht wundern sollen, dass die Erbverwaltung fast genauso groß wie das große Namensarchiv war. Wo das Namensarchiv Unterlagen über jeden existierenden Namen – oder fast jeden, wie sich herausgestellt hatte – führte, so erfasste die Erbverwaltung penibel jeden einzelnen Besitz eines Namens. Aber nicht alle Namen hatten etwas zu vererben und zu verwalten.

Was mich nicht überraschte, war, dass die Erbverwaltung noch höhere Mauern hatte als das große Namensarchiv und noch stärker bewacht wurde. Von außen konnte man die Gebäude kaum einsehen. Hier ging es nicht nur um Informationen, hier ging es um richtig viel Geld und Vermögen.

Wir mussten durch drei verschiedene Tore fahren und uns mehrfach ausweisen, bis wir endlich den richtigen Eingang erreicht hatten. Hier wurden wir von einem niederen Uria begrüßt. Die Urias waren die Verwaltungsassistenten und unterstützten die Mosnarols, die eigentlichen Erbverwalter, bei ihrer Arbeit.

»Herzlich willkommen in der Erbverwaltung von Mirabortas«, begrüßte uns der junge Mann. »Bitte weist Euch aus und nennt mir Euer Anliegen.«

Rustan und ich legten unsere Hände auf unsere Wappen, um unseren Namen zu bestätigen, und erklärten anschließend, dass wir unseren Besitz einsehen wollten.

»Bitte folgt mir!«, forderte uns der Uria auf. Unsere Namen schienen ihn wenig zu beeindrucken, was ich ehrlich gesagt ganz erfrischend fand. Ich wollte nicht erneut im Mittelpunkt stehen, um dann eine Enttäuschung zu erleben. Ich hätte Rustan den Vortritt gelassen, aber jemand hatte andere Pläne.

»Macht Platz!«, rief ein Mann mit einer offiziell wirkenden Uniform, dessen lange schwarze Haare hinter ihm her wehten, als er auf uns zu rannte. Baro, Rustan und ich wichen ihm bereitwillig aus, doch der Mann blieb vor uns stehen.

»Tirasan Passario?«, fragte er mich ein wenig außer Atem. Ich nickte, während er sich den Schweiß von der Stirn wischte. »Ich habe gerade von den Wachen am Tor erfahren, dass Ihr bereits da seid. Ich hatte Euch frühestens heute Abend oder morgen Vormittag erwartet, sonst wäre ich persönlich anwesend gewesen, um Euch zu begrüßen. Bitte entschuldigt vielmals. Ich bin Ebloru Mosnarol, der Leiter der Erbverwaltung.«

»Sehr erfreut«, erwiderte ich unbehaglich. Ich verstand

nicht, warum dem Leiter der Erbverwaltung so viel daran lag, mich persönlich zu begrüßen. Das konnte doch kein gutes Zeichen sein, oder? »Das sind meine Freunde: Rustan Polliander und Baro Derada. Rustan möchte ebenfalls seinen Besitz einsehen.«

»Sehr erfreut«, erwiderte Ebloru Mosnarol und schien es auch so zu meinen, als er meinen Gefährten die Hand schüttelte. »Hat Euch mein Kollege bereits erklärt, welchem Zweck die Erbverwaltung dient und was wir hier machen?«

»Nein.« Baro hatte uns zwar schon auf der Fahrt kurz von seinem Besuch in der Erbverwaltung erzählt, aber weder er noch der Uria hatten bislang die Zeit gehabt, uns die Einzelheiten zu erläutern.

»Nun, wie Ihr ja wisst, wird jeder Besitz eines Namens vererbt – obwohl das eigentlich der falsche Begriff ist. Richtigerweise müsste man sagen, dass wir ihn verwalten, damit er später, in seinem nächsten Leben, dem neuen Träger seines Namens wieder in vollem Umfang zukommt. Um das zu gewährleisten führen wir genauestens Buch. Selbstverständlich müssen uns die Namen jeden kleinen und großen Besitz melden, sodass wir ihn verwalten können, wenn er ihnen im nächsten Leben wieder zugutekommen soll. Eine Ausnahme ist natürlich sterblicher Besitz.«

»Sterblicher Besitz?«, fragte ich.

»Kurzum: Pferde und anderes Vieh jeglicher Art. Je nachdem, was der Name zuvor in unseren Handlungsvollmachten festgelegt hat, verkaufen wir sterblichen Besitz und verwalten die Einnahmen aus dem Verkauf, nachdem ein Namensträger verstorben ist. Oder wir sorgen dafür, dass der komplette Besitz einen zuverlässigen Pächter erhält, und wachen darüber, dass der sterbliche Besitz in demselben Maß erhalten und gepflegt wird wie zu seinen Lebzeiten. Dies ist zum Beispiel der Fall bei Giferas, Ibares oder Terabees, deren Höfe ja von ihren Zucht- und Nutztieren leben.«

»Das heißt, Ihr habt von jedem Namen Handlungsvollmachten für deren Todeszeiten?«, fragte Rustan interessiert.

»Nun, nicht von jedem«, entgegnete Ebloru Mosnarol. »Aber in diesem Fall gilt: Jeder Besitz eines Namens ist ohne dessen Zustimmung unveräußerlich. Das heißt, wir erhalten diesen in jedem Fall. Natürlich werden jährlich Erbverwaltungsgebühr und Steuer fällig, mit denen Schulen, Rathäuser und andere öffentliche Ämter finanziert werden können. Aber diese Ausgaben werden in der Regel durch die Einnahmen abgedeckt, sodass niemand wiedergeboren wird und plötzlich bettelarm dasteht, obwohl er zuvor Vermögen hatte.«

»Das heißt, Ihr habt auch Tirs und mein Vermögen verwaltet?«, wollte Rustan wissen.

»In der Tat!«, rief der Leiter der Erbverwaltung und lachte. »Und ich freue mich sehr, dass Tirasan Passario zu meinen Lebzeiten die Erbverwaltung aufsucht. Folgt mir! Ich habe Euch einiges zu zeigen!«

Mir? Tatsächlich mir zu zeigen?

»Auf dieser Ebene findet Ihr übrigens die Verwaltungsgebäude. Alle Lagerhäuser, in denen Möbel, Gemälde, Kleingegenstände und dergleichen mehr aufbewahrt werden, befinden sich auf der zweiten und ein paar sogar auf der ersten Terrasse. Natürlich streng bewacht, damit nichts gestohlen wird«, erklärte der Mosnarol, während er uns durch die Gänge führte. Wir passierten das erste, dann das zweite Kellergeschoss und es ging noch tiefer hinab. Ich spähte neugierig die Treppe hinunter, die sich scheinbar endlos fortzusetzen schien.

Der Eindruck täuschte: In Wahrheit war die Erbverwaltung um einiges größer als das große Namensarchiv. Das hatte ich nicht vermutet.

Auf der untersten Ebene führte er uns zu einem großen Saal. Ich konnte nicht lesen, was auf dem Schild an der Tür stand, da uns Ebloru Mosnarol in den Raum scheuchte und dann die Tür hinter uns wieder abschließen wollte. Er hielt inne, als er merkte, dass sich außer uns noch ein Uria im Saal befand, der einen großen Stapel Bücher in den Armen trug.

»Lasst bitte alles liegen und verlasst den Saal«, bat ihn sein Vorgesetzter und der Mann gehorchte mit vor Überraschung aufgerissenen Augen.

»Was Ihr hier seht, Tirasan«, verkündete der Leiter der Erbverwaltung, während er die Tür abschloss, »sind die Unterlagen über Euren Besitz.«

Ich sah mich verwirrt um, erkannte aber nicht, was genau er meinte. Die Bücher auf dem Arbeitstisch im Eingangsbereich? Eins der Regale? Sie standen so dicht zusammengedrängt, dass Rustan mit seinen breiten Schultern Schwierigkeiten hätte, zwischen ihnen hindurchzugehen.

»Wie? Das alles hier in diesem Saal?«, fragte Baro ungläubig. Er war schwer beeindruckt.

»Das ist richtig«, sagte Ebloru Mosnarol, während mir plötzlich schwindlig wurde. Ich konnte es nicht fassen. Es waren unzählige, Hunderte Regale in diesem Saal mit Tausenden von Büchern! Wenn man bedachte, dass mein letztes Leben über 1200 Jahre zurücklag und die Erbverwaltung sich seitdem um alles kümmerte, musste das bedeuten, dass ich reich war!

»Darum also will dich jemand tot sehen«, sagte Rustan ganz leise, sodass nur ich ihn hörte.

»Natürlich haben wir nicht alle Unterlagen hier unterbringen können. Es gibt weitere Säle«, fuhr der Erbverwalter fort. Ich hatte den Punkt überschritten, wo ich noch irgendetwas davon erfassen und wirklich begreifen konnte. Noch weitere Säle? So groß wie dieser?

»Aber hier könnt Ihr Euch schon einmal einen ersten Eindruck verschaffen. Wo ist denn die Liste?«, murmelte er. »Ah, hier!«

Er führte uns an den Arbeitstisch, wo ein riesiges, viele Zentimeter dickes Buch aufgeschlagen lag. Er blätterte an den Anfang.

»Hiermit hat alles angefangen«, erklärte er und ich las einen schon ganz verwitterten Eintrag, dem man ansah, dass er unzählige Male mit Tinte vorsichtig nachgezogen worden war.

»Tirasan Passario: Besitzer des Herzogtums Himmelstor und der Burg Himmelstor.«

Ich taumelte. Sofort war Rustan da, um mich zu stützen. Mir gehörte Himmelstor? Sollte das etwa bedeuten: ganz Himmelstor?

»Was ist mit dem Herzogtum Himmelstor gemeint?«, fragte Baro gespannt, der im Gegensatz zu mir nicht überfordert war. Im Gegenteil – er war in der Erbverwaltung in seinem Element. Zahlen und wirtschaftliche Zusammenhänge lagen ihm natürlich. »Die Stadt, so wie sie jetzt ist? Der Stadtkern? Oder was genau?«

Der Mosnarol führte uns zu einer Karte, die ein Stückchen hinter uns an der Wand hing.

»Hier seht ihr das Herzogtum Himmelstor, wie es im Jahr 21, dem Zeitpunkt des Todes des ersten Tirasan Passario, war.«

Ich starrte fassungslos auf das schraffierte Gebiet, auf dem »Himmelstor« stand. Es umfasste einen breiten Streifen Land entlang der Giabella vom westlichen Meer aus, den größten Teil der Buckelhügel und den südlichen Teil des Himmelsgebirges und reichte fast bis ans östliche Meer und die Grenze zu Wonspiel heran. Himmelstor war weit mehr als *nur* die Stadt.

»Bei den großen Namen, Tir!«, sagte Baro ehrfürchtig. »Für diesen Besitz würde sogar *ich* dich töten, wenn du nicht mein Freund wärst!«

Es war ein dummer Spruch, der Rustan sofort in Habachtstellung trieb und zum Dolch greifen ließ. Aber ich wusste, dass Baro das nicht ernst gemeint hatte. Er galt zwar als gerissener Händler, aber er war kein Mörder.

Der Erbverwalter nickte ernst. »Ja, das steht zu befürchten. Nur wenige Leute wissen, dass Ihr der Besitzer dieses ganzen Gebietes seid, denn wir geben die Namen von Eigentümern nicht heraus. Hinzu kommt, dass es kaum Aufzeichnungen aus den Anfängen von Himmelstor gibt, und über die Jahrhunderte ist das Wissen über das Herzogtum in Vergessenheit geraten.

Aber jeder, der einmal ein Grundstück in Himmelstor oder ein Stück Land innerhalb der Grenzen des alten Herzogtums kaufen wollte, ist von uns abgewiesen worden, da wir keine Ermächtigung für einen Landverkauf von Euch haben. Und das spricht sich rum. Und glaubt mir, den großen Dynastien passt es gar nicht, dass sie jederzeit aus ihren Häusern vertrieben werden könnten und Pacht an Euch zahlen müssen. Denn ganz Himmelstor existiert nur aufgrund Eurer Duldung der ersten wild gebauten Häuser.«

Ich zog mir einen Stuhl heran und setzte mich. Mir war schlecht. Ich wusste nicht, ob ich mich freuen sollte. Konnte man vielleicht zu reich sein?

Der Erbverwalter versuchte mir noch ein bisschen mehr über meinen Besitz und die Abläufe zu erklären. Rustan und ich hatten es aufgegeben, seinen Worten irgendeinen Sinn zu entnehmen, und waren froh, dass Baro aufmerksam lauschte.

Irgendwann schlugen Baro und Ebloru Mosnarol ein beliebiges Buch auf und begannen, uns die Einnahmen und Ausgaben zu erklären, doch plötzlich stutzten beide und verstummten.

»Das kann nicht stimmen!«, murmelte der Erbverwalter erschrocken.

»Ist es vielleicht nur in eine falsche Spalte eingetragen worden?«, fragte Baro und die beiden blätterten eine Weile hektisch vor und zurück und zählten die Summen im Kopf zusammen.

»Was ist los?«, fragte ich verwirrt.

»Es fehlt Gold«, sagte der Erbverwalter schließlich. Er war leichenblass geworden. »Bitte entschuldigt mich! Ich muss die Stadtwache und Gilmaja Tolbo unterrichten, dass wir einen Dieb in der Erbverwaltung haben. Bleibt hier und lasst niemanden herein!« Er schloss die Tür auf und sperrte uns im nächsten Moment im Saal ein.

»Baro?«, fragte ich.

»Es fehlen Millionen«, erklärte er. »Das ist kein kleiner Diebstahl, das ist ein gezielter, groß angelegter Betrug, hinter dem mehr als eine Person stecken muss.«

»Mehrere *Millionen* ... Goldstücke?«, fragte ich. Ich konnte es immer noch nicht glauben, dass ich so viel Gold besitzen sollte, geschweige denn, dass mir jemand so viel stehlen konnte.

»Wahrscheinlich mehr«, fügte Baro grimmig hinzu. »Viel mehr. Denn das ist nur das Buch über Einnahmen und Ausgaben eines Quartals im letzten Jahr!«

14 AUF DER SUCHE NACH DEM DIEB

> »Weitere Verbrechen, die je nach Schwere der Tat mit Gefängnis
> oder Geldbußen bestrafen werden, sind: Als Nummer Besitz
> zu haben oder mit einer Nummer Geschäfte zu machen, eine
> Nummer zu entführen oder sie nicht auf eine der Schulen
> zu schicken, einen Namenlosen mit seinem einstigen Namen
> anzusprechen, einem Namen seinen Besitz und seine Privilegien
> vorzuenthalten, Mord an einem Namen mit mehr als zwei
> Namensteilen oder Totschlag sowie Verrat, Verleumdung,
> Diebstahl und Vergewaltigung.«
>
> (Paragraph 3 aus dem Gesetzbuch von Mirabortas)

Während wir auf die Rückkehr von Ebloru Mosnarol warteten, starrte ich auf die Karte des Herzogtums. *Meines Herzogtums.* Ich hatte zwar nur eine vage Vorstellung davon, was ein Herzogtum war, aber ich wusste, dass es etwas zu bedeuten hatte und einen Titel beinhaltete.

»Ich bin ein Herzog«, flüsterte ich, doch selbst ausgesprochen verstand ich es immer noch nicht. Ich ahnte, dass ich eine lange Zeit brauchen würde, um die heutige Enthüllung zu verarbeiten und damit umzugehen. Doch ich bezweifelte, dass ich es jemals normal finden würde, wie reich ich war.

»Was willst du mit all dem Land machen, Tir?«, fragte mich Baro.

»Keine Ahnung. Ich weiß es nicht.«

»Folgerichtig gehört dir auch das Grundstück, auf dem mein Haus steht«, sagte Baro nachdenklich. »Meinst du, ich könnte es dir abkaufen?«

Ich zuckte mit den Schultern. »Klar«, willigte ich ein. Was sollte ich denn mit so viel Land anfangen? Anscheinend war ich so reich, dass ich weder in diesem noch in einem meiner zukünftigen Leben jemals würde arbeiten müssen, egal ob ich meine Einnahmen aus Pacht oder Grundstücksverkäufen erzielte.

»Vielleicht solltest du überlegen, Tir, allen großen Dynastien diese Möglichkeit anzubieten«, schlug Rustan vor. Es war offensichtlich, dass er den Verdacht hegte, dass eine der fünf Dynastien hinter den Mordanschlägen auf mich steckte. Doch ob das ausreichen würde, um den Unmut der großen Namen zu besänftigen?

Rustan zog sein Schwert, als plötzlich das Geräusch eines sich drehenden Schlüssels ertönte. Ebloru Mosnarol blinzelte noch nicht einmal, als die Spitze der Waffe kurz vor seiner Brust stoppte.

Hinter ihm betrat Gilmaja Tolbo den Saal. Er wirkte noch grimmiger als sonst und hielt einen Dolch in der Hand. Sein Blick fiel auf Rustans Schwert und er nickte.

»Gut so!«, sagte er. »Du musst stets wachsam sein, Rustan. Sobald bekannt wird, über welche Macht Tirasan verfügt, wird er die meistgehasste Person in Himmelstor sein. Tirasan, du solltest dir dringend überlegen, weitere Polliander und Wabloos zu engagieren. Deine beiden Freunde allein, ja nicht einmal meine Grekasols, können dich nicht vor jedem physischen und magischen Angriff beschützen.«

»Ihr wusstet es? Ihr wusstet, wer ich bin?«, fragte ich misstrauisch. Warum hatte er dann nichts gesagt?

Sofort stand Rustan zwischen mir und dem Regenten.

»Ja und nein«, sagte der Tolbo und seufzte. Er hob Einhalt gebietend die Hand, als die stummen Grekasols hinter ihm ebenfalls zu ihren Waffen griffen.

»Drückt Euch ein bisschen deutlicher aus!«, forderte Baro, der den obersten Offizier der Stadtwache ebenfalls nicht aus den Augen ließ.

»Wusstest du, Tirasan, dass die Festung, in der wir Tolbos leben, Burg Himmelstor ist?«, fragte Gilmaja Tolbo ernst.

Ich machte große Augen, als ich mich an die befestigte, alte Burg auf den oberen Terrassen erinnerte, die wir bei unserer Ankunft in der Metropole bestaunt hatten. Sie gehörte mir? Das überraschte mich. Ich hatte nicht erwartet, dass meine Burg nach zwölf Jahrhunderten noch existieren würde.

»Ich habe es euch doch erklärt: Wir erhalten den Besitz, sofern uns keine anderen Anweisungen vorliegen«, erklärte der Erbverwalter ernst, der angesichts meiner überraschten

Miene lächelte. »Wir haben die Burg vermietet und das Land verpachtet, damit wir mithilfe der Einnahmen alles erhalten konnten.«

»Wir Tolbos mieten Burg Himmelstor bereits seit über 1200 Jahren«, ergänzte der Regent. »Und wir haben alles so erhalten, wie wir es vorgefunden haben. Wozu unter anderem auch ein Gemälde des letzten Tirasan Passario, des Herzogs von Himmelstor, gehört. Daher sagte mir dein Name etwas. Ich vermutete, dass du der rechtmäßige Besitzer von Burg Himmelstor bist, als wir uns im Gefängnis das erste Mal begegnet sind. Aber was alles weitere betrifft, so hat mich Ebloru Mosnarol gerade erst aufgeklärt.«

Er kam langsam auf mich zu und starrte auf die Karte an der Wand hinter mir. Rustan zog mich ein Stück zurück, sodass er wieder zwischen mir und dem Regenten stehen konnte.

»Beeindruckend«, erklärte der Tolbo schließlich. »Und nun erklärt mir bitte haargenau, wie euch aufgefallen ist, dass etwas gestohlen wurde.«

Er hörte geduldig zu, als Ebloru Mosnarol ausführlich erläuterte, wie er und Baro den Diebstahl entdeckt hatten. Sie erläuterten Einnahmen, Ausgaben für Instandhaltungsmaßnahmen, die Erbverwaltung, die Steuern, den gängigen Pachtsatz auf den verschiedenen Terrassen bei der Anzahl der verpachteten Quadratmeter. Mein Gehirn schaltete nach fünf Minuten ab, doch Gilmaja Tolbo schien den Großteil dessen zu begreifen, was der Leiter der Erbverwaltung ihm erklärte.

»Wie viele Personen haben Einblick in die Unterlagen von Tirasan und kümmern sich um die Erfassung der Einnahmen und Ausgaben?«, fragte er.

»Nun, ich weiß es nicht auswendig, aber es müssen zwei oder drei Mosnarols und vier oder fünf Urias sein, die sich um alles kümmern...«

»Ich werde all diese Personen umgehend verhaften lassen«, erklärte der Regent grimmig. »Wenn dir und Baro nach nur einem kurzen Blick in eins der aktuellen Bücher auffällt, dass die Zahlen nicht stimmen, dann ist es unmöglich, dass die Personen, die sich täglich mit ihnen beschäftigen, nichts gesehen haben oder von dem Diebstahl nichts wussten.«

Ebloru Mosnarol musste schwer schlucken und auch ich hätte nicht gedacht, dass es so viele Diebe unter den Erbverwaltern und Verwaltungsassistenten geben würde.

»Gehört der Uria, der hier war, als wir den Saal betreten haben, auch zu den zuständigen Personen?«, schaltete sich Rustan ein.

Der Leiter der Erbverwaltung wurde blass. »Bei den großen Namen! Ja!«

»Rustan? Wie kommst du jetzt darauf?«, fragte Baro überrascht.

»Der Mann hatte ungewöhnlich viele Bücher auf dem Arm. Viel mehr, als man normalerweise auf einmal tragen würde, und er stand mit dem Gesicht zu uns gewandt in der Nähe der Tür, als wir hereinkamen«, meinte Rustan finster. »So als würde er die Bücher aus dem Saal wegbringen wollen. Und was hattet Ihr vorhin gesagt, Ebloru Mosnarol? Ihr hattet eigentlich erst morgen mit Tir gerechnet?«

»Sie wollten die belastenden Beweise verschwinden lassen«, schlussfolgerte Gilmaja Tolbo.

Die nun folgende hektische Suche nach den für meinen Besitz zuständigen Erbverwaltern und Verwaltungsassistenten war für mich unwirklich. Rustan sorgte dafür, dass ich im Hintergrund blieb, während die Grekasols Räume stürmten, alle Anwesenden zu Boden warfen und dann die Verdächtigen von Ebloru Mosnarol identifizieren ließen. Die unschuldigen Mitarbeiter der Erbverwaltung wirkten nach ihrer Freilassung genauso verstört wie ich.

Doch wir fanden nicht alle. Der Uria, der bei unserer Ankunft im Saal gewesen war, war spurlos verschwunden, genauso wie zwei der drei Mosnarols. Wahrscheinlich hatte der Uria sie gewarnt oder die Mosnarols hatten wie Ebloru Mosnarol von den Wachen erfahren, dass ich früher als erwartet zur Erbverwaltung gekommen war. Gilmaja Tolbo ließ sich ihre Namen geben und sie zur Fahndung ausschreiben, während einer seiner Grekasols die entsprechenden Haftbefehle aufsetzte.

»Ebloru Mosnarol«, sagte der Regent dann mit all seiner amtlichen Autorität. »Ich beauftrage Euch hiermit, höchstpersönlich eine Aufstellung zu machen, was gestohlen und wie es angestellt wurde. Diese Informationen werden für den kommenden Prozess benötigt. Außerdem stelle ich mit sofortiger Wirkung die Erbverwaltung unter meinen Befehl. Niemand kommt herein und niemand kommt heraus, ohne dass ich es autorisiere. Und nicht zuletzt lasse ich alle Unterlagen über Tirasans Besitz von meinen Grekasols bewachen. Nichts und niemand betritt die Säle, außer Euch, Ebloru Mosnarol, und eventuell weitere Erbverwalter, die aber zuvor von mir überprüft und für unbedenklich befunden werden müssen. Haben das alle verstanden?«

Er ließ den Blick über jeden einzelnen Grekasol gleiten, von denen inzwischen vier Dutzend anwesend waren, nachdem die angeforderte Verstärkung eingetroffen war. Jeder Soldat der Stadtwache nickte grimmig.

»Ich traue ihm nicht«, flüsterte mir Rustan zu. »Woher wissen wir, dass er nicht mit den Dieben unter einer Decke steckt oder den Diebstahl befohlen hat? Er könnte jetzt von seinen Soldaten alle belastenden Beweise gegen ihn wegschaffen lassen.«

Ich wusste nicht, wieso, aber ich war mir einer Sache ganz sicher: Gilmaja Tolbo war kein Dieb. Er hatte weder mit dem Raub, noch mit dem vergangenen Prozess, noch mit den Attentaten etwas zu tun. Ich vertraute ihm zwar nicht so blind wie Rustan, aber dennoch mit meinem Leben.

»Er ist nicht mein Feind«, erklärte ich Rustan daher mit großer Überzeugung, während ich beobachtete, wie der Regent die Bewachung der Erbverwaltung organisierte.

Für Rustan, Baro und mich gab es hier nichts zu tun. Zu der Aufklärung des Verbrechens konnten wir wenig beitragen, sodass wir irgendwann am Nachmittag das Gebäude verließen und zu Baros Anwesen zurückfuhren. Die Grekasols, die uns begleiteten, wirkten noch angespannter als am Vormittag.

»Hallo, Baro!«, rief Allira und winkte uns lachend zu, als wir das Haus betraten. Sie und Nelia hatten während unseres Besuchs in der Erbverwaltung offensichtlich umgeräumt, denn sie standen stolz im neu angeordneten Eingangsbereich. »Schau mal, was ich gefunden habe!«

Begeistert deutete sie auf ein antikes Gemälde, das nun an der Wand im Eingangsflur hing. Es zeigte Baro, wenn auch etwas älter und korpulenter, der im roten und blauen Samtgewand der Deradas, mit dem Wappen aus Lagerhaus, Pferd, beladenem Wagen und Münzen auf der Brust, vor seinem Anwesen posierte. »Baro Derada im Jahr 895 vor seinem neu erbauten Stadtpalast in Himmelstor« stand auf einem kleinen Messingschild, das am Rahmen befestigt war.

»Es stand vergessen in einer Ecke auf dem Dachboden«, sprudelte es aus Allira heraus. »Anscheinend hatten es die Mieter abgenommen, weil es sie gestört hat. Nelia und ich haben es gerade wieder aufgehängt.«

Baro musste über ihre Aufregung lächeln. »Sehr schön«, meinte er. Unwillkürlich warf er sich in Pose, als er sein Gemälde betrachtete, und Nelia kicherte. »Gefällt mir.«

»Außerdem haben wir Einkäufe gemacht«, erklärte Nelia munter. »Es waren kaum Vorräte im Haus. Vielleicht solltest du darüber nachdenken, einen Talantia und ein, zwei Andertis einzustellen, Baro.«

Der Talantia war auch dringend nötig, denn es stellte

sich heraus, dass abgesehen von mir keiner meiner Freunde auch nur das geringste Talent zum Kochen hatte. Es störte mich nicht, hin und wieder am Herd zu stehen und für meine Freunde zu kochen, doch ich ahnte, dass mein neues Leben mir von nun an wenig Raum für etwas so Normales und Alltägliches lassen würde. Aber nun verschaffte es mir etwas Zeit, um in Ruhe nachzudenken, denn während ich das Essen zubereitete und Rustan schweigend den Tisch deckte, waren die Frauen damit beschäftigt, Baro stolz zu zeigen, was sie alles innerhalb der kurzen Zeit im Haus verändert hatten.

»Wie war es in der Erbverwaltung?«, fragte Nelia schließlich, als wir abends gemütlich beim Essen saßen.

Baro und Rustan sahen mich an und ich schluckte den Bissen herunter und zögerte einen Moment unangenehm berührt, bevor ich ihr antwortete. Anscheinend kam ich nun um die Erzählung nicht mehr herum. »Es war eine große Überraschung. Ich hatte nach der Enttäuschung im großen Namensarchiv ja nicht mehr mit überhaupt etwas gerechnet, aber *das* ...«

»Sie kannten dort deinen Namen?«, fragte Nelia und strahlte übers ganze Gesicht, als ich nickte. »Das ist großartig, Tir! Ich freue mich für dich!«

»Nun, ich weiß nicht, ob *ich* mich freue«, gab ich zu und Nelia und Allira hörten mit dem Essen auf. »Denn wir wissen jetzt, warum jemand einen Antrag auf Namensverfall gestellt hat. Anscheinend bin ich reich. So reich, dass es sich lohnt, mich umzubringen.«

Ich seufzte und blickte betrübt auf meinen Teller, während Rustan mir unbeholfen die Schulter tätschelte. Die heitere Stimmung, die dank der jungen Frauen in den letzten beiden Stunden geherrscht hatte, war durch meine Bemerkung verflogen. Nelia und Allira wirkten sehr ernst, als sie mich erwartungsvoll anblickten.

»Weißt du, wer hinter dir her ist, Tir?«, wollte Nelia wissen.

»Nein, bislang nicht. Ich hoffe, dass Gilmaja Tolbos Untersuchungen es herausfinden können.«

»Der Richter?«, fragte Allira überrascht. »Was hat er denn damit zu tun?«

Abwechselnd berichteten Rustan, Baro und ich den beiden Frauen von den Ereignissen in der Erbverwaltung, deren Gesichtsausdrücke während unserer Erzählung Staunen, Ehrfurcht und Zorn widerspiegelten.

»Wir müssen uns morgen überlegen, was wir tun können«, sagte Nelia am Schluss. »Der Regent hat Recht. Du brauchst mehr Schutz, als Rus und ich dir bieten können, Tir.«

In Gedanken versunken gingen wir in dieser Nacht zu Bett. Mich suchten Albträume heim von Messern in der Dunkelheit und schwarz gekleideten Gestalten, die in den Schatten auf mich lauerten. Ich erwachte schreiend und schweißgebadet. Im nächsten Moment kam Rustan durch die Verbindungstür aus dem Nebenzimmer zu mir herübergeeilt.

»Tir?«

Ich zog die Knie an die Brust und zitterte, während ich die Decke bis zum Kinn hochzog.

»Nur ein Albtraum«, sagte ich leise und zwang mich zu einem Lächeln, bevor mir klar wurde, dass Rustan es in der Dunkelheit eh nicht sehen konnte.

»Möchtest du darüber reden?«

»Nein.«

»In Ordnung«, sagte Rustan. »Rutsch ein Stück!«

Er setzte sich zu mir aufs Bett und wir beobachteten eine Weile in einträchtigem Schweigen die Sterne und den Mond am Nachthimmel, während ich mich langsam wieder beruhigte. Ich hatte vor dem Schlafengehen vergessen, die Vorhänge vor den Fenstern zuzuziehen, und war nun froh über das Mondlicht, das von zwei Seiten in mein gemütliches Eckzimmer fiel und die Dunkelheit aus meinen Gedanken vertrieb.

Doch plötzlich sprang Rustan auf und hielt ein Messer in der Hand. Ich hatte noch nicht einmal bemerkt, dass er seinen Waffengürtel über seinem Nachtgewand trug. Rustan nahm seinen Schwur, mich zu beschützen, verdammt ernst.

»Rus?«, flüsterte ich. Doch mein Freund gab mir ein Zeichen, still zu sein, und lauschte.

»Es ist jemand im Haus«, informierte er mich kaum hörbar. »Nimm deine Waffen und bleib dicht hinter mir!«

Wir traten auf den Gang, wo wir einen schwachen, flackernden Lichtschein sahen, der von unten zu kommen schien. Hatte Nelia ein Feuer im Kamin brennen lassen?

»Weck Nelia! Schnell!«, zischte Rus und schubste mich den Gang entlang. »Es brennt!«

Ich rannte stolpernd auf ihr Gästezimmer zu, das sich ebenfalls im dritten Stock befand, während meine Gedanken rasten. Ohne zu klopfen, stürzte ich hinein und rief ihren Namen ... und prallte von dem magischen Schild ab, der ihr Bett umgab.

Im nächsten Moment blendete mich ihr magisches Licht, dann nahm die Helligkeit etwas ab und ich erkannte Nelia, die mich blinzelnd anschaute. Im Schein des von ihr heraufbeschworenen Lichtballs wirkte sie mit ihren langen, offenen Haaren wunderschön und ich vergeudete kostbare Sekunden damit, sie einfach nur blöd anzustarren, bevor ich mich an die Gefahr erinnerte, in der wir uns befanden.

»Es brennt!«

Nelia sprang sofort aus dem Bett und ich wandte den Blick verlegen ab, während sie sich einen Mantel über ihr Nachtgewand warf. Zusammen stürzten wir zur Treppe und ein Stockwerk nach unten.

Rustan hatte in der Zwischenzeit Baro und Allira geweckt, die in der Etage unter uns schliefen, während der Rauch immer stärker wurde und die Flammen aus dem Erdgeschoss die Treppe hochkrochen. Die beiden kamen panisch aus ihrem Zimmer gerannt und hatten ebenfalls leichte Mäntel über ihre Nachtgewänder geworfen. Allira wimmerte vor Todesangst und hustete, als der dicke Rauch ihre Flucht über die Treppe unmöglich machte. Baro hingegen schien vor allem zutiefst erschüttert zu sein, dass sein

Anwesen mit den edlen Möbeln und der stilvollen Wanddekoration, auf das er am Abend noch so stolz gewesen war, nun Stück für Stück ein Opfer der Flammen wurde.

»Jemand hat dafür gesorgt, dass wir das Haus nicht verlassen können«, sagte Rustan grimmig. »Das Feuer ist an der Treppe am stärksten.«

»Nicht mehr lange!«

Nelia rannte entschlossen durch den dichten Qualm und die Hitze auf die Flammen zu, und ich stürzte ihr, ohne zu überlegen, hinterher, während Rustan fluchte. Kurz vor dem Feuer blieb Nelia stehen und breitete beide Arme aus.

Ihre Namensmagie erfasste sie wie ein Tornado, packte mit einem Windzug ihre Kleider und ließ ihre Haare knisternd zu Berge stehen und ich erkannte, dass wir nie zuvor Nelias ganze Macht gesehen hatten. Sie strahlte regelrecht, wie eine kleine Sonne. Entschlossenheit lag in ihrem Blick, als sie ihre Magie ausdehnte und immer weiter anwachsen ließ, bis sie Etage um Etage erfasste. Jeder Brandherd, der von ihrer Magie erfasst wurde, sank augenblicklich in sich zusammen, so als würde er sich vor ihrem Zorn fürchten, und der Qualm verflüchtigte sich unter ihrem Blick wie Dunkelheit in der Morgensonne. Es dauerte nicht lange, bis Nelias Magie das gesamte Haus erfasst hatte und das Feuer erloschen war.

Als ich mich umdrehte, starrten Rustan, Allira und Baro die junge Magierin fassungslos an, die unseren Blick mit ruhiger Miene erwiderte. Ihre Namensmagie, die sie bislang verborgen gehalten hatte, lag nun wie ein Lichtkranz um ihre Gestalt und ließ sie erstrahlen. Niemand konnte sie jetzt noch als eher unscheinbar beschreiben. Ihre Anmut stellte Alliras in den Schatten.

»Nel, du bist wunderschön!«, rief Allira staunend und wirkte wie Baro und Rustan verwirrt.

»Also hatte ich Recht«, staunte ich und musterte Nelia. »Du schienst nach der Namensgebung einen magischen Schleier um dich zu haben. Ich habe gedacht, ich hätte mir ihn nur eingebildet. Aber jetzt wirkst du wieder so strahlend wie in dem Moment, als du deinen Namen erfahren hast.«

»Das hast du gesehen?«, fragte Nelia beeindruckt. »Ich dachte, meine magische Abschirmung wäre ziemlich gut gewesen. Keinem der anderen Magier, denen wir auf unserer Reise begegnet sind, ist etwas aufgefallen.«

Ich hatte keine Lust auf eine neue Diskussion mit Nelia über meine möglichen magischen Fähigkeiten, also zuckte ich nur mit den Schultern.

»Warum?«, fragte Allira. »Warum dieser magische Schleier? Du warst wochenlang mit uns unterwegs. Wir sind deine *Freunde*! Vertraust du uns denn nicht?«

Allira war sichtlich verletzt. Baro legte den Arm um sie und zog sie an seine Brust.

»Das ist es nicht!«, verteidigte sich Nelia bestürzt. »Glaub mir! Aber ich mochte einfach nicht, wie mich die Leute bei der Namensgebung angestarrt haben. Besonders die Männer und die Magier im Saal. So als würden sie mich Stück für Stück auseinandernehmen und meine Stärken und Schwächen abschätzen – oder mich ins nächste Bett zerren wollen. Ich habe einfach nur versucht, mich zu schützen. Es war Instinkt, versteht ihr? Keine Absicht. Doch dann ist mir der magische Schild zur Gewohnheit geworden. Ich konnte normal sein, ohne dass mich jemand anstarrt oder ihr mich anders behandelt.«

»Du wolltest nicht im Mittelpunkt stehen«, fasste ich zusammen.

»Nun, hin und wieder ist es ganz nett«, sagte Nelia und wir dachten wahrscheinlich beide an das Festmahl in Holzstadt, wo sie sich in der Bewunderung und Aufmerksamkeit der Einwohner gesonnt hatte. »Aber sie sehen nicht *mich*.«

Sie sah uns flehentlich an. Ich verstand zwar ihre Gefühle, nicht aber die Gründe für ihr Verhalten.

»Aber genau das bist du! *Das* ist deine Namensmagie. Warum versteckst du sie und deine Schönheit? Du hast nichts, wofür du dich schämen müsstest! Ganz im Gegenteil! Wir sind deine Freunde, du musst uns nichts vormachen oder uns belügen, damit wir dich mögen.«

Nelias Augen wurden groß. Anscheinend hatte sie ihren Schleier nie als Täuschung oder Lüge uns gegenüber empfunden. Sie sah sich bestürzt um und erkannte, dass Rustan und Baro ähnlich enttäuscht wirkten.

»Es tut mir leid«, flüsterte sie und wandte sich um Vergebung heischend an Allira, die nach einem langen Moment schließlich nickte, auf sie zukam und sie umarmte.

Unten krachte und splitterte es, als nun die Grekasols,

die zu unserem Schutz abgestellt waren, verspätet auf das Feuer reagierten und die Eingangstür aufbrachen, um uns zu retten. Die Soldaten stürzten ins Haus, sahen sich verwirrt um und bemerkten uns schließlich auf der Treppe.

»Was ist passiert?«, fragte einer der Offiziere entgeistert. »Wir sahen von Weitem den Schein des Feuers und sind sofort hierher gerannt.«

»*Von Weitem?*«, wiederholte Rustan ungläubig und verlor plötzlich die Beherrschung. Er stürmte die Treppe herunter und auf den Offizier zu. »Wo wart ihr?«, brüllte er wutentbrannt.

»Es gab einen Angriff auf das Tor«, erklärte der Offizier, der etwas eingeschüchtert wirkte. »Wir haben die Angreifer bekämpft und vertrieben, doch anscheinend war das ein Ablenkungsmanöver.«

»Und Ihr habt nicht bemerkt, dass währenddessen jemand das Tor passiert hat, geradewegs an Euch vorbeimarschiert und aufs Grundstück gekommen ist? Wozu bewacht Ihr dann das Tor? Dann hätten wir es ja gleich offen lassen können!«, empörte sich Rustan. Es war offensichtlich, dass er wenig von den Fähigkeiten der anwesenden Grekasols hielt.

»Aber das ist es ja! Wir haben niemanden durchgelassen! Die Brandstifter müssen auf einem anderen Weg aufs Grundstück gekommen sein!«

Rustan und der Offizier funkelten sich wütend an, während ich schauderte. *Sie mussten auf einem anderen Weg aufs Grundstück gekommen sein!*

»Gibt es vielleicht Tunnel oder Abwasserkanäle, die aufs Grundstück führen und die sie benutzt haben könnten?«, fragte ich leise und sofort drehten sich alle zu mir um.

Rustan holte scharf Luft. »Oder Geheimgänge? Dann können wir hier nicht bleiben!«

»Ich will ja nichts sagen«, warf Nelia, die ihre Fassung wiedergewonnen hatte, ein. »Aber das Erdgeschoss und ein Teil des ersten Stocks haben schwere Brandschäden. Es stinkt nach Rauch, Ruß und Feuer. Wir können auf keinen Fall hierbleiben, solange wir nicht wissen, ob das Haus sicher ist, und solange die Schäden nicht behoben wurden.«

»Wir informieren den Kommandanten«, entschied der Offizier. »Bitte wartet hier so lange.«

Es dauerte eine knappe Stunde, bis Gilmaja Tolbo unausgeschlafen, in sein Nachgewand und einen Mantel gehüllt, vor uns stand und die Schäden begutachtete. »Nelia hat Recht«, sagte er schließlich. »Ihr seid hier nicht sicher. Am besten kommt ihr alle mit auf Burg Himmelstor.«

»Burg Himmelstor?«, fragte ich überrascht. Ich hatte angenommen, dass wir für die Übergangszeit in ein Gasthaus ziehen würden, solange bis Baros Anwesen renoviert war, wir etwas anderes gefunden oder die Tolbos die Festung geräumt hatten. Ich war mir immer noch nicht sicher, ob ich überhaupt dort leben wollte.

»Ja, sie gehört sowieso dir. Es tut mir leid, durch die ganze Aufregung in den letzten Tagen haben wir es leider noch nicht geschafft, auszuziehen«, entschuldigte sich der

Regent, der meine Frage anscheinend als Kritik aufgefasst hatte.

Mir schwirrte immer noch davon der Kopf, dass ich von nun an in einer richtigen Burg leben sollte, als wir zwei Stunden später mit unseren wichtigsten Habseligkeiten bepackt auf die Festung zurollten.

Zwei Ringe aus hohen Mauern umgaben das Grundstück. Auf den äußeren patrouillierten Grekasols und verstärkten damit noch den unwirtlichen Eindruck. Die Ringe gehörten allerdings nicht zu den ursprünglichen Befestigungsanlagen, sondern waren nachträglich hinzugefügt worden. Wir passierten die Mauern über die Zugbrücken und konnten nun einen Blick auf die innere Burg werfen.

Diese bestand aus großen grauen Steinen, hohen Türmen und unüberwindbaren Mantelmauern. Die Steine waren alt, befanden sich aber immer noch in einem guten Zustand. Diese Feste schien für die Ewigkeit gebaut zu sein.

Gilmaja Tolbo verließ kurz die Kutsche und rief den Wachen etwas zu. Kurz darauf wurde die letzte, schwere Zugbrücke hochgezogen, wir fuhren weiter auf einen Innenhof und in den ersten Sonnenstrahlen des neuen Tages erhaschte ich nun zum ersten Mal einen Blick auf das Innere meiner Burg.

Ich musste sagen, mir gefiel Baros Anwesen besser. Es war gemütlicher. Burg Himmelstor war beeindruckend, ein stolzes Gebäude, das zu dem Eindruck passte, den ich mir von Gilmaja Tolbo gemacht hatte. Es war eine strenge, aber rechtschaffene Feste, die Autorität und Macht ausstrahlte. Nichts davon traf auf mich zu – bis auf die Rechtschaffenheit. Ich war mir nicht sicher, ob ich auf Dauer in dieser Burg würde leben wollen.

»Wie viele Tolbos wohnen hier?«, fragte ich den Regenten, während unsere Kutsche, in der sich außer uns beiden nur noch Rustan befand, auf einem gepflasterten Innenhof zum Stehen kam. Baro, Nelia und Allira befanden sich mit ihren Habseligkeiten in der Kutsche hinter uns und stiegen nun ebenfalls aus.

»Im Moment außer mir nur noch zwei weitere«, antwortete er. »Ich werde sie dir später vorstellen.« Dann seufzte er. »Entschuldige, Macht der Gewohnheit. Ich sollte wohl langsam anfangen, höflich zu sein und dich so anzureden, wie es deinem Rang gebührt.«

»Es ist in Ordnung, mich stört es nicht, von Euch geduzt zu werden«, winkte ich ab. Es wäre auch sehr seltsam, wenn jemand, der sogar hochrangige Ellusans und andere Regenten duzte, mich plötzlich anders ansprechen würde.

»Du«, meinte der Regent. »Wenn wir uns schon duzen, dann musst du ›Du‹ zu mir sagen. Nenn mich Gilmaja.«

Lächelnd schüttelten wir uns die Hände und mich überkam jäh das Gefühl, als hätte ich dies schon einmal erlebt. Waren wir etwa in einem früheren Leben Freunde gewesen?

Gilmaja führte uns fünf über eine Treppe, durch ein Tor, dann über eine weitere Treppe und schließlich in ein hohes Gebäude. Inzwischen war ich vor lauter Müdigkeit so orientierungslos, dass ich den Rückweg nicht mehr hätte finden können.

Drinnen hingen schwere Wandteppiche und riesige Gemälde an den Wänden. Wandleuchter aus Gold erhellten die Gänge und unzählige Andertis eilten dienstbeflissen durch die Gänge und verbeugten sich, als sie uns sahen.

»Wie viele Menschen leben hier in der Burg?«, fragte Rustan und sah den Andertis mit gerunzelter Stirn hinterher. Er traute selbst der Sicherheit der Burg nicht.

»Einhundertsiebenundachtzig«, antwortete Gilmaja. »Meine beiden Namensvetter und mich inbegriffen. Siebzig davon sind Grekasols, etwa sechzig Andertis, dann haben wir hier noch Talantias, ein, zwei Lakonitas und viele weitere Handwerker. Auch zwei Polliander leben hier. Biras habt ihr ja schon kennen gelernt.«

»Kurbabus?«

»Beschäftigen wir nicht, Rustan«, unterbrach ihn Gilmaja scharf. »Ich traue den Söldnern genauso wenig wie du.«

Wir begegneten seinen beiden Namensvettern kurz darauf. Unlaras Moran Tolbo war ein netter, zurückhaltender junger Mann, der uns seine Hilfe anbot, sobald er von unserer Notlage hörte. Er ließ sogleich einen Lakonita holen, der Maß nahm, um uns eine neue Garderobe zu schneidern – dabei hatten wir unsere nun nach Ruß riechende Kleidung größtenteils retten können. Besonders Allira sah aus, als stünde sie kurz davor, Unlaras Moran vor lauter Dankbarkeit um den Hals zu fallen.

Clerano Tolbo jedoch war ein eingebildeter Kerl, der mir einen hochmütigen, abschätzenden Blick schenkte und meine Freunde nicht einmal beachtete. Er hatte wenig von Gilmajas ruhiger, natürlicher Autorität. Seine knappen Antworten klangen kaum noch höflich, anscheinend wollte er mit uns nichts zu tun haben. Ob dies daran lag, dass die Tolbos meinetwegen die Festung räumen sollten, oder weil wir Gilmajas Gäste waren, vermochte ich nicht zu sagen. Kaum waren wir weitergegangen, hörte ich ihn schon einen Anderti anbrüllen, bevor er ihn auf die Suche nach irgendetwas durch die Burg hetzte.

»Verwandte kann man sich nicht aussuchen«, seufzte Gilmaja, der meine Gedanken erriet. »Diese Wahrheit habe ich mal in einem der alten Tagebücher gelesen und ich finde, sie trifft auf Clerano ganz besonders zu. Mein zweiter Vetter, Unlaras Moran, ist zum Glück nicht so aus der Art geschlagen. Bedauerlicherweise wird nach meinem Tod Clerano der ranghöchste Tolbo und nächste Regent sein und nicht Unlaras. Mir tun schon jetzt seine Untertanen leid.«

»Wie genau läuft das in den großen Dynastien?«, fragte Baro neugierig, der sich angesichts der vielen neuen Eindrücke erfolgreich von seinen Verlusten abgelenkt hatte. Doch nun stellte unser Freund die simpelsten Fragen, deren Antworten er eigentlich aus dem Unterricht bereits hätte kennen müssen. Ich war peinlich berührt. »Nur einer in jeder Dynastie regiert?«

»Richtig. Immer ein zweiteiliger Name und zwar der älteste Namensträger. Auch wenn das viele oft vergessen –

es gibt selbst in den großen Dynastien Personen mit dreiteiligen Namen, aber diese können wie normale Namen mit drei Teilen kein hohes Amt innehaben. Manchmal kann es daher vorkommen, dass eine große Dynastie keinen Regenten hat, obwohl es lebende Namensträger gibt. Den Kligheros ist es so bis zu Finguas Namensgebung vor zwei Jahren ergangen«, erklärte der Regent.

»Die junge Richterin?«, fragte ich. Sie war tatsächlich so jung, wie ich sie bei meinem Prozess eingeschätzt hatte.

»Ja«, sagte Gilmaja und hielt dann vor einer großen Holztür. »Wir sind da. Soweit wir aus alten Unterlagen wissen, Tirasan, sind dies die früheren Gemächer des Herzogs.«

Ich öffnete die Tür und staunte. Es war zwar ein großes Zimmer, aber gemütlich. Die Wände waren mit Regalen vollgestellt und viele der Bücher wirkten alt. Es knisterte, als ich den Raum betrat, um sie mir anzuschauen.

»Was ist das?«, fragte ich.

»Auf diesem Zimmer liegt ein Zauber«, erklärte Gilmaja ehrfürchtig. »All das, was du hier siehst, stammt noch aus der Zeit des ersten Tirasan Passario und wurde durch Magie vor dem Verfall geschützt. Du bist der Erste, der diese Gemächer seit über 1200 Jahren betreten hat. Wer auch immer diesen Zauber auf die Gemächer gelegt hat, hat verhindert, dass jemand außer dir diese und die beiden angrenzenden Gemächer betreten konnte.«

»Wem gehören die angrenzenden Gemächer?«, fragte Rustan und blinzelte verwirrt, als Gilmaja ihn angrinste.

»Nun, die Gemächer auf der rechten Seite gehören einer

Anderta Passario, die auf der linken Seite hingegen gehören dir, Rustan.«

»Ich habe hier gelebt?« Nicht nur Rustan war mehr als überrascht. Auch unsere Freunde machten große Augen. Das musste bedeuten, dass sich mein früheres Ich und Rustan gekannt hatten! Doch so interessant ich das auch fand, mir brannte doch eine andere Frage noch mehr unter den Nägeln.

»Wer ist Anderta Passario?«, wollte ich aufgeregt wissen. Es war das erste Mal, dass ich von jemand anderem aus meiner Dynastie hörte.

»Das weiß ich nicht, Tirasan. Über sie gibt es keine Informationen oder Bilder in den öffentlich zugänglichen Räumen. Überhaupt wissen wir nur wenig aus der Zeit, als die Feste noch Wohnsitz der Passarios war. Dein Gemälde und die Anweisung, deine und die beiden angrenzenden Gemächer wegen des Zaubers nicht zu betreten, sind das Einzige, das uns überliefert wurde«, sagte Gilmaja, während Rustan ungläubig zur Eingangstür zu seinen Gemächern weiterwanderte und vorsichtig eine Hand auf die Türklinke legte.

»Kann ich diese Gemächer betreten? Oder muss Tir erst den Zauber brechen?«, fragte er beinahe schüchtern.

»Versuch es doch!«

Rustan drückte die Klinke hinunter und machte dann einen langsamen, vorsichtigen Schritt in seine Wohnräume, ohne dass der Zauber ihn behinderte.

»Wenn das mal seine Gemächer waren, macht es ja auch keinen Sinn, ihn durch einen Zauber auszusperren«, erklärte Nelia müde und ich bemerkte erstmals, wie erschöpft sie aussah. Die Anstrengungen bei der Löschung des Feuers und der fehlende Schlaf schienen ihr zugesetzt zu haben.

»Kommt! Ich zeige euch eure Gästezimmer!«, sagte der Regent, während Rustan und ich unsere jeweiligen Gemächer erforschten. Die vier verschwanden.

Das Eingangszimmer zu meinen Räumlichkeiten war eine richtige kleine Bibliothek mit Schreibtisch, einer Sitzgruppe und allem, was dazugehörte. Ich vermutete, dass ich es einst als Empfangszimmer genutzt hatte. Dahinter lag ein nicht ganz so großes, aber gemütliches Wohnzimmer mit hohen Fenstern, die auf einen Innenhof sahen. Ich trat ans Fenster und blinzelte gegen die aufgehende Sonne, als ich erkannte, dass von dem kleinen Balkon vor den großen Flügeltüren eine schmale Treppe hinab in einen Garten führte.

Ich mochte noch nicht schlafen gehen und starrte daher eine ganze Weile hinab und genoss den Ausblick auf den Innenhof, bevor mich die Müdigkeit und die Erschöpfung nach der aufregenden Nacht schließlich doch einholten und ich in mein Schlafzimmer ging. Zu müde, um alles ausgiebig zu betrachten, fiel mein Blick auf das gemütliche Bett und ich beschloss, dass alles andere Zeit hatte. Doch bevor ich schlafen gehen konnte, klopfte es an der Tür.

Was mich verwirrte, denn die Tür zum Schlafzimmer stand offen und dort war niemand. Für ein Klopfen an der Eingangstür klang das Geräusch zu nah.

»Wer ist da?«

»Ich bin's, Rustan! Kann ich reinkommen?«

Die Stimme kam von der anderen Seite. Ich drehte mich gerade in Richtung des Geräuschs, als sich plötzlich ein Stück der Wand löste und Rustan vor mir stand. Eine Geheimtür!

»Es gibt einen Geheimgang zwischen unseren Gemächern«, erklärte er überflüssigerweise und lächelte leicht, weil ich ihn immer noch fassungslos anstarrte. »Und nicht nur zwischen diesen Zimmern. Hier drinnen gibt es eine Treppe, die tief hinab führt, wahrscheinlich ein Fluchttunnel. Doch das ist noch längst nicht alles. Es gibt etwas, das ich dir zeigen muss.«

Rustan kam näher und hielt mir aufgeregt ein Bündel Pergamente entgegen, das alt wirkte, trotz des Zaubers, der auf ihm gelegen hatte.

»Dies hier«, sagte er und schlug das Buch auf. »Das ist das Tagebuch des Rustan Polliander, der einst in diesen Gemächern lebte, und offenbar war er – war ich – einst der Leibwächter des ersten Tirasan Passario.«

Ich starrte ihn mit offenem Mund an. Sollte ich jetzt tatsächlich endlich etwas über mein früheres Leben erfahren?

»Tir, das hier solltest du dringend lesen! Es ist viel schlimmer, als wir dachten. Ich weiß jetzt, warum dich jemand töten will«, sagte Rustan, und ich hatte ihn noch nie so ernst und grimmig gesehen.

15 DER ERSTE TIRASAN PASSARIO

»*Tirasan Passario war vor allem eines: grundehrlich.
Lügen, Aufschneiderei, Übertreibungen und Betrug waren
ihm ein echtes Gräuel.*«

(Rustan Polliander I. über seinen Freund und Herrn)

Aus den Aufzeichnungen von Rustan Polliander (im Jahr 43):

»*Ich weiß nicht, wer diese Pergamente finden wird. Ob es mein zukünftiges Ich sein wird, Tirasan oder vielleicht doch jemand ganz anderes. Aber wer auch immer dies hier lesen mag, den bitte ich, meinen Worten Glauben zu schenken und diese Geschichte weiterzuerzählen. Dieses Wissen ist zu wertvoll, als dass es verloren gehen darf.*

Wenn ich den Leuten erzähle, dass die Dynastien zufällig, bei einem Wutanfall entstanden sind, dann schauen sie mich in der Regel skeptisch an und glauben mir nicht. Ich gelte als wunderlicher alter Mann, der geistig verwirrt ist.

Nun, die Ereignisse sind lange her. Inzwischen bin ich alt ge-

worden und die Welt hat sich grundlegend verändert. Sie verändert sich jeden Tag ein bisschen mehr. Kaum einer erinnert sich noch daran, wie die Welt war, bevor es Dynastien und Namensmagie gab. Daher will ich es euch erzählen.

Einst herrschten die Fürsten von Mirabortas, Wonspiel, Rigoras, Lindero und Fusslan über die fünf Königreiche unseres Kontinents. Über ihnen stand nur noch der Kaiser, dem sie ihren Gehorsam schuldeten. Es herrschte Frieden zwischen den Ländern und, solange der Kaiser lebte, auch Freundschaft unter den Fürsten. Doch das änderte sich im Geburtsjahr der Dynastien, als der Kaiser starb.

Zu dem damaligen Zeitpunkt war ich ein junger Mann und stand seit zwei Jahren in den Diensten des großen Herzogs Tirasan Passario. Euch sagt der Name nichts? Nun, das wundert mich nicht.

Direkt nach den Ereignissen, die alles veränderten, wurde er häufig als Schimpfname oder Fluch benutzt. Doch selbst nachdem ich dafür gesorgt hatte, dass die Beleidigungen meines Herrn unter Strafe gestellt wurden, so hörten sie doch nie ganz auf. Zwar vermieden es die Leute fortan, seinen Namen zu nennen, wenn sie ihn mit üblen Bezeichnungen bedachten, doch die Lügengeschichte über einen bösen Magier, der uns alle verflucht hatte, ließ sich nicht mehr unterdrücken und verbreitete sich rasch in alle Länder, wo sie hartnäckig Wurzeln fasste. Zumal nur noch wenige Menschen Tirasan persönlich trafen oder die Wahrheit über die Ereignisse kannten. Alles, was ich erreicht hatte, war, dass nach dem Tod des Herzogs im Jahr 21 sein Name langsam in Vergessenheit geriet.

Doch für mich wird Tirasan Passario immer der große Mann und Magier bleiben, den ich bewundert und verehrt habe.

Ich war zweiundzwanzig Jahre alt, als ich ihm das erste Mal begegnete. Ich stand zu dem Zeitpunkt als Soldat in den Diensten des Fürsten von Mirabortas. Doch ich hatte mir mit meinen Schwertkampfkünsten in zahlreichen Turnieren in den vorherigen beiden Jahren einen Namen gemacht, sodass ich inzwischen Angebote von großen Fürsten, reichen Händlern und Herren des ganzen Kontinents erhielt, ihr Leibwächter zu werden.

Vielen hätten die zahlreichen Offerten geschmeichelt, mir jedoch waren sie eher unangenehm, zumal sie meines Schutzes nicht bedurften und sich nur mit meinen Künsten schmücken wollten. Ich stand nicht gerne im Mittelpunkt und als persönlicher Beschützer, was ich als meine wahre Berufung ansah, war es meine Aufgabe, der Schatten meines Gebieters zu sein. Ich war also gerade auf der Suche nach einer neuen Stelle, als ich von einem Kollegen von der offenen Position bei Herzog Passario hörte.

Als einer meiner Namensvettern meine Begeisterung bemerkte, meinte er, dass ich mir keine Hoffnungen machen sollte. Denn viele gute Kämpfer hätten im Monat zuvor versucht, die Stelle zu bekommen. Sogar Olbus Kurbabu, die legendäre Klinge von Wonspiel, sei darunter gewesen, doch Herzog Passario habe sie alle abgelehnt. Keiner schien ihm gut genug gewesen zu sein.

Ein anspruchsvoller Herr störte mich nicht. Er war mir

sogar lieber als einer, der leicht zufriedenzustellen war. Also beschloss ich, allen gut gemeinten Warnungen zum Trotz, mich auf den Weg nach Burg Himmelstor zu machen.

Damals gab es außer der Burg, dem Dorf Himmelstor mit dem kleinen Hafen und ein paar vereinzelten Bauernhöfen keine größeren Ansiedlungen in der Gegend. Vielen war das Herzogtum zu weit abgelegen. Die meisten umgingen es ganz und segelten entweder auf dem westlichen oder dem östlichen Meer von Wonspiel nach Mirabortas oder umgekehrt, während sie von einem Königreich zum anderen unterwegs waren. Nur die armen Leute wählten den Landweg über die Buckelhügel oder die Route entlang der Giabella, die sie durch das Herzogtum führte. Zu jener Zeit gab es erst wenig Schiffsverkehr entlang des Stroms und Himmelstor und die Siedlungen im Osten waren kaum mehr als Dörfer und noch nicht die Handelsstädte, zu denen sie sich entwickelt haben.

Es war ein schöner Frühsommertag, als ich auf Burg Himmelstor ankam, um mich vorzustellen. Außer mir waren noch zehn weitere Soldaten, Schwertmeister und Söldner da, die alle aus demselben Grund gekommen waren wie ich.

Wir mussten eine ganze Weile warten, bevor der Herzog uns endlich empfing. Er sah wenig erfreut aus, uns zu sehen, und ich begann mich zu fragen, ob es die offene Stelle als Leibwächter wirklich gab oder ob nur jemand ein Gerücht in die Welt gesetzt hatte.

Der Herzog war damals ein Mann von Mitte dreißig und auf dem Höhepunkt seiner Macht als Magier. Er war zwar ein Stück kleiner als ich, aber es kam mir so vor, als würde er uns alle überragen, denn er verströmte ein Selbstbewusstsein und eine Autorität, um die ihn viele Fürsten beneideten.

Sofort begannen die anderen Kämpfer mit der Zurschaustellung ihrer Fähigkeiten. Übungskampf um Übungskampf zeigte auch ich mein Können. Doch während die anderen Krieger prahlten, hielt ich mich lieber zurück. Ich war bislang in keinem großen Gefecht gewesen, über das ich hätte berichten können, sondern hatte mein Können bislang nur bei kleinen Überfällen, Scharmützeln und in Turnieren bewiesen.

Schließlich hob der Fürst die Hand und wir verstummten. Sie könnten alle wieder gehen, sagte er und zeigte dann überraschend auf mich. Ich allein dürfe bleiben.

Ich wartete, bis die anderen enttäuscht abgezogen waren, bevor ich ihn fragte, warum er ausgerechnet mich ausgewählt hatte. Alle anderen hatten mehr Erfahrung aufweisen können und ich war auch nicht der Beste unter den Kämpfern gewesen.

Weil ich der Einzige sei, bei dem er nicht den Wunsch verspürt habe, ihn zu erschlagen, lautete seine Antwort.

Tirasan Passario war vor allem eines: grundehrlich. Lügen, Aufschneiderei, Übertreibungen und Betrug waren ihm ein echtes Gräuel. Er ertrug sie nicht. Und da ihn die Menschen immer wieder enttäuschten, hatte er sich schon vor langer Zeit auf Burg Himmelstor, einem Überbleibsel aus der Zeit der Piratenkriege am Rand der Zivilisation, zurückgezogen. Hier lebte er mit seiner Schwester Anderta Passario, die ebenfalls die seltene Magie ihrer Familie geerbt hatte, wenn auch nicht im selben Ausmaß wie Tirasan.

Anderta Passario konnte lügen. Für Tirasan Passario war

dies ein Ding der Unmöglichkeit. Und während es einem noch gelingen konnte, Anderta mit einer Unwahrheit zu täuschen, so ertappte Tirasan einen im ersten Augenblick.

Wer auf Burg Himmelstor leben und arbeiten wollte, der musste sich der Wahrheit verschreiben. Doch obwohl Menschen gerne behaupteten, dass Wahrheit eine erstrebenswerte Tugend sei, hielten viele doch nicht lange durch, jeden Tag nach ihr zu leben.

Auf der Burg gab es keine Wertschätzung aus reiner Höflichkeit – es wurde geschimpft, gestritten und beleidigt, selbst wenn Tirasan und Anderta zugegen waren. Den Geschwistern war es lieber, die Leute sagten, was sie wirklich meinten und fühlten, als aus falscher Rücksichtnahme zu lügen. Man brauchte also ein dickes Fell, um für die beiden zu arbeiten. Zumal Tirasan zudem eine spitze Zunge hatte, wenn er schlecht gelaunt war.

Dennoch gefiel es mir hier. Die Wahrheit brachte mich zwar hin und wieder in unangenehme Situationen, doch mir gelang es rasch, den Respekt und die Freundschaft von Tirasan und Anderta zu erlangen.

Ich stand bereits seit zwei Jahren in den Diensten von Tirasan Passario, als der Kaiser starb. Er war der Letzte seines Geschlechts gewesen und hatte zu seinen Lebzeiten keinen Erben benannt. Damit stand fest, dass einer der Fürsten sein Nachfolger werden würde. Doch welcher?

Nach und nach tauchte eine Reihe vermeintlicher Testamente des Kaisers auf, die mal diesen und mal jenen Fürsten zu seinem Nachfolger bestimmten. Ein Krieg drohte, als Gilmaja

Tolbo, der jüngere Bruder von Clerano Tolbo, dem Fürsten von Mirabortas, den Vorschlag machte, Tirasan Passario aufzusuchen, damit er das echte Testament identifizierte.

Tirasans Ruf als Wahrheitsfinder war legendär. Immer wieder wurde er von Menschen aus dem ganzen Kontinent aufgesucht und um Rat gebeten. Er schlichtete Konflikte, bei denen keiner mehr wusste, wie sie angefangen hatten. Er sprach Recht, wenn es nötig war. Und er fand die Wahrheit, wenn niemand sie erkannte.

Doch er war auch unangenehm und manchmal war die Wahrheit eine, die niemand hören wollte.

Daher wurde Gilmajas Einfall auch mit gemischten Gefühlen aufgenommen. Zudem war er einer der wenigen Freunde von Tirasan. Es überraschte also nicht, dass der Vorschlag von ihm kam.

Nach einer langen, hitzigen Diskussion einigten sich die Fürsten schließlich darauf, Gilmajas Empfehlung dennoch anzunehmen. Sie hatten auch kaum eine andere Wahl, wenn sie nicht einen Krieg anzetteln wollten. Und einen Krieg wollte niemand.

So also reisten die Fürsten und ihre Familien nach Himmelstor und standen, zum Verdruss von Tirasan, schon bald vor unserer Tür. Wir hatten erst kurz zuvor vom Tod des Kaisers erfahren, und während ich noch zuversichtlich gewesen war, was seine Nachfolge betraf, hatte Tirasan sofort einen Streit prophezeit. Und so war es ja auch gekommen.

›Wir möchten, dass Tirasan das echte Testament identifiziert‹, erklärte Kogrus Klighero uns, während seine Frau Fin-

gua neben ihm stand und ihm einen bewundernden Blick zuwarf. Die beiden waren zu jenem Zeitpunkt erst seit Kurzem verheiratet und die Vorstellung, ihr Mann könnte der nächste Kaiser werden, gefiel der jungen Fürstin.

›Es steht außer Frage, dass das Testament, das mich zum Nachfolger bestimmt, das echte ist!‹, tönte Molli Nateri, der Fürst von Rigoras. ›Schließlich hatte der Kaiser seinen Wohnsitz in meinem Land. Wir standen ihm am Nächsten.‹

›Was wohl eher daran lag, dass ihr euch an seiner Tafel sattessen musstet!‹, spottete Lostaria Imlanda, die Fürstin von Fusslan. Sie und der lebenslustige Molli Nateri, der bekannt dafür war, dass er Bankette und Feiern liebte, hatten sich noch nie gemocht. Ein Gerücht besagte, dass die beiden einst eine Liebschaft miteinander gehabt hatten, bis es zu bösem Blut zwischen ihnen gekommen war. Ich hatte Tirasan nie gefragt, ob es stimmte.

›Mein Testament ist das echte!‹, behauptete Wasirio Rernber, der Fürst von Wonspiel, und klatschte ein amtlich aussehendes Dokument vor meinem Herrn auf den Tisch. ›Das sieht doch ein Blinder!‹

›Warum hätte er ausgerechnet dich zum Erben bestimmen sollen?‹, fragte Molli Nateri höhnisch. ›Jeder weiß, dass du als Kind deinen älteren Bruder umgebracht hast, um der Nachfolger deines Vaters zu werden.‹

›Das ist eine dreiste Lüge!‹, brüllte der Fürst von Wonspiel und lief dunkelrot an. Er wollte sich schon auf den Fürsten von Rigoras zu stürzen, obgleich dieser von Leibwächtern umgeben war.

›Sieh es so, Wasirio: Lieber ein ehrlicher Mörder als ein falscher Hund, der dir dreist ins Gesicht lügt und dich bestiehlt, sobald du dich umdrehst‹, stichelte Lostaria Imlanda mit einem bösen Seitenblick auf Molli Nateri.

Die Fürsten und Fürstinnen fingen an, sich gegenseitig zu beschimpfen, und standen kurz davor, sich an die Kehlen zu gehen, als Tirasan die Geduld verlor.

›Ruhe!‹, brüllte er. ›Was ist nur mit euch allen los? Bis vor ein paar Monaten wart ihr noch Freunde und nun gönnt ihr euch gegenseitig nichts mehr?‹

Gilmaja nutzte das eingetretene Schweigen, um vorzutreten. Er reichte Tirasan die verschiedenen Testamente, die er den schockierten und zum Teil beschämten Fürsten und Fürstinnen abgenommen hatte.

›Welches dieser Schriftstücke ist das echte?‹, fragte er.

›Keines von ihnen‹, erklärte mein Herr kurz und knapp. ›Sie sind alle gefälscht.‹

Ein Tumult brach aus, in dessen Verlauf die Fürsten sich sowohl gegenseitig als auch meinen Herren beschimpften und beleidigten, bis Gilmaja schließlich verzweifelt forderte, dass Tirasan doch einfach einen von ihnen zum nächsten Kaiser bestimmen sollte.

›Keiner und keine von ihnen wird je Kaiser sein!‹, verkündete Tirasan laut. Ich glaube nicht, dass er in diesem Moment bemerkte, dass er seine Wahrheitsmagie ausübte. ›Selbstsüchtige Bastarde, das seid ihr! Alle miteinander! Niemand gönnt dem anderen etwas! Noch nicht einmal innerhalb der eigenen Familie! Nun gut, wenn ihr euch alle selbst am Nächsten seid, *soll auch niemand etwas vom anderen bekommen! Dann seid doch eure eigenen Erben! So wird jeder mit einem Blick wissen, wer und was ihr seid!‹*

Inzwischen heulte ein magischer Sturm durch den Saal. Die Fürsten und Fürstinnen ergriffen angesichts Tirasans Zorn die Flucht. Sie kehrten in ihre Ländereien zurück und rüsteten sich zum Krieg um den Kaiserthron.

Doch nach und nach begriffen die Leute, dass etwas Merkwürdiges vor sich ging. Die Menschen veränderten sich. Junge Männer und Frauen, die an der Schwelle zur Volljährigkeit standen, verwandelten sich wie durch Magie von einem Augenblick zum nächsten. Manche wurden größer, andere wussten plötzlich hundert Rezepte auswendig und konnten sie mühelos zubereiten, obwohl sie in ihrem ganzen Leben noch nie gekocht hatten.

Gerüchte, was sich auf Burg Himmelstor zugetragen hatte, verbreiteten sich wie Lauffeuer über den gesamten Kontinent. Die meisten Menschen hatten noch nie etwas von Tirasan Passario gehört und hielten den Wahrheitsfinder für eine weit verbreitete Legende, daher machten sie ihn in ihren Geschichten zu einem bösen Zauberer. Sie hatten Angst vor der Magie, die plötzlich alles veränderte, und verfluchten den Hexer, der an allem schuld war. Niemand wollte mehr in den Armeen der Fürsten und Fürstinnen um den Kaiserthron kämpfen.

Erste Magier begannen das neue Phänomen zu untersuchen und nannten es Namensmagie. Rasch entwickelten sich neue Namen, die aussagten, welchen Beruf jemand ausübte. Es war eingetreten, was mein Herr vorausgesagt hatte. Jeder konnte sofort feststellen, wer und was man war.

Ein halbes Jahr nachdem die Fürsten und Fürstinnen von Burg Himmelstor geflohen waren, standen sie wieder vor unseren Toren und forderten wütend, dass Tirasan seine Magie rückgängig machte. Doch mein Herr weigerte sich. Er ließ sie noch nicht einmal in seine Burg, sodass sie ihre Zelte rund um die Festung aufschlugen.

Der Winter kam näher. Inzwischen waren die Zelte ersten Holzhütten gewichen und der Hafen wurde ausgebaut, um den zunehmenden Schiffsverkehr auf der Giabella bewältigen zu können. Doch Tirasan blieb stur. Vielleicht hätte er seine Meinung geändert, wenn er gesehen hätte, wie die Menschen in den kommenden Jahren und Jahrzehnten miteinander umgingen. Eltern verstießen ihre Kinder, da diese nicht mehr ihr Handwerk übernehmen konnten. Andere forderten finanzielle Unterstützung von ihren Söhnen und Töchtern, die sich als bedeutende Magier und geschickte Händler entpuppt hatten und so schnell große Vermögen ansammelten. Wiederum andere töteten lieber ihre Kinder noch im Mutterleib, anstatt sie als ›unnütze Esser‹ groß zu ziehen. Im Jahr 24 nach der großen Veränderung erließen die Regenten daher die ersten Gesetze zum Schutz der Kinder. Bereits im Jahr 10 war das Namensarchiv in Himmelstor, das inzwischen zu einer kleinen Stadt angewachsen war, gegründet worden, um möglichst viele Informationen über die wichtigsten Persönlichkeiten für ihre nächsten Leben zu bewahren.

Im Jahr 2 waren die ersten Menschen, die ersten Namen,

wiedergeboren worden. Seitdem wussten die Magier, dass die Namensmagie nach dem Tod eines Menschen weiterexistierte. Wiedergeburts-Kulte entstanden. Reiche Händler und die Fürsten gründeten die Erbverwaltung, um ihren Besitz für ihre Wiedergeburt zu sichern, und scherten sich wenig darum, dass dies ihre Kinder mittellos oder als Schuldner zurückließ.

Tirasan bekam davon wenig mit. Die gesellschaftlichen Veränderungen in den ersten 15 Jahren nach der Entstehung der Namensmagie und der Dynastien schienen noch nicht so dramatisch. Erst danach begannen die Familienbande zu zerfallen, doch zu diesem Zeitpunkt war Tirasan bereits alt und litt unter einer hartnäckigen Krankheit, die Folge eines missglückten Giftanschlags war.

Ich hatte ihn einmal gefragt, warum er seine Magie nicht einfach zurücknahm, damit die Leute endlich Ruhe gaben. Die Fürsten waren nie in ihre Länder zurückgekehrt, sondern hatten ihre Häuser auf seinem Grund errichtet, in der Hoffnung, dass eine Belagerung seine Meinung ändern würde. Doch Tirasan scherte sich genauso wenig um sie wie um die wild gebauten Häuser, die ohne seine Erlaubnis auf seinem Grund und Boden entstanden waren.

›Ich glaube nicht, dass ich das kann, Rus‹, gestand er mir besorgt. ›Ich weiß noch nicht einmal, wie ich es angestellt habe, dass Namensmagie entstand. Wie also soll ich sie rückgängig machen?

Du weißt nicht, wie oft ich darüber nachgedacht habe. Meine Magie ist die Wahrheitsfindung. Wie habe ich dies alles nur bewirken können?‹

›Vielleicht hast du es wahr werden lassen?‹, fragte ich.
›Wahrheit erschaffen? Wirklichkeit erschaffen?‹, grübelte er laut, doch er hörte mir nicht mehr zu, als ich danach noch einmal mit ihm darüber reden wollte.
Erst ein paar Tage später kam er auf mich zu und meinte: ›Du hattest Recht, Rus. Ich habe lange darüber nachgedacht und es jeden Tag von Neuem probiert. Ich kann die Wirklichkeit mit meiner Magie verändern. Doch dabei gibt es einen Haken: Ich muss fest an etwas glauben und es für wahr halten, sonst gelingt meine Wirklichkeitsmagie nicht. Aus diesem Grund kann ich auch die Namensmagie nicht rückgängig machen. Ich glaube nicht, dass sie falsch ist. Wer weiß, vielleicht werde ich eines Tages ebenfalls zurückkehren, wenn sich die Namensmagie und ihre Folgen als Fehler entpuppt haben. Vielleicht kann ich dann ja endlich einen Neuanfang bewirken.‹
Jetzt, am Ende meines Lebens, hoffe ich das. Denn wenn Tirasan sehen würde, wie Eltern ihre Kinder behandeln – wie viele von ihnen als Waisenkinder aufwachsen müssen, obwohl ihre Angehörigen noch leben – oder wie Kinder ihre eigenen Eltern verleumden, weil sie einen mächtigen Namen erhalten haben und sie sich für ihre niedere Herkunft schämen, dann würde er das nicht dulden.
Und darum habe ich auch beschlossen aufzuschreiben, was geschehen ist, in der Hoffnung, dass mein wiedergeborenes Ich oder der wiedergeborene Tirasan Passario eines Tages die Wahrheit darüber erfahren, was wirklich zu Beginn der Namensmagie und der Dynastien geschehen ist, und was es wirklich bedeutet, Tirasan Passario und ein Wahrheitsfinder zu sein.

Die Aufzeichnungen werde ich in Kürze in meinen Räumen verstecken und diese, ebenso wie die Gemächer meines Freundes und seiner Schwester, von der begabten jungen Magierin Nelia Wabloo versiegeln lassen. Andernfalls, so fürchte ich, wird von der Wahrheit nicht mehr viel übrig sein, sollten die fünf großen Dynastien am Ende die Oberhand behalten.

Ich bete für uns, Tir.

Und ich bete dafür, dass wir uns eines Tages wiedersehen.«

16 WAHRHEITSFINDER

»*Namensmagie ist Erkenntnis, Wissen, Vertrauen.
Die Seele, die sich entfaltet.*«

(Lorina Ellusan)

Rustan verstummte und legte die Aufzeichnungen beiseite. Er hatte sich heiser gelesen und wirkte besorgt, als er mich nun musterte. Ich hatte keine Ahnung, wie ich in diesem Moment aussah, aber ich wusste, dass ich unter Schock stand.

Immer wieder ließ ich mir durch den Kopf gehen, was ich gerade gehört hatte. Das Blut pulsierte durch meine Adern und schien zu kochen, als ich ziellos durch die Gegend starrte.

Ich war Tirasan Passario, Herzog von Himmelstor, Wahrheitsfinder und Erschaffer der Namensmagie!

Meine Namensmagie brüllte in meinen Ohren, als sie sich nun völlig entfaltete. Ich spürte, wie ich erneut wuchs und breiter wurde. Der Kopf tat mir weh und ich musste die Augen schließen, als mir schwindelig wurde.

Ich weiß nicht, wie lange ich in meinem eigenen magischen Sturm stand, doch schließlich herrschte endlich wieder Stille.

»Tir?«, fragte Rustan. Ich hatte den Verdacht, dass er mich nicht zum ersten Mal ansprach.

»Bist du in Ordnung?«

Ich öffnete die Augen und sah ihn an. Nur dass er jetzt etwas unscharf wirkte und mir seine Namensmagie entgegen leuchtete. Sie war warm, solide und vertraut. Ich wusste, dass Rustan mich, selbst jetzt, da wir endlich mein Geheimnis kannten, niemals im Stich lassen würde. Ich wusste nicht, womit ich seine Freundschaft verdient hatte.

»Nein«, krächzte ich nur. »Wie sehe ich aus? Habe ich mich sehr verändert?«

Rustan musterte mich kritisch. »Ja und nein«, antwortete er. »Du bist erwachsen geworden. Irgendwie älter. Niemand würde dich jetzt noch für eine Nummer halten. Du siehst aus, wie der andere Rustan dich in seinem Tagebuch beschrieben hat. Du bist nochmal ein Stück gewachsen und wirkst mächtig und eindrucksvoll.«

Nur dass ich mich nicht mächtig fühlte, sondern müde und erschlagen. Ich stolperte auf mein Bett zu, verschätzte mich in der Entfernung und fiel der Länge nach auf die Matratze.

»Tir, kannst du nicht richtig sehen?«

Ich drehte mich träge um und blinzelte ihn an. Plötzlich

wirkte alles ungewohnt scharf und klar, als ich meinen Blick auf ihn richtete. »Ich bin nicht länger kurzsichtig!«, rief ich überrascht. Nie mehr das Gefühl, ein kurzsichtiger Maulwurf zu sein! Ich lachte vor Freude und konnte mich gar nicht mehr einkriegen.

Irgendwann musste ich erschöpft eingeschlafen sein, denn es war nachmittags, als ich wieder die Augen aufschlug. Ich lag in meinem Bett und Rustan ruhte neben mir. Er schlief immer noch und hatte seine Arme um mich geschlungen.

Ich wollte aufstehen, denn mein Magen knurrte mich inzwischen an wie eine angriffslustige Wildkatze, doch Rustan ließ mich nicht los.

»Rus?«, fragte ich vorsichtig.

»Hmm«, machte mein Freund und zog mich noch näher an seine Brust. »Tir.«

Seine Augenlider flatterten und er lächelte mich an, als er mich sah. »Ich liebe dich«, murmelte er im Halbschlaf und ich starrte ihn fassungslos an.

In diesem Moment schien er zu begreifen, dass dies kein Traum war und er das eben wirklich zu mir gesagt hatte, denn er ließ mich so schnell los, als hätte meine Berührung ihn verbrannt, lief knallrot an und war aus dem Bett gesprungen, bevor einer von uns etwas sagen konnte.

»Entschuldige, das hätte ich nicht sagen dürfen! Das kommt nicht wieder vor! Ich … du …«, stammelte er und wandte dann den Blick ab.

»Du *liebst* mich?«, fragte ich, denn ich musste mich vergewissern, dass ich mich nicht verhört hatte. Vielleicht hatte mich das zweite Einsetzen meiner Namensmagie ja auch um den Verstand gebracht.

Er sah mich an und schien es leugnen zu wollen, bis unsere Blicke sich trafen und seine Miene weicher wurde. »Ja«, gab er zu.

»Seit wann? Und warum hast du nie etwas gesagt?«

Ich verstand es nicht. Ich hatte gedacht, Rustan zu kennen. Wie hatte mir das entgehen können?

»Ich mochte dich schon als Nummer«, gab er zu. »Doch so richtig verliebt habe ich mich in dich, als ich dir meinen Eid geschworen habe und du protestiert hast, dass du eigentlich nichts getan hättest. Als ich bemerkt habe, dass du gar nicht wusstest, wie einzigartig du bist.«

»Aber ich dachte, du und Allira ...«

Rustan seufzte. »Das ging nur von Allira aus und vermutlich hätte ich es von Anfang an unterbinden sollen«, sagte er bedauernd. »Nein, zwischen uns gab es nie eine Liebesbeziehung. Und das wird es auch nie. Ich mag dich, Tir.«

Ich starrte ihn an und wusste nicht, was ich sagen sollte. Klar, ich mochte Rustan auch, aber doch nicht so. Oder?

Rustan bemerkte meine Verwirrung und wechselte das Thema. »Du musst jetzt nichts sagen«, meinte er. »Lass uns zuschauen, dass wir etwas essen und dann die anderen finden.«

Wir schwiegen, während wir uns auf die Suche nach dem Speisesaal machten. Hin und wieder musterte mich Rustan und ich wandte dann jedes Mal schnell den Blick ab. Ich wusste nicht, wie ich mich jetzt in seiner Gegenwart verhalten sollte.

Wenn ich ehrlich mir selbst gegenüber war, dann hatte es viele Anzeichen für seine Zuneigung gegeben, die ich nur nicht hatte sehen wollen. Ich hatte mir einfach nicht vorstellen können, wie sich überhaupt jemand in mich verlieben konnte. Mir hatte es stets an Selbstwertgefühl gemangelt. Ich hatte daher gehofft, dass ein großer Name mich liebenswert machen würde, aber ich hatte nicht gedacht, dass ich als Tirasan Passario all dies wäre.

Ich war in mehr als einer Hinsicht kurzsichtig gewesen und wusste, dass ich mit meinem jetzigen Verhalten Rustan wahrscheinlich verletzte. Zu meiner Verunsicherung, was ich denn für Rustan empfand, kamen nun auch Schuldgefühle hinzu. Und trotzdem schien ich nicht imstande zu sein, ihm in die Augen zu sehen.

Ich wusste zwar, dass es Liebesbeziehungen zwischen Männern gab – zwei Talantias in der Schule waren ein Paar gewesen – aber ich kannte Liebe nur aus den Heldengeschichten der großen Namen, in denen der Krieger sich in eine holde Maid verliebte. Stets hatte ich erwartet, dass es mir ähnlich ergehen würde, was im Nachhinein auch meine Schwärmerei für Allira erklärte.

Dass ein Held wie Rustan sich in einen Wicht wie mich verlieben könnte – und so schien es ja gewesen zu sein, wenn er mich bereits seit Tummersberg mochte –, das gab es in den Heldengeschichten nicht.

Ich stolperte in Gedanken versunken Rustan hinterher.

Ein Anderti zeigte uns schließlich den Weg, was gut war, denn alleine hätten wir uns wahrscheinlich hoffnungslos in den zahlreichen Gängen der Burg verirrt. Im Speisesaal begegneten wir dann Unlaras Moran Tolbo wieder, Gilmajas zweitem Namensvetter, den wir am Morgen nur kurz gesehen hatten. Er freute sich sichtlich, uns zu sehen und sprang sofort auf, um uns zu begrüßen.

»Hallo! Gut geschlafen?«, fragte er fröhlich. »Setzt euch! Ich sage den Talantias Bescheid, dass sie jetzt das Essen bringen können.«

Sie hatten anscheinend bereits auf uns gewartet, denn die Andertis begannen umgehend damit, Platten mit warmen und kalten Speisen hereinzutragen. Wir stürzten uns hungrig auf das Essen, als wenige Augenblicke später auch Nelia, Baro und Allira den Speisesaal betraten.

»Hallo!«, begrüßte Unlaras sie und lächelte. Er stand augenblicklich auf, um Nelia und Allira die Stühle zurechtzurücken. »Bitte nehmt Platz! Ich werde kurz einen Boten an meinen Namensvetter schicken, dass ihr wach seid, und bin gleich wieder zurück.«

»Danke«, sagte Nelia und setzte sich uns gegenüber. Sie befüllte ihren Teller, nahm die Gabel in die Hand und wollte gerade anfangen zu essen, als ihr Blick an mir haften blieb und sie stutzte.

»Tir!«, keuchte sie überrascht.

»Was ist mit Tir?«, fragte Baro mit vollem Mund.

»Tir, bist du noch einmal gewachsen?«, wunderte sich Allira.

Ich nickte, schluckte herunter und sagte: »Ja, vor dem Schlafengehen.«

»Das ist unglaublich!«, hauchte sie staunend. »Steh auf! Ich will sehen, wie groß du bist.« Sie quietschte entzückt, als ich errötend aufstand, um mich von ihr, Nelia und Baro mustern zu lassen, und mich dann wieder setzte. »Ich dachte, wenn man durch seine Namensmagie wächst, dann nur einmal?«

Ich seufzte. »Nun, in meinem Fall wohl nicht. Es liegt wohl daran, dass ich jetzt endlich erfahren habe, wer und was ich in meinem früheren Leben war.«

»Erzähl!«, bat Nelia mit glänzenden Augen. Sie musterte mich immer noch eindringlich und ich erkannte, dass sie mit ihrer Magie meine Namensmagie betrachtete und von ihr völlig fasziniert zu sein schien. Ehrfurcht lag auf ihren Zügen.

Es fiel mir schwer, aber ich kam ihrer Bitte nach. Ich konnte es immer noch kaum glauben und so wunderte ich mich nicht über ihre fassungslosen Gesichter, als ich von meinen Fähigkeiten und meinem unbeabsichtigten Erschaffen der Namensmagie berichtete.

»Wahrheitsmagie?«, fragte Nelia schließlich. »Bist du dir sicher? Davon habe ich noch nie gehört.«

»Scheint wohl nur in meiner Dynastie vorzukommen«, bestätigte ich. Es war mir unangenehm, wie die drei mich nun anstarrten. Ich fühlte mich nicht, als hätte ich mich großartig verändert, auch wenn ich das getan haben musste. Plötzlich verstand ich sehr viel besser, wieso Nelia ihre

Macht vor uns allen verborgen hatte. Ich wollte nicht, dass meine Freunde Ehrfurcht oder Angst vor mir hatten.

»Ich halte Tir für einen Holzkopf«, meinte Baro plötzlich.

»He!«, riefen Rustan und Nelia gleichzeitig und Rustan sprang auf.

»Lüge«, erwiderte ich und Baro lächelte.

»Es funktioniert tatsächlich! In Ordnung, nächste. Die Stadt Pelkus hat mehr als fünfzehntausend Einwohner. Richtig oder falsch?«

Baro freute sich wie ein kleines Kind, als er mich nun auf die Probe stellte. Ich spürte, wie sich tief in mir etwas regte, ähnlich wie bei Baros Lüge gerade eben. Es war das Gefühl der Falschheit und ich sah noch tiefer in mich hinein, bis ich es plötzlich wusste.

»Falsch«, antwortete ich. »Es sind nur vierzehntausendachthundertzwölf.«

»Tir, das ist beeindruckend«, meinte Nelia mit großen Augen. »Zu wissen, ob jemand lügt oder nicht, ist eine Sache. Aber zu wissen, welche Tatsachen wahr sind, wenn der Sprecher es selbst nicht weiß, das ist einzigartig!«

Allira runzelte die Stirn. »Mir kommt es ein bisschen so vor wie die Magie der Ellusans. Die Namensfinder können doch auch Dinge sehen, die andere nicht sehen können, wie die Namen der Seelen«, wandte sie ein.

»Vielleicht solltest du mal mit Lorina Ellusan sprechen?«, schlug Rustan leise vor. Er warf mir einen vorsichtigen Blick zu, als schien er zu ahnen, wie sehr ich mir wünschte, mit meiner Mutter zu sprechen. Was er wahrscheinlich sogar tat. Niemand kannte mich besser als Rustan. Ich wurde gegen meinen Willen rot und musste wegschauen.

»Hm, du hast Recht«, meinte ich rasch. Ich beeilte mich mit dem Essen und war fertig, bevor Unlaras zurückkehrte.

»Gilmaja ist noch eine Weile in der Erbverwaltung beschäftigt«, informierte er uns. »Aber er bat mich, euch auszurichten, dass ihr später dort vorbeikommen möget.«

»In Ordnung. Vorher würde ich gerne aber noch das große Namensarchiv aufsuchen«, erklärte ich.

Meine Freunde – und die Grekasols natürlich – begleiteten mich, als wir mit unserer Kutsche zum Namensarchiv hinabfuhren. Ich war nervös, als wir auf das Gelände kamen und ich Lorina Ellusan im überdachten Eingangsbereich der Auskunft stehen sah.

Ich bemerkte nicht, was um mich herum geschah, als ich ausstieg und langsam auf sie zuging. Ich konnte den Blick nicht von ihr abwenden. Das war meine *Mutter*!

»Tirasan«, wisperte sie zur Begrüßung. Sie wirkte ungewöhnlich scheu für einen so mächtigen Namen, als hätte sie Angst davor, wie ich reagieren würde. »Komm doch rein! Ich mache eine kurze Pause«, wandte sie sich an ihre Mitarbeiter.

Sie führte mich in ihr kleines Arbeitszimmer neben dem Eingang und setzte sich. Meine Freunde waren zurückgeblieben, um uns die Möglichkeit zu geben, uns ungestört zu unterhalten. Doch das war nicht so einfach. Wir schwiegen ein paar Minuten, da keiner von uns wusste, wie er anfangen sollte.

»Nirila hat mir gestanden, dass sie dir verraten hat, dass ich deine Mutter bin«, begann sie schließlich und ihre braunen Augen, die wirklich meinen ähnelten, musterten mich warm.

»Ja, das hat sie«, sagte ich. »Es war eine große Überraschung für mich.«

»Das kann ich mir vorstellen.« Sie lächelte und schien den Blick nicht von mir abwenden zu können. »Ich wusste, dass du stark bist, als deine Namensmagie erwachte. Aber das hier ist unglaublich! Du bist noch einmal gewachsen! Und die Namensmagie scheint sich jetzt vollständig entfaltet zu haben, sie strahlt regelrecht aus dir heraus.«

»Du hattest Recht«, unterbrach ich ihr Staunen. »Namensmagie hat wirklich viel mit Erkenntnis zu tun. Je mehr ich über mich erfahren habe, desto stärker wurde sie.«

Sie nickte ernst. »Vielleicht ist es ganz gut so, dass sie nur langsam bei dir gewachsen ist«, grübelte sie laut, während Sorgenfalten auf ihre Stirn traten. »Weißt du, Namensmagie kann gefährlich sein, wenn sie zu früh in einem erwacht. Ich erinnere mich noch zu gut an eine Begegnung, als ich gerade erst zur Ellusan geworden war.

In meiner ersten Jahreszeit habe ich noch einen meiner Mentoren, einen erfahrenen Namensfinder, begleitet. Wir befanden uns auf dem Weg von Arenpol nach Etzbann, als uns eines Tages ein Kind von etwa acht Jahren begegnete. Es war aus seiner Schule weggelaufen und wir bekamen einen Riesenschreck, als es plötzlich vor unsere Pferde stolperte. Mein Namensvetter fragte ihn, was er dort machte, und sprach ihn dabei mit seinem Namen, Peros Kurbabu, an. Als er bemerkte, was er gesagt hatte, wurde mein Mentor bleich. Und das Kind – das arme Kind –, es schrie und schüttelte sich entsetzt, als es von einem Moment zum nächsten von einem achtjährigen Jungen zu einem erwachsenen Mann heranwuchs und plötzlich nicht nur wusste, wie man tötete, sondern wie *er* jemanden töten konnte. Er hat es nicht verkraftet und ist wahnsinnig geworden. Seine Schreie werde ich nie vergessen.«

»Was geschah mit ihm?«, flüsterte ich.

»Es war noch keine halbe Stunde vergangen, als er starb, aber es fühlte sich an wie eine Ewigkeit. Es war das schlimmste Erlebnis in meinem Leben.« Sie machte eine Pause. »Bis ich schwanger wurde und allen Warnungen zum Trotz beschloss, dich auszutragen, und ich nach deiner Geburt erkannte, wie schwer es mir fiel, dich nicht mit deinem Namen anzusprechen. Du ahnst gar nicht, wie kurz ich davor war, dich zu töten, Tirasan.«

Sie war zutiefst bekümmert, das zuzugeben. Als hätte sie Angst, dass ich ihr die Schuld dafür geben würde.

»Ich verstehe«, sagte ich leise und lächelte. »Du kannst nichts dafür.«

»Und wie geht es dir? Hast du dich an dein neues Leben als Name gewöhnt?«

Es überraschte mich, wie schnell die Neuigkeiten aus mir heraussprudelten. Ich erzählte ihr, was ich am Morgen erfahren hatte, wie es mir nach dem Überfall der Kurbabus ergangen war, welche Ähnlichkeit meine Freunde zwischen ihrer Magie und meiner vermuteten, und, und, und. Ich konnte gar nicht mehr aufhören zu reden, bevor ich ihr nicht alles erzählt hatte.

Am Ende musterte sie mich besorgt. »Komm mit!«, bat sie und stand auf.

Verwirrt folgte ich ihr, als wir den Gang betraten und den nächsten Raum aufsuchten, wo sich zwei Männer und eine Frau aufhielten und arbeiteten.

»Sag mir ihre Namen, Tir«, bat sie.

»Ich …«

»Nicht darüber nachdenken! Sag sie mir!«

Ich starrte die beiden Männer und die Frau an, die uns befremdete Blicke zuwarfen.

»Braster Kerrtu Ellubis, Loras Junderas Ellubis und Nudinia Prestia Ellutor«, platzte ich mit den Namen heraus und überraschte damit nicht nur mich selbst, sondern auch die Bibliotheksassistenten und die Namensarchivarin.

»In Ordnung.« Meine Mutter nickte. »Komm mit, Tir.«

Sie führte mich wieder in ihr Büro und begann damit, mir alles über Namensmagie zu vermitteln, was sie wusste, als uns ein Klopfen unterbrach. Kurz darauf steckte Rustan den Kopf zur Tür herein.

»Entschuldige, Tir. Eben ist ein Bote von Gilmaja gekommen. Wir sollen umgehend zu ihm in die Erbverwaltung kommen«, sagte er.

Ich hatte Gilmajas Bitte, ihn aufzusuchen, ganz vergessen. Unsicher sah ich zu meiner Mutter. Ich wollte nicht fahren. Lieber wäre ich den Rest des Tages bei ihr geblieben.

»Besuchst du mich morgen oder in den nächsten Tagen wieder?«, fragte sie, als ob sie meine Gedanken erraten hätte, und ich nickte heftig.

Natürlich würde ich das! Nichts und niemand könnte mich davon abhalten!

Die anderen unterhielten sich während der Kutschfahrt, nur ich war außerstande zu reden. Zu viel ging mir durch den Kopf und das meiste mochte ich nicht mit den anderen teilen. Nicht einmal mit Rustan.

Die Fahrt schien nur wenige Herzschläge zu dauern und ich bemerkte gar nicht, wie wir die ersten Tore passierten, als wir schon vor dem Eingang hielten. Ebloru Mosnarol erwartete uns. Er wirkte noch ernster als am Vortag.

»Tirasan«, sagte er und nickte meinen Freunden nur kurz zu. »Gut, dass Ihr da seid. Bitte kommt mit!«

Er führte uns dieses Mal nicht nach unten, sondern nach oben. Im ersten Stock war ein großer Saal, in dem Gilmaja, zwei Dutzend Grekasols und acht Gefangene auf uns warteten. Es waren drei Mosnarols und fünf Urias – die Diebe, die mich bestohlen hatten.

»Tirasan, ich dachte, du hast das Recht, bei der Befragung

anwesend zu sein«, sagte der Regent grimmig. »Ja, genau! Dies ist der Mann, den *ihr* bestohlen habt!«

Die Diebe zuckten zusammen und mieden meinen Blick. Die sechs Männer und zwei Frauen wirkten nicht mehr so selbstbewusst wie sonst. Ich war beeindruckt, dass Gilmajas Soldaten die drei Flüchtigen so schnell gefunden hatten.

»Warum habt ihr das getan?«, wollte ich von ihnen wissen. »Wie konntet ihr mich, wie konntet ihr überhaupt irgendjemanden bestehlen? Ihr seid Mosnarols und Urias!«

»Wir wollten das nicht!«, sagte einer der Mosnarols und sah mich flehend an. »Wir wollten das wirklich nicht!«

»Ach ja?«, fragte Ebloru Mosnarol wutschnaubend und explodierte: »Nicht nur Diebe, sondern auch noch feige Lügner! Gebt es doch einfach zu, dass ihr gierig wart und das Geld einfach eingesteckt habt!«

»Aber das haben wir nicht!«, protestierte die weibliche Mosnarol und zu meiner großen Verblüffung erkannte ich, dass sie die Wahrheit sagte.

»Was ist mit dem Geld passiert?«, wollte Gilmaja wissen. »Habt ihr es einfach für irgendwelchen Luxus verprasst? Verspielt? Heimlich beiseite geschafft? Sprecht!« Gilmaja glaubte ihnen genauso wenig wie der Leiter der Erbverwaltung.

Ich hob die Hand und alle starrten mich an. »Sie sagen die Wahrheit«, verkündete ich langsam und meine Freunde, die wussten, was meine Aussage bedeutete, sahen überrascht zu mir hinüber.

»Ihr habt das Geld nicht selbst eingesteckt. Nicht wahr?«,

fragte ich und die angeklagten Erbverwalter und ihre Assistenten nickten.

»Also, was ist passiert?«

»Sie haben einfach nicht bezahlt!«, klagte die Mosnarol verzweifelt. »Wir wussten einfach nicht, was wir machen sollten! Wir haben gedroht, gebettelt, gefleht! Nichts davon hat etwas gebracht!«

»Wer sind ›sie‹, was haben sie nicht bezahlt und warum habt ihr sie nicht einfach angezeigt?«, wollte Gilmaja wissen, der ihnen immer noch nicht glaubte.

Die acht Angeklagten lachten bitter. »Als ob Ihr uns geglaubt hättet!«, höhnte einer der Urias. »Ihr haltet doch alle zusammen!«

»Wer ist ›ihr‹? Wenn euch Unrecht getan wurde, warum seid ihr nicht auf mich zugekommen?«, fragte Ebloru Mosnarol.

»Wir hatten Angst«, sagte die Mosnarol, die die Anführerin der Diebe zu sein schien. »Als sie merkten, dass wir ihre ausbleibenden Zahlungen nicht mehr hinnehmen würden, haben sie dafür gesorgt, dass wir keine andere Wahl hatten.«

»Wie meint Ihr das?«, fragte ich.

»Wir wurden abends auf dem Heimweg überfallen und von Kurbabus bedroht, einige von uns wurden sogar zusammengeschlagen. Sie machten noch nicht einmal davor Halt, unsere Lebensgefährten und Freunde zu bedrohen«, erzählte sie müde. Die Ereignisse hatten tiefe Spuren bei ihr hinterlassen.

»Es war eine Mischung aus Einschüchterung und Gewalt. Bei den anderen wirkte das, doch mein Lebensgefährte und ich, wir wollten nicht klein beigeben. Ich vereinbarte einen Termin bei Gilmaja Tolbo«, der Regent hob überrascht den Kopf, »doch der war erst am Tag, nachdem ich auf Burg Himmelstor vorstellig geworden war. Und in jener Nacht ...« Sie brach ab und weinte.

Mich überkam ein Gefühl des Grauens. Etwas Schlimmes war mit ihrem Lebensgefährten geschehen.

»Sie haben ihn ermordet?«, vermutete ich. Doch ich spürte im selben Moment, dass das nicht stimmte.

»Sie haben uns in unserem Bett überfallen und ihn zum Krüppel geschlagen, während ich zusehen musste«, flüsterte die Mosnarol unter Schluchzen. »Danach bin ich nicht zu dem Termin gegangen. Ich hatte Angst, dass sie ihn dann umbringen würden!«

»Sie spricht die Wahrheit«, bestätigte ich und sah Gilmaja an, der schockiert wirkte.

»Aber wer ist dafür verantwortlich?«, verlangte er wütend zu erfahren.

Sie murmelte etwas, das wir nicht verstanden. Noch immer steckte die Angst tief in ihr.

»Molli Nateri«, flüsterte sie schließlich und die anderen Angeklagten zuckten furchtsam zusammen.

Ich konnte es nicht fassen. Der joviale, lebenslustige Mann, der erst vor zwei Tagen die Verhandlung geleitet hatte, die mich als Betrüger entlarven sollte, entpuppte sich nun selbst als Verbrecher.

»Warum?«, fragte ich. Molli Nateri war der Regent einer der fünf großen Dynastien! Er hatte doch alles! Warum sollte er mich bestehlen?

»Was kaum einer weiß«, erklärte die Mosnarol leise, »ist, dass vom Reichtum der Nateris kaum noch etwas übrig ist. Sie haben immer auf großem Fuß gelebt. Bankette, Festivals, Ausstellungen, und, und, und. Es verging kaum ein Tag in den letzten Jahrhunderten, an dem sie nicht gefeiert haben. Wusstet ihr, dass jeder Nateri in den letzten tausend Jahren gezwungen war, eine Handlungsanweisung zu unterschreiben, die es uns erlaubte, ihr Land Stück für Stück zu verkaufen? Heute steht jeder einzelne Nateri kurz vor dem Bankrott.«

Es herrschte gebannte Stille im Saal. Ich riskierte einen kurzen Blick zu Gilmaja und Ebloru Mosnarol hinüber und erkannte, dass sie ihr jetzt glaubten.

»Das Einzige, was ihnen noch geblieben war, war ihr Palast hier in Himmelstor«, fuhr die Erbverwalterin schließlich fort. »Doch selbst für diesen mussten sie Pacht bezahlen, da das Land, auf dem er steht, nicht ihnen gehört.«

»Sondern mir«, sagte ich leise.

»Genau. Ich weiß nicht, wie sie erfahren haben, wer Ihr seid, und dass Euch Himmelstor gehört. Doch vor einhundert Jahren stellten sie einen Antrag auf Namensverfall vor Gericht und überredeten ihre damaligen Mitregenten, ihm zuzustimmen. Doch einer von ihnen bestand auf die Hundert-Jahres-Klausel.«

Der Antrag! Plötzlich ergab alles einen Sinn.

»Als Molli Nateri vor elf Jahren, kurz nach seiner Namensgebung, Einsicht in sein Vermögen verlangte, war ich diejenige, die an jenem Tag Dienst am Tor tat«, fuhr sie ernst fort. »Er wollte mir nicht glauben, dass von seinem Reichtum kaum noch etwas übrig war. Es vergingen wenige Tage, dann kehrte er zur Erbverwaltung zurück. Dieses Mal hatte er den Antrag auf Namensverfall und zwei Schläger dabei. Er unterrichtete mich, dass er keine Pacht für seinen Palast oder eines seiner Gebäude in der Stadt bezahlen würde. Schließlich würde sein Land in wenigen Jahren sowieso ihm gehören, denn die Nateris und die anderen herrschenden Dynastien wären die Erben von Tirasan Passario.«

»Selbst wenn der Name Tirasan Passario verfallen wäre, hätte das ihn und die anderen Herrscherfamilien noch längst nicht zu den Erben gemacht!«, empörte sich Ebloru Mosnarol. »Erst wären die anderen Passarios an der Reihe gewesen.«

»Aber es gibt keine anderen Passarios«, wandte Rustan ein.

Der Leiter der Erbverwaltung blickte verwirrt zu ihm herüber. »Wie kommt Ihr darauf?«, fragte er. »Natürlich gibt es andere Passarios!«

»Was?«

Wahrheit. *Wahrheit!*

Die Magie sang in meinem Blut, aber ich konnte es dennoch nicht glauben. Wie war das möglich?

»Aber im Namensarchiv stand, dass ich der einzige Passario bin!«, wandte ich ein.

»Nun, ich weiß nicht, was im großen Namensarchiv steht«, sagte Ebloru Mosnarol ruhig und schien nicht zu ahnen, welch einen Aufruhr er mit seinen Worten in mir auslöste. »Aber ich weiß, dass es drei andere Passarios gibt. Einer lebte zuletzt im 4. Jahrhundert, ein zweiter im 7. Jahrhundert und eine Anderta Passario erlangte vor ein paar Jahren Berühmtheit als Wahrsagerin in Wonspiel. Die dortige Erbverwaltung hat Kontakt mit uns bezüglich ihrer Vermögenswerte hier aufgenommen.«

»Meine Schwester lebt in Wonspiel? Als *Wahrsagerin*?«

»Sie sagt die Zukunft voraus«, erklärte mir Ebloru Mosnarol, ohne zu wissen, warum ich den Begriff so betont hatte. »Ziemlich genau sogar, wenn ich es richtig verstanden habe.«

»Ich würde gerne alle Berichte über sie bekommen, die Ihr habt«, bat ich.

»Noch einmal zurück zu Molli Nateri«, unterbrach uns Gilmaja Tolbo. Der Kommandant hatte natürlich mehr Interesse an der Aufklärung des Verbrechens als an meiner Schwester und anderen möglichen Passarios. »Er hat euch also bedroht?«

»Nicht von Anfang an«, sagte die Mosnarol. »Es vergingen ein paar Monate, in denen er einfach nicht bezahlte und wir ihm Rechnungen und Mahnungen schickten, bis er seine andere Seite zeigte. Er suchte uns – mich und die Kollegen, die für Tirasan Passarios Besitz zuständig waren – in der Erbverwaltung auf und trommelte uns zu einem angeblich vertraulichen Gespräch über seine finanzielle Situation zusammen, während ein Dutzend Kurbabus vor der Tür stand und uns Angst machte. Er erklärte, wie es von nun an laufen sollte. Er würde weiterhin nicht bezahlen und wir sollten die ausbleibenden Zahlungen vertuschen. Wir weigerten uns natürlich, doch abends wurden wir dann das erste Mal von seinen Kurbabus verfolgt, denen es Freude bereitete, uns zu bedrohen.«

»Er schüchterte euch also ein«, fasste Gilmaja zusammen. »Und dann?«

»Einen Monat später überfielen uns die Kurbabus in unserem Haus«, fuhr sie fort und schluckte schwer. »Das Ganze ist jetzt zehn Jahre her. Seitdem verweigert er nicht nur die Pachtzahlungen, inzwischen bedient er sich auch ganz unverfroren aus Tirasan Passarios Einnahmen.«

»Und so kamen die fehlenden Millionen zustande?«, schaltete sich nun Baro ein. »Er verschleudert Tirs Geld, um weiter als reicher Regent und Förderer der Künste dazustehen?«

Verachtung lag in seinen Zügen. Schmarotzer konnte Baro, der sich Leben um Leben immer weiter hochgearbeitet hatte, bis seine Dynastie zu den einflussreichsten des Kontinents gehörte, nicht ausstehen.

»Verhaftet ihn!«, befahl der Regent der Tolbos seinen Soldaten grimmig. »Außerdem seinen Namensvetter Uster Horin Nateri und alle anderen, die mit ihm unter einer Decke stecken könnten, und bringt sie her!«

Anderthalb Stunden vergingen, der Abend war längst angebrochen, als die Grekasols mit den beiden Nateris zurückkamen. Die beiden jungen Männer wirkten wütend und schienen sich keiner Schuld bewusst zu sein.

»Das ist eine Ungeheuerlichkeit, Gilmaja!«, beschwerte sich Molli Nateri. »Das ist Amtsmissbrauch! Warte nur ab, ich werde die anderen Regenten über dein schändliches Verhalten in Kenntnis setzen!«

»Wirst du ihnen dann auch von deinem Diebstahl und den Erpressungen, Einschüchterungen und Körperverletzungen erzählen, die auf dein Konto gehen?«, fragte Gilmaja kalt.

Molli Nateri, der sich gerade weiter hatte ereifern wollen, hielt abrupt in seiner Tirade inne, sah sich um, bemerkte die Mosnarols und die Urias, erkannte mich und schien zu begreifen, dass er aufgeflogen war.

»Ich habe nichts Schlimmes getan!«, empörte er sich laut. Doch während er polterte, zeigte seine Miene Unbehagen und nicht Wut. »Das Geld hätte mir sowieso irgendwann zugestanden! Ich habe es mir nur etwas früher genommen, weil ich es brauchte. Das musst du doch verstehen!«

Schweiß trat auf seine Stirn, als er sich verteidigte und versuchte, seine Verbrechen kleinzureden. Ich wusste, dass ihm die Schwere seiner Schuld bewusst war. Neben ihm machte sich Uster klein und warf immer wieder Blicke zur Tür. Doch die Grekasols hielten Wache und verhinderten eine mögliche Flucht.

»Es geht nicht nur um den Diebstahl«, wandte ich ein. »Wie konntet Ihr ihren Mann zum Krüppel schlagen lassen?«

»Das geschah nicht auf meinen Befehl! Es waren die Kurbabus!«

»Die in Euren Diensten standen!«, konterte ich wütend. »Ihr habt stillschweigend geduldet, welche Verbrechen auch immer die Söldner in Eurem Namen begangen haben! Was Euch genauso schuldig macht!«

»Diebstahl, Erpressung, Körperverletzung, Mordanschläge und falsche Anschuldigungen gegen Tirasan«, zählte Gilmaja auf und der jüngere Nateri zuckte zusammen. »Habe ich etwas vergessen, Molli?«

»Moment mal! Ich habe wirklich geglaubt, dass Tirasan Passario ein Betrüger ist!«, protestierte Molli. »Als Uster aus Tummersberg zurückkam und mir von der Namensgebung und dem jungen Mann erzählte, bei dem sich keine Namensmagie gezeigt hatte, und ich hörte, dass dieser Mann sich ausgerechnet Tirasan Passario nennen ließ, da dachte ich, dass jemand hinter das Geheimnis des Namens gekommen ist und mir mein Vermögen streitig machen wollte.«

»Also hast du die Warnung an Najedo Ellusan geschickt«, schlussfolgerte Gilmaja. »Du warst die verlässliche Quelle, die er beim Prozess nicht nennen wollte.«

»Ja, ich habe Uster zu ihm geschickt, um ihn zu informieren und zu warnen«, gab Molli zu.

»Und dann hast du ihn nach dem Prozess umgebracht, als er dich zur Rede stellen wollte?«, donnerte Gilmaja.

Molli schüttelte leugnend den Kopf, während sein Namensvetter neben ihm zusammenzuckte.

Ich holte scharf Luft, da ich ahnte, was er gleich sagen würde.

»Ich habe ihn nicht umgebracht!«, protestierte der Regent der Nateris aufgebracht. »Hast du den Verstand verloren?«

»Er hat Recht«, entfuhr es mir und Molli Nateri lächelte erleichtert, doch meine Namensmagie zeigte mir noch mehr als diese Wahrheit. »Nicht er war der Mörder, sondern sein Namensvetter Uster.«

Uster Horin Nateri schrumpfte unter unseren Blicken zusammen wie Schnee in der Sonne. Sein Gesicht verlor jegliche Farbe.

»Das stimmt doch, Uster. Oder?«, wandte ich mich an ihn.

Er wimmerte, schien aber keinen Ton sagen zu können. Zu unser aller Überraschung verzog Molli Nateri angeekelt das Gesicht. »Ich habe kein Verständnis für Mörder«, erklärte er kompromisslos. »Und keinen Platz für sie in meinem Haus!«

»Ach ja? Das musst du gerade sagen!«, widersprach ihm Gilmaja wütend. »Und was ist mit den Mordanschlägen auf Tirasan, die du angeordnet hast?«

»Mordanschläge? Das war ich nicht!«

Wir sahen seinen Vetter Uster an, der stumm den Kopf schüttelte. Tränen liefen ihm über die Wangen.

Ich bemerkte, wie ich blass wurde. Sie sagten die Wahrheit!

17 TODFEINDE

»Namensmagie ist die stärkste Macht der Welt.«

(bekannte Volksweisheit)

Ich hatte gedacht, wenn wir den Mörder von Najedo Ellusan finden würden, dann würden wir auch meinen Widersacher finden, doch das entpuppte sich nun als Irrtum.

Doch wenn Molli Nateri und Uster Horin Nateri nicht meine Feinde waren, sondern nur Gauner, die sich an mir bereichern wollten, wer war dann für die Anschläge auf mein Leben verantwortlich?

Es folgte ein hitziges Streitgespräch darüber, was jetzt geschehen sollte. Beide Nateris hatten sich als Verbrecher herausgestellt – ihre mächtige Dynastie war nur noch eine Fassade, ein Schatten aus der Vergangenheit. Wie sollte es nun in Himmelstor und Mirabortas weitergehen? Sollte die Dynastie Nateri zur Strafe entmachtet werden?

Gilmaja konnte und wollte das nicht allein entscheiden,

daher hatte er Soldaten zu den drei anderen Regenten geschickt. Nun warteten wir auf das Eintreffen von Fingua Klighero, Bicker Rernber und Lostaria Imlanda, während Gilmaja Abendessen für uns alle orderte. Nicht nur mir und meinen Freunden knurrte nach dem langen Tag der Magen.

Inzwischen war es Nacht geworden. Die Urias und Mosnarols hatten schon längst die Erbverwaltung verlassen und waren nach Hause gegangen. Während im Saal über mir die Debatte weiterging, wanderte ich durch das menschenleere Gebäude auf der Suche nach einer Toilette und fand sie schließlich auch.

Ich war allein gegangen und hatte Rustans Angebot, mich zu begleiten, abgelehnt. Seitdem ich wusste, dass er mich liebte, war ich mir seiner ständigen Aufmerksamkeit bewusst und konnte sie nicht länger als die Fürsorglichkeit eines guten Freundes und Beschützers abtun. Zu große Nähe zu Rustan war mir unangenehm. Ich wusste nicht, ob ich imstande sein würde, ihn zu lieben, so wie er mich liebte. Ich wusste nur, dass ich es bislang nicht tat. Und so zog ich es vor, ihm aus dem Weg zu gehen.

Ich wollte mich gerade auf den Rückweg machen, als ich ein leises Knirschen hörte. War hier noch jemand im Erdgeschoss?

Ich sah mich um und lauschte, ob ich die Grekasols hören konnte, die bald mit den drei anderen Regenten zurückkehren sollten, doch es blieb ruhig.

Niemand hier.

FALSCH!
Meine Magie versuchte noch, mich zu warnen, doch es war zu spät. Plötzlich packte mich jemand von hinten, legte mir eine kräftige Hand mit einem Stück Stoff über den Mund und zerrte mich nach hinten.

Ich stöhnte, während mir schwindelig wurde. Meine Beine trugen mich nicht länger, doch meine Angreifer mussten damit gerechnet haben, denn sie packten mich unsanft und trugen mich eine Kellertreppe hinunter.

Es waren zwei. Ich konnte ihre Gesichter nicht sehen, denn sie trugen lange Mäntel mit Kapuzen, die sie unkenntlich machten. Waren es Kurbabus? Aber warum hatten sie mich dann noch nicht getötet? Was hatten sie mit mir vor?

Mein Kopf pochte wie verrückt. Ich bekam gerade noch mit, wie meine Entführer eine Geheimtür in der Wand öffneten, bevor ich das Bewusstsein verlor.

Als ich erwachte, war ich zunächst orientierungslos. Wie lange war ich ohnmächtig gewesen? In dem Raum, in dem ich lag, gab es kein Fenster, das mir einen Blick auf den Himmel gewährt hätte. Es roch muffig, nach abgestandener Luft, wie in einem schlecht belüfteten Kellerraum. Ich blinzelte, während ich mich verwirrt umsah. Doch nach einem Keller oder Lagerraum sah mir dieser kahle, trostlose Ort nicht aus. Blanke Felswände und der kalte, unebene Boden, auf dem ich lag, ließen mich an eine Höhle denken.

Aber wie kam ich in eine Höhle?
Oder war ich wieder im Gefängnis?
Ich stöhnte und wollte mir an den Kopf fassen, doch es ging nicht. Ich war gefesselt.
Mein Blick blieb an der einzigen Lichtquelle im Raum haften. Irgendjemand hatte Öllampen entzündet, doch sie waren zu weit entfernt, als dass ich etwas hätte erkennen können.
Langsam kamen die Erinnerungen zurück. Wenn meine Entführer mich durch einen Geheimgang verschleppt hatten, dann war es Rustan, meinen Freunden, Gilmaja und seinen Soldaten nahezu unmöglich, mich zu finden. Ich war auf mich allein gestellt.
Moment mal! Woher kannten meine Entführer den Geheimgang unter der Erbverwaltung? Wurde er möglicherweise auch von einigen Mosnarols und Urias benutzt? Wussten vielleicht noch mehr Leute von ihm und konnten mir helfen?
Eine Bewegung aus dem Augenwinkel unterbrach jäh meine Grübeleien. Ein Schaudern überkam mich, als ich zwei Meter neben mir meine zwei Entführer in den grauen Kutten ausmachte, die mir zuvor in der trostlosen Dunkelheit entgangen waren. Sie hatten die Kapuzen ihrer Umhänge tief ins Gesicht gezogen, aber ich fühlte kalte Blicke auf mir ruhen. Durch ihre Größe und die breiten Schultern konnte ich lediglich erkennen, dass es Männer waren. Ich nahm meinen ganzen Mut zusammen und fragte mit trockenem Mund: »Wer seid ihr?«. Doch die Gestalten schwie-

gen und zeigten auch sonst mit keiner Reaktion, dass sie mein Erwachen bemerkt hatten. Ihre Gleichgültigkeit ärgerte mich aus irgendeinem Grund. Warum entführten sie mich, wenn sie dann nichts von mir wollten? Was machte das für einen Sinn?

Ich wand mich vorsichtig und versuchte eine ganze Viertelstunde, die Fesseln an meinen Händen zu lockern. Doch sie waren fest und rührten sich keinen Zentimeter. Erst danach fielen mir meine Wurfmesser ein, die ich an meinem Gürtel trug.

Sie waren weg. Verdammt! Das hätte ich mir ja denken können.

»Was wollt ihr von mir?«, versuchte ich es erneut. Doch auch dieses Mal antworteten sie nicht.

Ich brüllte sie frustriert an, beschimpfte und beleidigte sie, um eine Reaktion zu herbeizuführen. Doch sie ließen sich nicht ein einziges Mal aus der Fassung bringen. Hin und wieder bewegten sich die beiden Männer schweigend von einem Fuß auf den anderen. Dann standen sie wieder still und warteten auf irgendetwas. Sie wirkten auf mich wie Soldaten, die Wache hielten und auf ihren Befehlshaber warteten. Und da begriff ich, dass ich von ihnen nichts erfahren würde, und gab auf.

Seit meinem Erwachen waren mehrere Stunden vergangen, als plötzlich Leben in die beiden Männer kam. Sie gingen ein paar Schritte zur Seite und offenbarten eine Tür, die sie bislang mit ihren Körpern verdeckt hatten.

Ein paar Sekunden später wurde sie beinahe geräuschlos

geöffnet und die beiden Entführer verbeugten sich vor dem Neuankömmling, der nun den Raum betrat. In der rechten Hand trug er eine Öllampe, die er auf einen kleinen Sims stellte, bevor er sich mir zuwandte.

Ich hatte keine Ahnung, wer er oder sie war, denn die Gestalt trug einen langen Kapuzenmantel wie ihre beiden Komplizen und hatte die Kapuze tief ins Gesicht gezogen.

»Wer seid Ihr?«, fragte ich heiser.

Leises, melodisches Lachen ertönte. Mir war, als kannte ich die Stimme von irgendwoher, aber ich konnte sie nicht einordnen.

Einen Moment später schlug sie die Kapuze zurück und mir entfuhr ein Keuchen, als das markante Muttermal am Kinn und die Hakennase erkannte. Es war Lostaria Imlanda!

»Hallo, Tirasan Passario«, grüßte sie zufrieden. »Wie schön, dass wir uns einmal ungestört unterhalten können.«

»Was?« Entgeistert starrte ich sie an. Meinte sie das ernst? »Und dafür musstet Ihr mich entführen lassen?«

Sie kam auf mich zu und musterte mich aus kalten Augen. Beim Prozess hatte ich nur Teile ihres Gesichts unter der Kapuze erkennen können, aber nicht die Augen. Und falls die Imlandas alle so aussahen, dann wusste ich nun, warum sie sich in der Öffentlichkeit nie unverhüllt zeigten.

Die Augen der Regentin waren *blutrot*.

Ich wich unwillkürlich vor ihr zurück, kam aber aufgrund meiner Fesselung nicht weit.

»Darauf habe ich so lange gewartet! Der mächtige Tirasan Passario, hilflos wie ein kleines Kind!«, höhnte sie. Sie wirkte sichtlich zufrieden mit der ganzen Situation, und dass ich Angst vor ihr zeigte, ließ sie noch breiter lächeln.

Diese Genugtuung würde ich ihr nicht gönnen! Wütend hörte ich auf, rückwärts über den Boden zu rutschen, und sah ihr direkt in die Augen.

»Und?«, fragte ich herausfordernd. »Seid Ihr auch hinter meinem Geld her?«

»So wie Molli und sein unnützer Vetter?«, fragte sie und ihre Lippen kräuselten sich verächtlich. »Wofür hältst du mich?«

»Keine Ahnung. Für eine Entführerin?«

»Nun gut, damit hast du Recht.« Sie lachte theatralisch.

»Schön, ich bin also in Eurer Gewalt. *Aber was wollt Ihr von mir?*«

So langsam verlor ich die Geduld – vielleicht nicht das Klügste, wenn man ein Gefangener war.

»Du weißt es tatsächlich nicht, oder?«

»Nein.«

Plötzlich verzerrte sich ihr Gesicht zu einer wütenden Fratze. »Ich hasse dich!«, zischte sie, und die Wahrheit in ihren Worten traf mich wie ein Schlag in die Magengrube. Sie spuckte mich an und der Speichel verfehlte nur knapp mein Gesicht. »Du weißt ja nicht, wie lange ich auf diesen Moment gewartet habe!«

Sie trat direkt vor mich und stellte einen Fuß auf

meine Brust. Langsam verlagerte sie ihr Gewicht und ich stöhnte.

»Ich will dich leiden sehen«, flüsterte sie. Als ob ich mir das jetzt nicht denken könnte! »Zuerst dachte ich, es würde ausreichen, wenn du tot bist. Aber dann habe ich dich beim Prozess gesehen und wusste, das ist nicht genug.«

»Aber was habe ich Euch denn getan?«

»Du hast mir alles genommen! Deinetwegen bin ich nicht Kaiserin geworden, obwohl ich jahrelang mit dem alten Lüstling das Bett geteilt habe und er es mir versprochen hatte! Aber als er starb, stellte sich heraus, dass es kein Testament gab, das mich zu seiner Nachfolgerin erklärte!«

Ich erinnerte mich, was Rustan mir aus seinem Tagebuch vorgelesen hatte. Der Tod des Kaisers war der Anfang von allem gewesen. Er und fünf Fürsten und Fürstinnen, die sich um seine Nachfolge gestritten hatten.

»Also habt Ihr sein Testament gefälscht.«

»*Gefälscht?* Es stand mir zu! Er hatte es *mir* versprochen!«, schrie sie. »Aber nein! Ich musste zusehen, wie diese raffgierigen Idioten mir alles kaputt machten! Doch der Schlimmste warst du!«

Ich?

Natürlich! Der Zauber, der verhinderte, dass sie jemals Kaiserin werden konnte!

»Das tut mir natürlich leid, aber ich verstehe nicht, warum es Euch immer noch so wütend macht«, versuchte ich sie vorsichtig zu beschwichtigen. »Das ist über 1200 Jahre und mehrere Leben her! Es wird niemals wieder einen Kaiserthron geben. Also, warum regt Ihr Euch so darüber auf? Das alles betrifft Euch doch gar nicht.«

»Oh, du einfältiger Narr!«, höhnte sie und verstärkte den Druck auf meinen Brustkorb, sodass sie mir die Luft aus den Lungen presste. Ich öffnete den Mund, aber ich konnte nicht atmen.

»Du glaubst, ich wäre wie alle anderen, nicht wahr?«, säuselte sie. »Ahnungslos. Blind. Dumm. Vergesslich. Oh, nein! Das bin ich nicht. Ich habe einen Weg gefunden, wie man die verschütteten Erinnerungen aus den früheren Leben wiederherstellen kann. Soll ich ihn dir verraten?«

Es schien ihr Spaß zu machen, die Folter zu verlängern und zu prahlen, denn sie nahm ihren Fuß weg und trat einen Schritt zurück. Gierig schnappte ich nach Luft.

»Sieh mir in die Augen!«, befahl sie. »Siehst du das Blut darin? Dies ist das Blut eines Ellusans. Ihre Magie.«

Mich schauerte, als ich zu begreifen begann. In unserer Schulbibliothek hatte ich immer gerne in den alten Erzählungen gestöbert. Eine hatte von rituellen Blutopfern gehandelt und mir eine Woche lang Albträume bereitet, bis Gerunder mir versichert hatte, dass sie frei erfunden war.

»Ja, du verstehst es«, fuhr sie mit einem Lächeln fort. »Man muss einen Ellusan töten und sein Blut trinken, denn ihre Namensmagie ist die stärkste von allen. Sie allein können in die Seele eines Menschen blicken und erkennen, was in ihr liegt. Doch diese Narren begnügen sich mit nur einem Namen! Wenn sie doch *alles* erfahren könnten!«

Mir wurde schlecht. Allein die Vorstellung, einen Ellusan zu ermorden, fand ich schon furchtbar und ich musste an meine Mutter denken. Doch dann auch noch sein Blut zu trinken!

»Ihr erinnert Euch also an ... an alles?«, murmelte ich.

»An alles!« Sie lachte. »An jedes einzelne meiner neun Leben! Vielleicht sollte ich dir dankbar sein, dass du es unseren Seelen ermöglicht hast, wiedergeboren zu werden. So konnte ich meine Pläne schmieden und sie mit jedem Leben weiter vorantreiben.«

»Wie?«

»Nun, ganz einfach. So wie die Elluren notierte ich alles, was ich über die Blutmagie wusste, die man dazu benötigt, sich zu erinnern. Und dann versteckte ich das Wissen in meinem geheimen Namensarchiv, zu dem nur ich Zugang hatte. Und sobald ich von der Erbverwaltung als Besitzerin meines Hab und Guts eingesetzt worden war und ich meine Notizen gefunden hatte, konnte mein Plan weiter fortgesetzt werden.«

»Welcher Plan?«

Bislang hatte ich noch nichts gehört, was sich nicht nach dem Geschwätz einer Wahnsinnigen anhörte. War sie überhaupt noch fähig, logisch zu denken und Pläne zu schmieden? Die Legende hatte besagt, dass diejenigen, die Blutopfer darbrachten, wahnsinnig wurden.

»Mein Plan, doch noch Kaiserin zu werden!« Sie warf mir einen verächtlichen Blick zu. »Ich hätte dich für schlauer und mächtiger gehalten! Konntest du mit deinem Verstand und deiner Wahrheitsmagie bislang nicht herausfinden, was ich will?«

Sie lachte wieder, als ich zusammenzuckte. »Oh ja, ich weiß von deiner Wahrheitsmagie! Du hast mir wohl nicht geglaubt, als ich dir erzählt habe, dass ich mich an alles erinnere, was?«

Meine Magie sagte mir, dass sie die Wahrheit sprach. Und endlich erkannte ich, wie gefährlich Lostaria Imlanda tatsächlich war. Meine Gedanken rasten, doch mir fiel keine Möglichkeit ein, wie ich mich befreien und ihr entkommen konnte. Ich brauchte mehr Zeit! Konnte ich sie vielleicht weiter zum Reden bringen, während ich nach einem Ausweg suchte?

»Nun gut, ich glaube Euch. Und was jetzt?«, drängte ich.

»Jetzt machst du mich unsterblich, damit ich bis in alle Ewigkeit über Mirabortas herrschen kann«, sagte sie schlicht.

Was? Was bitte sollte ich tun?

»Ihr seid wahnsinnig! Euch unsterblich machen? Und wie genau soll ich das anstellen? Das geht nicht!«

»Dummer Junge! Du hast all unsere Seelen mit einem einzigen Zauberspruch unsterblich gemacht. Selbstverständlich kannst du auch meinen Körper unsterblich machen. Aber ich vermute, du brauchst noch den richtigen Anreiz, um es zu versuchen, nicht wahr?«

Ich kämpfte immer noch mit der Vorstellung, dass ich mächtig genug war, jemanden unsterblich zu machen, sodass ich nicht auf Lostarias Drohung achtete. Wie sollte das gehen? Ich hatte keine Ahnung, wie mein früheres Ich die Wirklichkeit hatte verändern können. Und selbst wenn es irgendwie funktionierte, glaubte ich kaum, dass es eine gute Idee wäre, es zu versuchen. Wir sahen ja, wohin das beim letzten Mal geführt hatte.

Die Regentin rief etwas und die Tür wurde erneut geöffnet. Ihre Männer kehrten zurück und trugen einen bewusstlosen Gefangenen herein, der in Ketten lag.

»Rustan!«

Wie war es ihr gelungen, meinen besten Freund gefangen zu nehmen? Rustan war ein erfahrener Krieger!

»Eine echte Plage, dieser Rustan Polliander, sage ich dir«, seufzte Lostaria Imlanda theatralisch und stieß Rustan mit dem Fuß an. »Er hat mir bislang in jedem Leben Ärger gemacht, daher wusste ich, dass es dieses Mal nicht anders sein würde. Natürlich musste er auf die Idee kommen, nach einem Geheimgang zu suchen, und natürlich musste er das Glück haben, den Eingang zu den unterirdischen Tunneln zu finden. Doch auf diesen Fall war ich vorbereitet.«

Sie lachte zufrieden, als sie Rustan noch einmal kräftig in die Rippen trat und er stöhnte.

»Hört auf damit!«, flehte ich verzweifelt.

»Du hast mir gar nichts zu befehlen!« Lostarias gute Laune war jäh verflogen und sie wirbelte wieder zu mir herum. »Du lebst einzig und allein noch, weil du mir nützlich sein kannst! Danach werde ich dich töten, gib dich keinen Illusionen hin!«

»Warum sollte ich Euch dann helfen?«, presste ich hervor.

»Weil du so deine wertlosen Freunde retten kannst, ganz einfach! Bei jedem deiner vergeblichen Versuche stirbt einer!«

Rustan!

Jetzt ergriff mich zum ersten Mal echte Panik. Ich wollte ihr nicht helfen, doch wenn ich es nicht tat, dann würde Rustan sterben!

»Ah, endlich verstehst du!«, seufzte sie zufrieden.

»Hört mich an! Ich weiß nicht, wie ich die Namensmagie erschaffen und die Wirklichkeit verändert habe! Es war nichts, was ich bewusst geplant oder beabsichtigt hätte! Es ist einfach passiert!«

»Nun gut, ich werde großzügig sein und dir für deinen ersten Versuch etwas mehr Zeit einräumen«, erwiderte sie und ich atmete insgeheim auf. Doch sie war noch nicht fertig. »Du hast zehn Minuten. Danach stirbt Rustan. Die Zeit beginnt *jetzt*!«

Ich starrte sie ungläubig an. Meinte sie das ernst?

Sie meinte es ernst!

Ich beobachtete, wie sie einer der beiden Wachen ein Zeichen gab und er doch tatsächlich anfing zu zählen. Der andere holte ein Messer hervor und näherte sich meinem bewusstlosen Freund. Sollte ich nicht innerhalb von zehn Minuten lernen, wie ich die Wirklichkeit verändern und Lostaria unsterblich machen konnte, dann würde Rustan tatsächlich sterben.

Ich vergeudete kostbare Sekunden mit simpler Panik, bevor ich mich verzweifelt versuchte zu erinnern, was im

Tagebuch gestanden hatte. Was hatten Rustans und mein früheres Ich gesagt? Ich musste es für wahr halten?

»Lostaria Imlanda ist unsterblich!«, dachte ich. Ich wartete verzweifelt auf das Wirken meiner Magie, doch nichts geschah.

Es waren bereits zwei Minuten vergangen und ich probierte es erneut und zermarterte mir den Kopf. *Lostaria Imlanda ist unsterblich!* Mit all meiner Kraft versuchte ich mir diese Ungeheuerlichkeit einzureden. Inzwischen sagte ich den Satz sogar laut, doch meine Magie reagierte weder auf meine Worte, noch auf meine wachsende Verzweiflung.

»Fünf Minuten noch, Tirasan«, warf Lostaria ein. »Danach stirbt Rustan. Willst du das etwa?«

Natürlich nicht!

Also machte ich weiter. Ich forderte, ich bat, ich flehte. Meine Magie reagierte nicht.

»Die Zeit ist um«, verkündete die skrupellose Regentin schließlich und gab ihrem Komplizen ein Zeichen. Er hob das Messer.

NEIN!

Entsetzt wandte ich mich ab. Ich konnte nicht mitansehen, wie er Rustan tötete! Das durfte einfach nicht sein!

Rustan war mein bester Freund, der Einzige, der stets zu mir gehalten hatte. Und außer meiner Mutter der Einzige, der mich bedingungslos liebte, ohne etwas von mir zu wollen. Weder Geld, noch Gefallen, noch irgendwas ... noch verdammte Unsterblichkeit!

Es war nicht gerecht! Rustan durfte nicht sterben, während eine verrückte und wahnsinnige Mörderin triumphierte! Das war keine Welt, in der ich leben wollte!

Ich dachte an meine Mutter, die mich hatte weggeben müssen, weil ihre Magie und meine Namensmagie mich sonst getötet hätten.

An die Ebruan aus Seestadt, die ihr Kind so sehr geliebt hatte, dass sie ihm allen Gesetzen zum Trotz ein liebevolles Zuhause hatte bieten wollen.

An die armen, verzweifelten Namenlosen aus dem Holzwald, die einen Fehler gemacht oder ein Verbrechen begangen hatten – was auch immer, im Grunde war es ja egal –, und dafür auf eine so grausame Weise bestraft wurden, dass sie mit ewig hungriger, dunkler Magie in sich leben mussten.

Ich dachte an das Lachen der kleinen Nummern in der Schule, an Baro, wie er als Nummer 2 stets geprahlt und andere verletzt hatte, nur um etwas Aufmerksamkeit zu bekommen. In einer Gesellschaft, in der Liebe nichts galt und in der Namensmagie alles war.

»*Dies ist falsch!*«

Dies war nicht die Welt, in der ich leben wollte. Ich wollte in einer Welt leben, in der ein einsamer, kleiner Junge ein Ellutor wie sein älterer Freund werden konnte, ohne dass Gesetze oder sein Name ihm etwas anderes vorschrieben.

Ich wollte in einer Welt leben, in der Rustan mein bester Freund war und wir zusammen mit unseren Familien alt werden und am Kaminfeuer über unsere früheren Abenteuer und Dummheiten lachen konnten.

Ich wollte in einer Welt leben, in der Mörderinnen wie Lostaria Imlanda oder habgierige Schmarotzer wie Molli Nateri und Uster Horin Nateri nichts zu sagen hatten.

Ich wollte eine bessere Welt für alle – voller Freundschaft, Familie, Liebe und Gerechtigkeit!

Ich fühlte mich, als müsste ich platzen, als meine Gefühle sich nun in einem gewaltigen Schrei entluden, der durch das unterirdische Gewölbe hallte.

Niemals würde ich Lostaria Imlanda helfen!

Lieber wäre ich tot!

Ich musste das Bewusstsein verloren haben, denn als ich erwachte, war es still um mich herum. Von Lostaria und ihren beiden Komplizen war nichts zu sehen oder zu hören. Ich weinte bitterlich um Rustan, den ich nicht hatte retten können und der meinetwegen hatte sterben müssen.

Und schrak fürchterlich zusammen, als sich plötzlich eine Hand auf meine Schulter legte.

»He, Tir!«

Ich schlug die Augen auf, blinzelte die Tränen fort und starrte ungläubig in Rustans vertrautes Gesicht.

»Du lebst!«

»Klar, wieso auch nicht?«, fragte er und half mir, mich aufzurichten. Meine Fesseln waren fort. Hatte er mich befreit?

»Was ist geschehen? Wo sind Lostaria Imlanda und ihre beiden Komplizen?«

»Fort«, antwortete Rustan schlicht. »Keine Sorge, die

kommen nicht wieder. Dafür hast du gesorgt. Tir, dieses Mal hast du dich selbst übertroffen! Wirklich eindrucksvoll, wie du mit deiner Wahrheitsmagie alle Bösen einfach hast verschwinden lassen! Du hast geschrien, dann hat es so laut geknallt, dass ich geglaubt habe, mir platzen die Trommelfelle. Im nächsten Moment waren die Wahnsinnige und ihre Schergen fort«, er rieb sich die Handgelenke, »genauso wie unsere Fesseln.«

Ich hatte *was* getan? Ich hatte Wahrheitsmagie ausgeübt? Aber das hätte ich doch merken müssen!

»Komm, mein Freund!«, meinte Rustan und reichte mir die Hand. Ich ließ mich widerstandslos von ihm hochziehen. »Es wird Zeit, aus diesem trostlosen Tunnellabyrinth zu verschwinden. Hoffentlich finden wir den Ausgang. Die anderen machen sich bestimmt schon Sorgen.«

»Du nennst mich *mein Freund*?«

Das hatte er noch nie getan. Ich war stets Tir und in seltenen Fällen Tirasan für ihn gewesen.

»Weil du das bist?«, entgegnete er verblüfft. »Mein bester Freund. Hast du dir den Kopf angeschlagen? Weißt du noch, wer du bist?«

»Ich bin Tirasan Passario«, antwortete ich.

»Uff! Für einen Moment hatte ich mir echt Sorgen gemacht!«

Rustan lachte, trat zurück und ging zur Tür. Er öffnete sie, betrat den Gang und schien erst einen Augenblick später zu bemerken, dass ich ihm nicht folgte.

»Kommst du?«

Verwirrt nickte ich und folgte ihm. Ich hatte mir nie darüber Gedanken gemacht, wie häufig mich Rustan beobachtet hatte und nicht von meiner Seite gewichen war. Erst jetzt, da er sich verhielt, als wäre ich sein bester Freund, nicht aber seine große Liebe oder sein Schützling, fiel mir auf, wie blind ich gegenüber allen Anzeichen gewesen war. Er war mir hinterher gelaufen, so wie ich einst Allira, und hatte unbedingt mein Freund sein wollen. Er hatte Baro und Allira zurückgelassen, um mich noch vor dem Holzwald einzuholen. Er hatte das Zelt mit mir teilen wollen, obwohl Baro in den ersten Nächten den Schutz eines Zeltes viel mehr benötigt hatte. Er hatte meine Hand gehalten, mich getragen, als ich nach dem Überfall durch die Kurbabus in ein Loch der Verzweiflung gefallen war. Und ich Idiot hatte das alles für normal gehalten.

Mir kam ein schrecklicher Verdacht.

»Erinnerst du dich noch daran, dass du mir heute nach dem Aufwachen gesagt hast, dass du mich liebst?«, fragte ich ihn vorsichtig, als wir den Gang entlang wanderten. Wir hatten uns für den beleuchteten Weg entschieden, der schnurgeradeaus führte. Mir war das Thema unangenehm, aber ich musste die Wahrheit wissen.

»Was?«, lachte Rustan. »Also ehrlich, Tir! Wenn wir wieder draußen sind, solltest du dich dringend mal von einem Zunu untersuchen lassen! Dein Kopf hat anscheinend ordentlich was abbekommen.«

Ich starrte ihn an und schwankte zwischen Erleichterung und Wehmut. Dieser neue Rustan war mir fremd und ich verstand nicht so recht, was mit ihm geschehen war. Ich vermisste den alten Rustan irgendwie, auch wenn mir die neue unbeschwerte Kameradschaft, die er mir entgegen brachte, gefiel.

Es verging eine Viertelstunde, bis wir in eine Halle kamen, die von mehreren Lampen beleuchtet war und endlich einen Ausgang aus dem Tunnellabyrinth aufwies. Gespannt öffneten wir die Tür und erschreckten damit einen Uria zu Tode. Wir waren wieder in der Erbverwaltung.

Keine zwei Minuten später waren wir von unseren Freunden umringt, die lachten und weinten und uns an sich drückten und nicht mehr loslassen wollten. Gilmaja und Ebloru Mosnarol waren auch da sowie meine Mutter, die Tränen in den Augen hatte und sich mit einem Aufschrei auf mich stürzte.

»Also wirklich, Tirasan! Du solltest deiner Mutter nicht so einen Kummer bereiten!«, tadelte mich Gilmaja sanft, so als wäre es völlig normal, dass ich eine Mutter hatte, die sich Sorgen machte.

»Keine Expeditionen in irgendwelche Tunnel mehr, junger Mann!«, schimpfte Lorina Ellusan. »Diese Art von Abenteuern überlässt du in Zukunft bitte den Erwachsenen! Hast du verstanden?«

»Ja, Mutter.«

Doch in Wirklichkeit verstand ich gar nichts. Was war hier los?

»Wie bist du nur auf die verrückte Idee gekommen, die Tunnel zu erkunden?«, fragte mich Nelia.

»Das bin ich gar nicht!«, verteidigte ich mich. »Ich wurde von Lostaria Imlanda entführt.«

Sofort war Gilmaja bei mir. »Du wurdest entführt? Von einer Imlanda?«, fragte er. »Bist du dir da ganz sicher? Wie kommst du darauf, dass es eine Imlanda war? Es ist viele Jahre her, seit ein Imlanda in Himmelstor gesehen wurde. Angeblich setzen sie keinen Fuß mehr vor ihre Bergfestung, seit sie allesamt den Verstand verloren haben.«

»Aber wie kann sie dann ihr Amt als Regentin ausfüllen?«, wollte ich erstaunt wissen und erntete dafür nur besorgte Blicke.

»Geht es dir auch wirklich gut, mein Schatz?«, fragte meine Mutter beunruhigt und wandte sich dann sofort an Rustan, ohne meine Antwort abzuwarten. »Hat er vielleicht einen Schlag auf den Kopf abbekommen? Sollen wir einen Zunu holen?«

»Wir haben wirklich eine Lostaria Imlanda getroffen«, erklärte Rustan. »Und verrückt war die Frau tatsächlich. Sie und ihre beiden Handlanger wollten mich umbringen, wenn Tirasan sie nicht unsterblich macht. Aber wie er auf die Idee kommt, sie wäre eine Regentin, weiß ich auch nicht.«

»Ihr habt wirklich noch nie von ihr gehört?«, hauchte ich fassungslos.

Meine Freunde schüttelten die Köpfe. Ich spürte tief in mir drin, dass sie die Wahrheit sagten. *Wie konnte das sein?*

Ich räusperte mich. »Und Molli Nateri und sein Cousin Uster Horin Nateri? Was ist mit ihnen?«

»Was ist ein Nateri?«

»Das war einst eine der herrschenden Dynastien«, erklärte Ebloru Mosnarol dem ahnungslosen Grekasol, der gefragt hatte.

»In Ordnung. Soldaten!«, wandte sich Gilmaja an seine Untergebenen und sofort hatte er die Aufmerksamkeit aller Anwesenden auf sich gezogen. Es wurde still auf dem Flur. »Wir haben die beiden Vermissten gefunden. Ich möchte mich bei allen bedanken, die sich in der letzten Nacht und heute Früh an der Suche in der Erbverwaltung und in den unterirdischen Tunneln beteiligt haben. Ihr habt euch den Feierabend redlich verdient! Schlaft jetzt erst mal in Ruhe aus und wir sehen uns morgen wieder zum regulären Dienst!«

Jubel brandete auf, als der Regent seinen Soldaten einen freien Tag schenkte. Rasch hatte sich die Truppe zerstreut und nur noch meine Freunde waren da. Doch halt! Einige der Anwesenden kannte ich nicht.

Ich sah Nelia und Allira mit zwei Frauen und Männern mittleren Alters plaudern. Die Szene wirkte vertraut, so als würden sie die vier schon ewig kennen. Hatten sie sie während meines Gefängnisaufenthalts vor der Verhandlung kennengelernt? Das wunderte mich, denn es handelte sich um zwei Andertis, eine Nivian und einen Jurto. Die Wahrscheinlichkeit, dass die beiden eine Schmiede aufgesucht oder Andertis kennen gelernt hatten, war gering.

Ich stieß Rustan unauffällig an und fragte leise: »Mit wem unterhalten sich Nelia und Allira dort?«

Rustans Verblüffung verwandelte sich in große Besorgnis, während er mich schweigend anstarrte. Schließlich verkündete er: »Tir, wir suchen jetzt einen Zunu auf, in Ordnung? Mach dir keine Sorgen, das wird schon wieder!«

»Was?«

Ich blieb hartnäckig stehen, als Rustan mich zum Ausgang ziehen wollte, vorbei an meiner Mutter, die mit Gilmaja Tolbo im Gespräch vertieft war, und an Baro, der sich von Ebloru Mosnarol gerade etwas in einem Buch zeigen ließ. Natürlich schleifte mich Rustan mit seiner Kraft dennoch ein paar Meter mit. Dann endlich schien er zu begreifen, dass ich mich wehrte, und blieb stehen.

»Tir, erinnerst du dich wirklich nicht an Nelias und Alliras Eltern? Du kennst sie doch seit Jahren! Wir waren doch schon als Kinder oft bei ihnen zu Hause auf Besuch. Das kannst du doch nicht vergessen haben!«

Ich keuchte, als ich endlich begriff. Nicht Rustan war es, der sich merkwürdig verhielt, sondern ich! Erst jetzt erkannte ich, dass Rustan, dessen Worte mir so wirr und unzusammenhängend erschienen waren, tatsächlich recht hatte. Offenbar hatte ich meine Wahrheitsmagie benutzt, um die Wirklichkeit zu verändern. Doch meine Magie hatte uns nicht nur vor Lostaria Imlanda gerettet und bewirkt, dass er sich nicht mehr an seine Liebe zu mir erinnerte. Meine Wahrheitsmagie hatte alles verändert!

Mir kamen die Tränen, als ich zu Nelia, Allira und deren Eltern hinübersah. Erneut wurde mir ein wenig schwindelig. Diesmal jedoch aus einem anderen Grund.

Jemand trat neben uns und klopfte Rustan auf die Schulter. »He, Kleiner!«, sagte Biras Polliander zu ihm. Dann gab er ihm eine Kopfnuss.

»He!«, protestierte mein Freund empört. »Was soll das?«

Der andere Polliander funkelte ihn wütend an. »Ich fasse es nicht, wie du so unvorsichtig sein konntest, ohne Verstärkung und nur allein mit Tirasan die unterirdischen Tunnel erforschen zu wollen – und das auch noch ohne jemandem Bescheid zu geben! Ihr hättet euch ernsthaft verlaufen oder euch verletzen können! Es ist gefährlich da unten und niemand hätte gewusst, wo ihr seid! Was meinst du, wie unsere Eltern reagiert hätten, wenn ich ihnen von deinem Verschwinden erzählt hätte?«

»Du wirst ihnen doch nichts sagen, oder?«, fragte Rustan zerknirscht und ich schnappte überrascht nach Luft. Die beiden waren Brüder?

»Du kannst von Glück sagen, dass sie momentan nicht in der Stadt sind!«, brummte Biras mürrisch und starrte Rustan grimmig an.

»Es tut mir leid. Das war dumm von mir«, entschuldigte sich Rustan und zwinkerte mir zu.

Dann wandte sich Biras an mich und ich zuckte unwillkürlich zurück. Jetzt würde ich eine Strafpredigt erhalten!

Doch das geschah nicht. Stattdessen musterte mich Biras von Kopf bis Fuß. »Geht es dir gut, Tir? Du bist blass und so still.«

»Tir hat eine Kopfverletzung und ist verwirrt«, klärte Rustan seinen älteren Bruder auf. »Ich wollte ihn gerade zu einem Zunu bringen.«

»Worauf wartest du dann noch?«

Mit der Gründlichkeit der Polliander hatten die beiden Brüder in Windeseile meine Mutter und die anderen über ihr Vorhaben in Kenntnis gesetzt und zwei Kutschen organisiert. Jetzt drängten sie mich zum Ausgang der Erbverwaltung.

Draußen herrschte ein ungewohnter Lärm. Vögel zwitscherten und nisteten in den Hecken um die Erbverwaltung. Wo waren die hohen Mauern hin, die das Gelände umgeben hatten?

Doch die fehlenden Mauern waren nicht die einzigen Veränderungen, die ich bemerkte, als ich ins Licht der Morgensonne blinzelte. Auch um das große Namensarchiv gab es keine Mauern mehr. Stattdessen strömten die Leute von den Straßen ungehindert in die Gebäude.

Fröhlichkeit lag in der Luft und ich hörte Gelächter und muntere Rufe aus allen Richtungen. Plötzlich flog ein Ball vor meine Füße und ich atmete tief ein, als mir ein kleiner Junge von vielleicht sechs Jahren entgegen kam, um ihn zurückzuholen.

Staunend sah ich zu, wie er den Ball hochhob, mich anlächelte und zu seinen Freunden zurücklief, die auf der Straße spielten. Ein Stückchen weiter waren ein paar Mädchen in ein Hüpfspiel vertieft. Ich spürte, wie mir das Herz aufging, als ich beobachtete, wie die Erwachsenen um die spielenden Kinder herumgingen, ihnen nachsichtig zusahen oder fröhlich winkten.

Die Welt war eine bessere geworden, eine fröhlichere. Und plötzlich war es mir egal, dass ich anscheinend der Einzige war, der sich noch erinnerte. Dies war nun die Wirklichkeit. Dies war die Welt, die ich mir gewünscht hatte.

Und ich konnte nicht aufhören zu strahlen, selbst als Rustan, Biras, meine Mutter und Gilmaja mich zu einem Zunu brachten.

Denn ich brauchte nicht die Untersuchung des Zunus, um zu wissen, dass es mir bestens ging – dass es mir nie besser gegangen war.

»Komm, Tir«, meinte meine Mutter. »Zeit nach Hause zu gehen.«

Und unter dem Lachen der Kinder in den Straßen machte sich unsere Kutsche auf den Weg nach Burg Himmelstor. Unserem Zuhause.

DANKSAGUNG

An dieser Stelle steht gerne mal »Dieses Buch wäre nicht möglich gewesen ohne die Unterstützung von ...« oder etwas Ähnliches.

In meinem Fall trifft das sogar im doppelten Sinne zu, denn ohne Hilfe wäre »Die Magie der Namen« weder rechtzeitig für den *#erzaehlesuns*-Wettbewerb fertig geworden, noch könntet ihr die Geschichte jetzt in Buchform in den Händen halten.

Daher gilt mein großer Dank meinen Freunden Manuela und Konrad sowie meiner Mutter, meinen unermüdlichen Testlesern, die mich stets ermuntert haben, doch mal meine Geschichten zu veröffentlichen, weil sie sie nämlich richtig gut finden; die mir gut zugeredet haben, wenn ich gezweifelt habe und am liebsten ganze Kapitel wieder gelöscht hätte (dass es das erste Kapitel in dieser Form gibt, ist ihr Verdienst) und die beim Schreiben von »Die Magie der Namen« praktisch jeden Abend und jedes Wochenende bereitstanden, um mir ihr unschätzbar wertvolles Leserfeedback zu geben und den Fehlerteufelchen den Garaus zu machen, sodass das Manuskript noch vor dem Einsendeschluss fertig wurde. Ohne euch wäre dies alles nicht möglich gewesen.

Darüber hinaus möchte ich mich bei all meinen Lesern auf Wattpad bedanken, die für mich beim *#erzaehlesuns*-Wettbewerb abgestimmt haben und immer wieder so tolle Kommentare zu meinen Geschichten posten. Bessere Leser kann man sich als Autor gar nicht wünschen.

Außerdem bedanke ich mich ganz herzlich bei den drei fantastischen Juroren Adriana Popescu, Andrea Koßmann und Michael Peinkofer, die meine Geschichte zum Sieger gekürt und mir damit die Möglichkeit gegeben haben, mein eigenes Buch in den Händen zu halten, sowie bei dem großartigen Team des Piper Verlags, das nicht nur selber fleißig mitgelesen, mitgefiebert und mitdiskutiert hat, sondern uns Neu-Autoren mit dem Piper Award auch diese einmalige Chance gibt, entdeckt und veröffentlicht zu werden.

Und nicht zuletzt gilt mein Dank meiner Lektorin Sabrina, die mit großer detektivischer Meisterleistung jede verborgene Schwachstelle, seltsam klingende Formulierung und offene Frage gefunden und dann dafür gesorgt hat, dass ihr nun diese verbesserte Fassung von »Die Magie der Namen« in den Händen halten könnt.

Und dir, lieber Leser, sage ich auch ein herzliches Dankeschön fürs Lesen. Ich hoffe, Tirasans Geschichte hat dir gefallen.

Herzlichst,
Nicole Gozdek

NAMENSVERZEICHNIS

Namen

ALLIRA VARIANDA: berühmte Sängerin, großer Name, ehemalige Klassenkameradin von Tirasan Passario, einst *Nummer 9*

ASSOR LUMBA ELLUREN: Namensforscher in Holzstadt

BARO DERADA: berühmter, brillanter reisender Händler, großer Name, ehemaliger Klassenkamerad von Tirasan Passario, einst *Nummer 2*

BERLAN POLLIANDER: einst berühmter Krieger, großer Name

BICKER RERNBER: einer der fünf Regenten von Himmelstor, großer Name, Leiter der Namensarchive von Mirabortas

BIRAS POLLIANDER: Anführer der Wache um das große Namensarchiv von Himmelstor, Namensvetter von Rustan Polliander

CLERANO TOLBO: Namensvetter von Gilmaja Tolbo,

großer Name, einst Fürst von Mirabortas und älterer Bruder des ersten Gilmaja Tolbo

EBLORU MOSNAROL: Leiter der Erbverwaltung von Himmelstor

FARIS EBRUAN: Botschafterin in Seestadt

FINGUA KLIGHERO: eine der fünf Regenten von Himmelstor, großer Name

GERUNDER FALIOS ELLUTOR: Leiter des Namensarchivs von Tummersberg, bester Freund von Tirasan Passario

GILMAJA TOLBO: einer der fünf Regenten von Himmelstor, Leiter der Stadtwache von Mirabortas, großer Name

HANIA WELLBANN: einst bekannte Magierin und Wettermacherin, großer Name

HUMENA WELLBANN: Wettermacherin in Seestadt

KANDARA HERO: berühmte Anwältin in Himmelstor

KLERIS BUMBER JURTO: Schmied in Tummersberg

KOGRUS KLIGHERO: einst Fürst von Lindero und Ehemann von Fingua Klighero

LORINA ELLUSAN: berühmte Namensfinderin, großer Name

LOSTARIA IMLANDA: eine der fünf Regenten von Himmelstor, großer Name, einst Fürstin von Fusslan

MOLLI NATERI: einer der fünf Regenten von Himmelstor, großer Name, einst Fürst von Rigoras

NAJEDO ELLUSAN: bekannter Namensfinder, Leiter des großen Namensarchivs von Himmelstor

NELIA WABLOO: junge Magierin, ehemalige Klassenkameradin von Tirasan Passario, einst *Nummer 5*
NIRILA ELLUTOR: Namensarchivarin in Himmelstor
OLBUS KURBABU: berühmter Krieger, einst die legendäre Klinge von Wonspiel, großer Name
ONARA ELLUSAN: einst bekannte Namensfinderin, großer Name
PONGOLI BUMETER NOBUNI ANDERTI: Diener in der Schule von Tummersberg, Freund von Tirasan Passario
RENIRA IPSO HOLZSTADT: Großhändlerin und Vertreterin des Rats von Holzstadt
RUSTAN POLLIANDER: berühmter Elitekämpfer und Leibwächter, großer Name, ehemaliger Klassenkamerad von Tirasan Passario, einst *Nummer 1*
TAMBERIAN BORK ELLUREN: bekannter Namensforscher
TERBO KURIAN: bekannter Dichter, großer Name
TIRASAN PASSARIO: Ich-Erzähler, einst *Nummer 19*
UNLARAS MORAN TOLBO: Namensvetter von Gilmaja Tolbo
USTER HORIN NATERI: Namensvetter von Molli Nateri
VANI NATERI: einst Regentin von Mirabortas
VURGAS KURBABU: einst berühmter Kämpfer, großer Name
WASIRIO RERNBER: einst Fürst von Wonspiel

WERBERO KURBABU: Söldner, ehemaliger Klassenkamerad von Tirasan Passario, einst *Nummer 17*
ZIGLOS ELLUSAN: einst Namensfinder in der Region um Bolsanis, großer Name

Titel

FÜRST: veralteter Titel, Alleinherrscher über eins der fünf Königreiche
KAISER: veralteter Titel, oberster Herrscher über die fünf Fürsten und die fünf Königreiche
NAMENSVETTER: Mitglied derselben Dynastie
REGENT: ältester lebender Namensträger mit zwei Namensteilen einer der fünf großen Dynastien, einer von fünf Herrschern über die Hauptstadt und sein Heimatland
STADTNAME: wird an einen Namen mit zwei Namensteilen angehängt und bezeichnet ein Ratsmitglied in dieser Stadt

Dynastien

ANDERTI: Diener. Wappen: Besen
ANGERI: Flötenspieler. Wappen: Flöte
ASKALDO: Holzfäller und Holzlieferant. Wappen: Stapel Holzstämme
BEDDUAR: Getreidebauer. Wappen: Getreide
CURILL: Weber. Wappen: Teppich
DERADA: reisender Händler. Wappen: Lagerhaus, Pferd, beladener Wagen, Münzen
EBRUAN: Diplomat oder Botschafter. Wappen: zwei Hände beim Handschlag
ELLUBIS: Bibliotheksassistent. Wappen: ein Stapel Bücher
ELLUREN: Namensforscher. Wappen: offenes, leeres Notizbuch, Tintenfass und Feder
ELLUSAN: Namensfinder. Wappen: Augenpaar
ELLUTOR: Bibliothekar oder Leiter eines Namensarchivs. Wappen: Regal mit Büchern
ENBUA: Tischler. Wappen: Hobel und Säge
FIENTO: Obstbauer. Wappen: Apfel, Birne und Kirschen
GIFERA: Viehzüchter von gewöhnlichen Nutztieren. Wappen: Schaf, Huhn und Schwein
GREKASOL: Soldat der Stadtwache. Wappen: Dolch und Schild
HERO: Jurist. Wappen: Buch mit Paragraphen-Symbol
IBARES: Viehzüchter von größeren Nutz- und Lasttieren. Wappen: Rind und Esel

IMLANDA: Regent oder Mitglied der geheimnisvollen Herrscherdynastie. Wappen: schlichter Goldreif

IPSO: Großhändler oder Geschäftsinhaber. Wappen: Schaufenster mit Schild und Eingangstür

JURTO: Schmied. Wappen: Hammer und Amboss

KESUA: Fischer am Kromba-See in Mirabortas. Wappen: Boot und Netz

KLIGHERO: Regent oder Mitglied der Herrscherdynastie, verantwortlich für den Handel. Wappen: silberne Krone und verschiedenfarbige Münzen

KUMTA: Einzelhändler. Wappen: Marktstand

KURBABU: Söldner. Wappen: rote Blutstropfen und ein Messer

KURIAN: Dichter. Wappen: Feder und Papier

LAKONITA: Schneider. Wappen: Nadel, Faden und Schere

MALUM: Gemüsebauer. Wappen: Kohl, Karotten, Tomaten und Gurken

MERAN: Richter. Wappen: eine goldene Waage auf schwarzem Grund

MOSNAROL: Verwalter in der Erbverwaltung. Wappen: Münzen, Bücher und Rechenschieber

NATERI: Regent oder Mitglied der Herrscherdynastie, Förderer der Künste. Wappen: edel verzierte Goldkrone mit zahlreichen Juwelen

NIVIAN: Kurier. Wappen: Hand mit Schriftrolle

PASSARIO: Profession unbekannt. Wappen: Kreis

POLLIANDER: Elitekämpfer oder Leibwächter.
Wappen: goldenes Schwert
REDILAN: Kunstschmied. Wappen: Springbrunnen
RERNBER: Regent oder Mitglied der exzentrischen Herrscherdynastie, verantwortlich für die Namensarchive. Wappen: Krone, Türmchen und Schleifen-Bänder
TALANTIA: Koch. Wappen: Teller mit Mahlzeit
TEERIES: Lautenspieler. Wappen: Laute
TERABEE: Viehzüchter oder Trainer von Reittieren und intelligenten Tieren. Wappen: Pferde und Falken
TOLBO: Regent oder Mitglied der strengen Herrscherdynastie, Oberbefehl über die Stadtwachen. Wappen: eiserner Handschuh und Eisenkrone
UNGABAS: Lehrer. Wappen: Schiefertafel und Kreide
URIA: Verwaltungsassistent in der Erbverwaltung Wappen: Rechenschieber und Feder
VARIANDA: Sänger. Wappen: goldene Noten
WABLOO: Magier mit verschiedenen magischen Fähigkeite. Wappen: glühende Hand (Handfläche nach oben)
WALLORI: reisender Händler. Wappen: Pferd und Karren
WELLBANN: Wettermacher. Wappen: Blitz, Wolken und Sonne
ZUNU: Heiler. Wappen: glühende Hand (Handfläche nach unten)

Das aktuelle Programm

Besuche uns auf
www.lesen-was-ich-will.de
www.facebook.com/ivi.verlag

· Gewinne großartige Preise
· lies exklusives Bonusmaterial vorab
· entdecke außergewöhnliche Specials

MIRABORTAS

- Ausguck
- Rotdorf
- Tenne
- Bolsanis
- Aduri
- Assua-Moor
- Westwald
- Kromba
- Weststadt
- Krom
- Ebistal
- Grobiere
- Raube
- Himmelsgebirge
- Himmelstor
- Zislaf
- Giabella
- Buckelhügel
- Duw
- Numberge
- Numteri
- Anum